Début d'une série de documents
en couleur

Les Romans d'Aventures

ATLANTIS

PAR

ANDRÉ LAURIE

ILLUSTRATIONS PAR GEORGE ROUX

BIBLIOTHÈQUE
D'ÉDUCATION ET DE RÉCRÉATION
J. HETZEL ET Cⁱᵉ, 18, RUE JACOB
PARIS

Fin d'une série de documents
en couleur

ATLANTIS

COLLECTION HETZEL

LES ROMANS D'AVENTURES

ATLANTIS

PAR

ANDRÉ LAURIE

ILLUSTRATIONS PAR GEORGE ROUX

BIBLIOTHÈQUE

D'ÉDUCATION ET DE RÉCRÉATION

J. HETZEL ET Cⁱᵉ, 18, RUE JACOB

PARIS

ATLANTIS

CHAPITRE PREMIER

UN OFFICIER A LA MER!...

Le 19 octobre de cette année-là, un accident bizarre et tragique advint à bord du croiseur l'*Hercule*, en route pour Lorient, après une longue et laborieuse station au golfe du Bénin.

On était en plein Atlantique, au-dessous des Açores, à peu près au point où le 25° de longitude E. coupe le 36° de latitude N. Le navire courait à toute vapeur au N.-N.-E. devant un cyclone qui l'avait rejoint vers six heures du

soir. Il en était sept, et la nuit, sans étoile, ajou-
tait son horreur à celle de l'ouragan, — quand
un faux coup de barre, à moins que ce ne fût
une saute de vent, eut pour effet de présenter,
pendant un court instant, le flanc du croiseur à
la lame formidable qui arrivait de l'ouest.

Une montagne liquide vint frapper de son
marteau-pilon le tiers antérieur de l'*Hercule*,
brisant tout, emportant tout sur son passage, jusqu'au canon-barbette de tribord avec son affût,
— puis s'écoula en cataracte, laissant une surface de trente mètres carrés rasée comme un
ponton.

L'instant d'après, le navire avait repris son
allure et courait à nouveau devant le cyclone,
quand deux cris éclatèrent coup sur coup dans la
hune.

« Officier à la mer, par tribord !...
— Un homme blessé !... »

Au premier appel, la bouée lumineuse, abat-
tue d'un coup de hache, était tombée par tribord,
et le commandant Haraucourt, qui s'était précipité au porte-voix, donnait en personne l'ordre
de stopper. En deux minutes, un des canots de
sauvetage était descendu et paré ; il partait à la
découverte au milieu du tumulte des flots déchaî-
nés et disparaissait dans la nuit.

Puis, tandis que la recherche s'opérait sous le

grondement sinistre des vents, sous les coups
furieux de la mer comme enragée de l'allure
ralentie du croiseur, l'officier de service apportait son rapport verbal au chef.

L'officier enlevé par la lame avec le canon de
tribord était l'aspirant Caoudal. L'homme blessé
à la cuisse par un éclat de bordage était le gabier
de 2ᵉ classe, Yvon Kermadec.

Sur ces lugubres nouvelles, chacun attendit.
Une demi-heure d'angoisse silencieuse s'écoula.

Puis le canot de sauvetage signala son retour
et l'inutilité de ses recherches. Il fut hissé à bord
et l'équipage ruisselant gratifié d'une ration de
thé au rhum.

Chacun dut, le cœur serré, s'avouer qu'il n'y
avait plus rien à tenter; la mer tenait sa proie et
ne la lâcherait point. L'*Hercule* reprit sa course
avec le regret poignant, chez tous ceux qui le
montaient, d'abandonner à l'abîme un homme
jeune et brave, un officier d'avenir, tombé sans
gloire et sans profit, en pleine santé, en pleine
espérance, à l'heure la plus riante de la vie. René
Caoudal était le meilleur et le plus apprécié des
camarades, le plus juste des chefs. Il n'y avait
pas, sur le croiseur, si rude matelot qui ne lui
donnât une larme.

Quant à Yvon Kermadec, au moment où le
commandant descendit à l'infirmerie pour le voir,

il sortait d'un profond évanouissement grâce à l'énergique médication du docteur Patrice, et montrait des yeux bleus effarés dans sa brune et honnête figure bretonne. Bientôt le souvenir lui revint, avec la douleur ; il expliqua ce qui s'était passé :

« J'étais adossé au mât de misaine. M. Caoudal allait et venait, comme surpris d'un changement dans la direction du vent, quand soudain la lame est arrivée droit sur nous. Jamais je n'ai rien vu de pareil, depuis cinq ans que j'ai quitté Paimpol, ni même avant, quand j'allais à la pêche de la morue. On aurait dit un mur de fonte liquide s'écroulant sur l'*Hercule*. Tout était pilé, mis en miettes et emporté. Dans une sorte de vision confuse, je me suis rendu compte que M. Caoudal, projeté et comme collé contre la culasse du canon de tribord, était enlevé, balayé avec tout le reste. Au même instant, j'étais moi-même frappé comme un pavillon sur le mât auquel je me trouvais adossé, tandis qu'une énorme pièce de bois me broyait la jambe gauche... j'ai perdu connaissance...

« ... Mieux vaudrait sans doute que j'eusse succombé, reprit le pauvre garçon d'un ton découragé. A quoi bon survivre si ce doit être avec une jambe de moins ?... Je ne serai plus bon à rien... Mieux vaudrait que j'eusse été pris par la mer, à la place de M. Caoudal!... Un officier comme lui, cela ne se voit pas tous les jours!... »

L'accent du gabier était si sincère que le jeune docteur en fut profondément ému. Personne ne savait mieux que lui la perte irréparable que venait de faire la marine française en René Caoudal. Il était son ami le plus intime et son compagnon depuis l'enfance. L'hommage rendu à celui qu'il considérait comme un frère le toucha à ce point que sa main en devint moins sûre et moins ferme; il dut suspendre un instant le pansement minutieux auquel il se livrait.

« Allons, allons, mon brave Kermadec, pas de faiblesse, dit-il au gabier. Ta jambe n'est pas perdue, tant s'en faut, et j'espère bien arriver à te la conserver; mais il n'en serait pas ainsi, que tu aurais cent moyens pour un de rendre ta vie utile et belle... Quant aux regrets que tu exprimes sur la fin prématurée de M. Caoudal, certes, ils sont légitimes!... Un plus brave cœur, un officier plus intelligent et plus distingué, un meilleur fils, il n'en fut jamais!...

— Sa pauvre maman aura bien de la peine, poursuivit le gabier en répondant à son insu à la pensée même du docteur Patrice. C'est ce qu'il y a de dur dans notre métier, quand on s'en va, de savoir le chagrin qu'on leur laisse, à ceux de là-bas, qui vous attendent... Des fois je me dis que ce n'est pas juste et qu'il devrait y avoir entre les êtres qui s'aiment le pacte de mourir ensemble... Cher monsieur René !... C'est lui qui m'avait fait comprendre la bêtise d'apporter notre argent au cabaret, comme nous faisions tous quand nous descendions à terre... J'étais content d'avoir perdu cette sotte habitude !... Maintenant, qui me donnera un bon conseil ?... qui s'intéressera à savoir si je marche droit ? Savant comme il était, il ne dédaignait pas de causer avec moi, de m'apprendre un tas de choses. Il m'appelait l'ami Kermadec... Ah ! tenez, je me serais vingt fois jeté au feu pour lui... Et le voir emporté ainsi, sous mes yeux, sans être capable de lever seulement un doigt pour l'aider !... »

Le gabier s'arrêta, étranglé par le chagrin. Quant au jeune docteur, il n'était pas moins ému que le blessé, et, lui aussi, il resta un instant incapable d'articuler un mot.

« Tu sais s'il m'était cher, mon brave Kermadec, dit-il enfin. Je tâcherai de le remplacer auprès de toi. Si jamais tu as besoin d'aide ou de conseil, si tu crois que je puisse t'être utile en quelque façon, viens à moi avec confiance ; en souvenir de lui, je serai toujours heureux de te servir... »

Le pansement était achevé. Le commandant Haraucourt et le docteur, après avoir serré cordialement la main du blessé, le quittèrent pour remonter sur le pont. Ils s'entretinrent quelques instants encore du déplorable événement qui venait de priver l'*Hercule* de son plus brillant officier, puis se séparèrent, l'un pour aller rédiger son rapport, l'autre pour regagner le carré.

Là aussi, chacun attendait Patrice avec impatience. Tout jeune encore, mais savant autant que modeste, gai, obligeant, bon camarade, le docteur avait l'estime et l'affection de tous. La partie n'était jamais complète sans lui. Mais aujourd'hui chacun avait à cœur de lui témoigner plus que l'ordinaire cordialité. On savait les liens de profonde tendresse qui l'unissaient à René Caoudal. On écouta avec le plus ardent intérêt les détails qu'il venait de recueillir de la bouche de Kermadec et aussi l'éloge naïf et sincère que le gabier venait de faire du mort.

« Ce que vous nous dites augmente encore notre deuil, dit le lieutenant Briant, un officier d'une quarantaine d'années, aux gros yeux myopes et saillants, à la physionomie sérieuse et farouche. Et, pour mon compte, je ne puis exprimer toute la peine que me cause cette fin prématurée.

— Brave et cher Caoudal! s'écria l'enseigne

Des Bruyères. S'il était bon et secourable à plus petit que lui, il n'y avait pas non plus de meilleur camarade. Où retrouverons-nous jamais cet esprit, cette gaieté, cette fantaisie qui animaient notre table !... Jamais il ne sera remplacé parmi nous... »

Par une pente naturelle, la causerie se porta sur la famille de l'aspirant Caoudal. Le docteur conta tout ce qui pouvait satisfaire la curiosité respectueuse de ses compagnons.

« René, dit-il, était, vous le savez, fils et petit-fils de marins. Comme lui, son père et son grand-père ont eu la mer pour tombeau. Il était fils unique ; aussi la pauvre Mme Caoudal avait-elle horreur de voir son enfant embrasser une profession si cruelle, et de tout temps, elle avait pris à tâche de combattre chez lui le plus léger symptôme de vocation pour cette mer féroce, à qui elle garde une rancune inguérissable. Les amis, les domestiques étaient avertis, les livres choisis avec soin, les images et les souvenirs nautiques systématiquement écartés. Vaines précautions ! autant aurait valu chercher à empêcher un poisson de nager. René était marin de naissance ; aucune éducation n'aurait su faire de lui autre chose qu'un marin. On ne pouvait éviter qu'il aperçut par échappées un coin de rivière, une silhouette fuyante de navire, et ce qu'on ne lui disait pas, il le devinait. Aucun bateau n'avait jamais figuré parmi ses jouets ; à sept ans, on le trouva un jour occupé à s'en construire un. Où en avait-il puisé l'idée? Sans doute dans un atavisme confus. Toujours est-il qu'à dater de ce moment il ne rêva plus que voyages lointains, au désespoir muet de la pauvre mère, qui voyait naître et grandir sous ses yeux une force contre laquelle elle restait impuissante.

« Ce fut bien pis encore, quand sa petite cousine Hélène vint demeurer avec eux. Fille d'une sœur du lieutenant Caoudal, Hélène avait été élevée par sa mère dans le culte de la profession navale et l'admiration la plus ardente pour les exploits maritimes. L'enfant était devenue subitement orpheline; Mme Caoudal lui donna l'abri de son toit, et, avec la venue de sa nièce, tombèrent les faibles barrières qu'elle essayait en vain d'élever entre René et une vocation irrésistible.

« Les deux enfants avaient à cette époque une douzaine d'années. Ils ne se connaissaient pas auparavant, la fillette ayant toujours vécu en Algérie ; mais, du premier jour, ils furent amis. Ils avaient les mêmes goûts, les mêmes ambitions. Leurs entretiens roulaient toujours sur le même thème : navigations lointaines, expéditions au pôle Nord, batailles navales, découvertes de terres inconnues. L'amer regret d'Hélène de n'être qu'une fille se trouvait un peu adouci maintenant, à la pensée de voir son rêve prendre corps par procuration. En attendant, on se préparait aux exploits futurs, par les plus folles équipées. Nos navigateurs à venir se faisaient un devoir de ne pas laisser inexploré le moindre recoin du charmant pays qu'ils habitaient au bord de la Loire. Nombreuses furent leurs aventures de terre et de mer. Il n'était presque point de jour où ils ne rapportassent au logis, soit un front bossué, soit un membre plus ou moins endommagé et des vêtements en lambeaux. Il n'y avait plus désormais à vouloir pour René une autre carrière que celle de la marine. Mme Caoudal, qui était juste autant que tendre mère, le reconnut enfin, et sacrifiant dès lors l'espoir longtemps nourri de garder son fils auprès d'elle, fit taire généreusement ses répugnances. Elle ouvrit aux enfants l'armoire longtemps fermée où elle gardait les reliques sacrées du père et du grand-père. A partir de ce moment, tout ce qui touchait à la marine fut pour eux une religion.

« Il n'était plus question maintenant d'aventures à la Robinson, mais bel et bien de préparer vaillamment l'examen de l'école navale. J'achevais mes études médicales l'année même où René y fut admis. Quoique six ans de distance entre nous, — distance énorme à cet âge, — n'eussent jamais permis une véritable intimité d'enfants, nous avions toujours été bons amis ; nos demeures étaient voisines, et nos mères étroitement liées. Aussi une des joies de ma carrière avait-elle été de me trouver embarqué sur l'*Hercule*. J'attendais de grandes choses de ce vrai marin... Vous voyez comme nos espérances devaient être misérablement déçues !... »

Tout le carré avait écouté ce simple récit avec une sympathie profonde. Le lieutenant Briant en exprima au nom de ses camarades ses remerciements au docteur :

« Les détails que vous venez de nous donner sur celui que nous perdons, ajouta-t-il, nous rendront sa mémoire plus chère, s'il est possible... C'est à vous, sans doute, mon pauvre docteur, que va échoir la triste mission de donner à sa mère la terrible nouvelle. Dites-lui bien, quand elle pourra vous entendre, en quelle estime et en quelle affection nous le tenions tous ici.

— Et sa cousine, dit assez étourdiment Des Bruyères, pour elle aussi le coup sera affreux. Peut-être était-elle sa fiancée !...

— Non, répliqua le docteur un peu sèchement. Mlle Hélène Rieux et Caoudal n'étaient point fiancés. Nous sommes ici en famille. Pourquoi ne conviendrais-je point que le désir de Mme Caoudal avait toujours été de les marier ensemble. Mais, de même que pour la vocation navale, le vœu de la pauvre mère ne devait point être exaucé, les deux enfants ayant nettement refusé de se prêter à ce projet. Hélène et René étaient frère et sœur, ou, pour mieux dire, ils étaient à l'égard l'un de l'autre comme deux frères... »

Pendant qu'on devisait ainsi au carré des officiers et que le commandant Haraucourt consignait sur le livre de bord les détails de la triste aventure, l'ouragan avait perdu sa force et ne tarda pas à tomber. Une mer démontée succéda aux lames formidables qui avaient fait subir un si rude assaut à l'*Hercule*. Le changement de bordée s'effectua à l'heure réglementaire. Les hommes de quart prirent le service, tandis que leurs camarades allaient chercher dans les hamacs un repos largement gagné.

Toute la nuit, le croiseur roula comme un bouchon de liège sur les eaux clapoteuses.

Puis, vers le matin, tout s'apaisa et, quand le soleil parut à l'horizon, il éclaira une mer unie comme un miroir.

L'*Hercule* poursuivait sa course. Bientôt il toucha Lisbonne et put réparer ses avaries. Enfin, il reprit la mer et, en trois jours, arriva à Lorient. Il y en avait quinze qu'il avait perdu l'aspirant Caoudal, mais le lugubre événement était encore frais à toutes les mémoires. Kermadec, en bonne voie de guérison, pouvait déjà, en s'aidant d'une paire de béquilles, se hisser sur le pont. Le docteur Patrice avait le cœur lourd comme du plomb, à la pensée de la douloureuse mission qu'il allait remplir auprès de l'infortunée mère de son ami ; par une attention délicate, le commandant avait voulu lui laisser ce soin, au lieu d'envoyer de Lisbonne une triste dépêche officielle.

Le canot du port venait d'accoster l'*Hercule*, apportant les lettres, impatiemment attendues de tous. Soudain, le commandant parut, le visage rayonnant, et, à la main, un papier bleu :

« Grande et bonne nouvelle, Messieurs!... disait-il. L'aspirant Caoudal est sain et sauf ; recueilli en mer par le courrier de la Plata, il se trouve depuis deux jours à Lorient, en convalescence à l'hôpital!!! »

CHAPITRE II

Autant le docteur Patrice avait eu de chagrin depuis deux semaines, autant il eut de joie en apprenant que son ami était vivant.

Quelle délivrance de ne plus avoir le douloureux mandat d'apporter la lugubre nouvelle à Mme Caoudal, de ne plus redouter le désespoir de cette mère, de cette jeune fille si affreusement frappées! Et pour lui-même, quel bonheur de retrouver son compagnon préféré, de se dire que René vivrait encore de longues années pour tourmenter ceux qui l'aimaient, leur infliger mille morts par ses escapades et se faire chérir malgré tout!...

Mais vit-on jamais chance pareille?... Tomber à la mer par un ouragan furieux, et par quelque mille mètres de fond, — puis se retrouver bien tranquillement en rade à Lorient et y précéder de deux jours les camarades!... Il n'y avait que René Caoudal pour des aventures pareilles. Ah! le brigand !... Comme on allait l'embrasser de bon cœur!... Le docteur Patrice avait hâte de lui entendre conter par quel concours inouï de circonstances il avait pu se tirer d'affaire.

A peine débarqué, il courut à l'hôpital maritime.

Dix minutes plus tard il entrait dans la chambre où l'aspirant était couché. Les premières effusions passées, il examina attentivement le jeune homme, le palpant, l'auscultant, l'interrogeant, pour s'assurer qu'il n'avait rien de cassé. Son examen achevé, le docteur demeura assez surpris, car René paraissait physiquement en bon état, et rien ne semblait exiger qu'il gardât le lit, comme après une longue maladie... et pourtant le docteur crut constater un changement singulier dans l'état mental du jeune marin. Triste, préoccupé, le visage pâle, le regard distrait, on eût dit qu'il faisait un effort pénible pour fixer son attention, et ne répondait qu'à regret aux questions empressées de son ami. A vrai dire, il en paraissait importuné.

« Enfin, qu'as-tu ?... demanda Patrice avec sollicitude. Tu ne me sembles pas, en somme, avoir souffert de ton immersion... et je dois te dire que je ne m'explique même pas trop pour-

quoi tu restes couché là comme un paquet...
Allons, un petit effort! Viens faire un tour dehors. Cela te remettra sur pied, en un clin d'œil...

— Oh!... une promenade dans Lorient!... fit
René d'un ton de profond dédain.

— Lorient n'est pas si méprisable!... s'écria
le docteur. Dans tous les cas, cela vaudra mieux
que de rester là à broyer du noir... Car tu
broies du noir, c'est évident... Voyons, qu'est-
ce qui te préoccupe?... »

Pour toute réponse, René haussa les épaules
d'un air découragé.

« Tu te sens malade?...

— Malade?... Non... pas précisément.

— Alors, qu'éprouves-tu? de la fatigue mus-
culaire?... de la courbature?... les membres bri-
sés?... combien de temps as-tu passé dans l'eau?»
continua le docteur.

De nouveau, René eut un haussement d'épaules.

« Est-ce que je sais?... qu'importe, d'ailleurs!... » murmura-t-il avec impatience.

Et se retournant vers le mur, il cacha son visage sous son bras, comme pour indiquer que la
conversation lui était à charge. Le docteur le
regardait avec une surprise qui se changeait
rapidement en inquiétude. Qu'avait-il? Lui, si
franc, si gai, d'une nature si ouverte, trans-

parente pour mieux dire?... Sa tête avait-elle porté sur quelque récif dans son plongeon au fond de l'abîme?... fallait-il attribuer ce mutisme, cette maussaderie inusitée, à une commotion du cerveau?...

« Comment, tu ne sais pas?... s'écria le docteur décidé à le faire parler quand même. Tu dois bien te rappeler pourtant ce qui est arrivé lorsque tu es remonté à la surface?... Tu n'as pas passé bien longtemps sous l'eau probablement!... Combien de minutes, au jugé?... »

Un profond soupir fut la seule réponse du naufragé.

« Peut-être avais-tu perdu connaissance?... » René se tut.

« ... On t'a retrouvé amarré sur un tonneau vide, si je suis bien renseigné, continua Patrice. S'est-il écoulé longtemps avant que tu le rencontres?... Et la corde? D'où l'avais-tu tirée? »

De nouveau ce haussement d'épaules, ce geste impatient de la tête, comme pour chasser un bruit importun. On eût dit que la voix de son ami agissait sur les nerfs du malade à la façon d'une scie grinçant sur du marbre. Pendant plusieurs minutes le docteur le pressa de questions sans parvenir à rien tirer de lui.

« Mon cher ami, fit-il enfin, énervé à son tour par cette attitude, ton bain froid me semble avoir

agi de la façon la plus fâcheuse sur ton humeur...
tu n'es pas malade, c'est possible, mais tu es fort
maussade !... Si je te gêne, il faut le dire !... je
m'en vais, c'est très simple !... »   .

Il se dirigeait vers la porte. Alors René
parut faire un effort pour sortir de son accable-
ment.

« Patrice !... Étienne! cria-t-il. Ne te fâche
pas. Reviens. Tu sais bien que je suis aise de te
voir. Tu n'as pas besoin que je me jette à ton
cou pour te le prouver, je pense ?...

— Dame !... entre se jeter à mon cou et me
faire un pareil accueil, tu l'avoueras, il y a une
légère différence !... »

René soupira derechef, en secouant la tête
d'une façon lugubre.

« Allons !... le voilà qui recommence !... s'écria
le docteur. A qui diable en as-tu, avec tes soupirs
et tes hochements de tête?... On dirait d'un
homme gros de quelque terrible secret!... Aurais-
tu découvert une conspiration parmi les monstres
de l'abîme !... ou bien tu as entendu chanter les
sirènes au fond de l'eau, et tu n'as plus goût qu'à
leur musique?... »

A la grande surprise du docteur, une vive rou-
geur colora tout à coup le visage pâle de René,
et un éclair jaillit de ses yeux, tandis qu'un sourire se dessinait sur ses lèvres.

Les deux amis restèrent un moment silencieux, se regardant bien en face.

« Voyons, explique-toi, je t'en prie, dit enfin le docteur, croisant ses bras sur sa poitrine. »

Déjà René avait repris sa pose accablée.

« A quoi bon ? fit-il d'un ton de lassitude, tu ne me croirais pas...

— Pourquoi ?...

— Parce que, si je parlais, ce serait pour te raconter des choses si invraisemblables... si folles... tu ne me croirais pas !... Et tu aurais raison sans doute, s'il n'y avait pas une preuve irréfutable, — une preuve matérielle...

— Une preuve de quoi ?...

— De... ce qui m'est arrivé...

— Où !... Quand ?... Comment ?... Tu ferais damner un saint avec tes réticences !... J'ai bonne envie de t'administrer une douche !... »

René demeura un instant silencieux. Puis il parut prendre une résolution.

« Tiens, tâte-moi le pouls, dit-il. Ai-je de la fièvre ?

— Pas ombre de fièvre. La peau fraîche, le pouls calme comme le mien.

— Regarde-moi bien. Ai-je l'œil égaré, le front brûlant ? Est-ce que je ressemble à un homme en démence, sous l'influence du délire ?...

— Pas le moins du monde. Tu ressembles à

un brave garçon de mes amis, en proie à un accès d'humeur inaccoutumée, mais en possession
de toutes ses facultés.

— Alors, quoi que je te raconte, tu le croi-
ras?...

— Si tu m'affirmes que tu parles sérieusement,
je te croirai sans nul doute.

— Je te donne ma *parole d'honneur* que
ce que je vais te dire est la stricte vérité!...
Et cependant j'hésite...

— Mais va donc!... Je ne t'ai jamais connu
si soupçonneux!..

— C'est que tu ne m'as jamais connu dans
des circonstances comme celles où je me trouve...
Étienne, tu es mon ami le plus cher, presque
mon frère aîné... Je ne voudrais pas te tromper,
n'est-ce pas?... D'ailleurs, dans quel but?... Ce
que je vais te dire est *vrai;* — c'est incompré-
hensible, *mais c'est vrai...* Je pourrais garder
pour moi le secret de cette étrange aventure, et
j'avais résolu de n'en parler à personne, certain
de n'être pas cru. Mais tu es là, tu me ques-
tionnes, et j'ai tellement l'habitude de te confier
tout ce qui m'arrive que, ma foi, je me risque...
Qui sait?... peut-être à nous deux arriverons-
nous à quelque théorie plausible... à quelque
conclusion pratique... »

Vivement intrigué par ce préambule, non moins

que par l'expression sérieuse et émue du visage
de l'aspirant, le docteur prit un siège à son chevet et se prépara à l'écouter. René, appuyé sur
son coude, le regard rêveur et comme fixé sur
une image visible pour lui seul, commença son
récit en ces termes :

« Tu n'as pas oublié dans quelles circonstances je fus précipité à la mer, ce lundi 19 octobre. Nous étions en plein cyclone, courant au
N.-N.-E., sur des lames furieuses. Vous savez
tous sans doute, à bord, comment un coup de mer
m'a enlevé avec un canon ? Je ne doute pas qu'on
m'ait cherché, qu'on ait stoppé pour m'attendre ;
je sais comment les choses se passent en pareil
cas, et, à ce moment, ma première idée a été que
je serais infailliblement secouru... »

Le docteur fit signe de la tête que tout avait
eu lieu selon les prévisions de René.

« Malheureusement, ou plutôt heureusement,
car, si j'avais été bêtement repêché tout de suite,
j'aurais perdu un spectacle inouï — en tombant,
un instinct irrésistible m'avait poussé à me cram-
ponner des deux bras et des deux jambes à la
culasse de mon canon. La masse d'acier s'est
engloutie droit dans l'eau et m'a entraîné par son
poids...

« Au moment même où, sentant la stupidité de

mon action machinale, j'ai voulu relâcher mon étreinte pour remonter à la surface, j'ai perdu connaissance...

« Jusqu'ici, rien de singulier, n'est-ce pas ?... Je tombe, je pense qu'on va me repêcher : je m'accroche instinctivement au canon, qui fend l'eau avec la rapidité d'une flèche : je comprends qu'il faut me séparer de cette lourde masse pour remonter : j'ouvre les bras, je m'évanouis. Ma dernière pensée lucide est que je vais surnager et flotter comme un poisson mort...

« Tout s'enchaîne : je vois parfaitement les choses comme elles se sont passées ; je revis la sensation du plongeon, je sens le froid de l'acier entre mes bras, j'éprouve de nouveau la perte d'haleine que me cause la chute rapide à travers l'abîme...

« Puis, je perds une seconde fois connaissance...

« Combien de temps suis-je resté ainsi ?...

« Qui me le dira jamais ?... Où étais-je ?... Où a-t-elle eu lieu, cette scène inoubliable ?... »

L'aspirant se tut un instant, l'œil vague, le front de plus en plus pâle.

« Quand je repris mes sens, dit-il après un silence, j'étais allongé sur une couche moelleuse. Tout d'abord, je n'ai pu ouvrir les yeux ; le sen-

timent me revenait, mais par degrés seulement ;
j'entendais — mais sans comprendre ce qui se
passait autour de moi. Des voix s'entretenaient à
mes côtés dans un idiome inconnu... D'abord, je
me suis laissé aller à une langueur vague, une
sorte de rêverie... Puis les voix se sont tues.
Brusquement, le souvenir m'est revenu ; j'ai
pensé :

« Je suis tombé à l'eau, j'ai eu un commencement d'asphyxie. On m'a repêché...

« J'ai ouvert les yeux, avec peine, — mes
paupières étaient lourdes comme du plomb, —
m'attendant à me trouver à l'infirmerie, toi penché sur moi d'un côté, brosses et flanelles à la
main, mon brave Kermadec de l'autre, occupé à
frictionner son officier... Je me suis demandé,
je m'en souviens, lequel de mes deux camarades
avait pris le quart à ma place...

« Au lieu de l'infirmerie, au lieu de vos
figures, voici ce que j'ai vu :

« J'étais couché au centre d'une grotte spa-
cieuse dont les parois semblaient formées de
corail rose, d'une douceur de coloris incomparable... Une lumière argentée tombait du haut
de cette grotte, éclairant un lit d'ivoire recouvert
d'un tissu pourpre doux au toucher comme du
velours, épais et moelleux. Sous ma tête se trou-
vaient empilés des coussins d'étoffe précieuse

curieusement brodés. Le sol de la grotte était couvert du sable le plus fin ; çà et là s'étalaient de magnifiques tapis. Des sièges d'ivoire de forme antique étaient disposés dans la grotte. Un métier, d'ivoire uni, portait un ouvrage de broderie commencé ; une lyre d'écaille blonde reposait sur une pile de coussins froissés, comme si on l'y eût jetée à la hâte... Dans une corbeille de joncs, je vis des laines aux couleurs passées, un rouleau de papyrus entr'ouvert.

« Je restais ébahi, regardant autour de moi, me demandant dans quel monde j'avais pénétré, lorsqu'une voix douce, aux sonorités cristallines, poussa tout à coup une exclamation...

« Je tournai vivement la tête...

« Comment te dépeindre ce que je vis ?...

« Une jeune fille et un vieillard se tenaient debout à côté de ma couche et paraissaient venir d'une grotte intérieure qui s'ouvrait à la tête du lit...

« Le vieillard, de taille élevée, presque gigantesque, était superbe de majesté. Il avait autour du front une bandelette d'or ; sa longue barbe couvrait sa poitrine de flocons neigeux. Drapé dans un vaste manteau de laine blanche rehaussé d'une bordure brodée en couleurs, il avait l'air d'une statue antique animée...

« Quant à la jeune fille, jamais je n'ai rien vu d'aussi beau...

« Elle me parut en quelque sorte translucide et comme faite de lumière pareille à celle qui tombait du haut de la grotte... grande, élancée, svelte ainsi qu'un roseau, elle était vêtue d'une molle tunique chatoyante, d'un vert pâle comme certaines vagues au soleil levant. Ses cheveux blonds, entremêlés de cordons de perles, roulaient en masse soyeuse jusqu'à ses pieds. Son front pur était couronné d'une épaisse guirlande d'algues marines... et, dans ses yeux clairs, je crus voir l'Esprit de l'Océan même...

« Elle me regardait ; puis, me désignant de sa main effilée, elle prononça une courte phrase... Le vieillard répondit... Au milieu de mon trouble, je fis effort pour comprendre ; mais je n'entendis rien à leur discours. Si mes souvenirs classiques, — assez nébuleux, je dois le dire, — ne me trompent beaucoup, la langue dans laquelle ils s'entretenaient ressemblait au grec...

« Cependant le vieillard s'approcha de moi, posa sa main sur mon front, sur ma tête, me tâta le pouls comme tu aurais pu le faire toi-même, mon cher Étienne... La jeune fille, penchée sur son épaule, montrait son ravissant visage, d'un air à demi curieux, à demi moqueur... Et je me dis tout à coup que mon uniforme moderne, mes galons, mes chaussures de cuir, devaient faire un piètre effet sur cette couche royale... Tu

ne peux imaginer combien je me parus à moi-même
étriqué et mesquin au milieu de ce luxe, de cette
pompe féerique, archaïque, fantastique à la fois...

« Cependant mes hôtes continuaient à s'entretenir auprès de ma couche ; à la direction de leurs
regards, à leurs attitudes, je voyais qu'ils parlaient de moi. Le vieillard prenait un air de plus
en plus grave ; plusieurs fois il fit un geste de la
main vers le haut de la grotte. Il me sembla que
la jeune fille demandait quelque chose, gaiement
d'abord, comme en se jouant, puis en se fâchant
presque... Son front charmant s'assombrit ; elle
fronça le sourcil, et ses yeux limpides jetèrent
des éclairs. Le vieillard, sans s'inquiéter de
cette colère, faisait « non » de la tête, d'un ton
de plus en plus sévère... Enfin, repoussant doucement mais avec fermeté la jeune fille qui s'attachait à lui et semblait vouloir le retenir, il
marcha vers un coffre d'ivoire, y prit une coupe
d'or et se mit à préparer un breuvage...

« La jeune fille était restée auprès de moi...
Elle regarda un instant le vieillard, les sourcils
abaissés sur les yeux, se mordant la lèvre d'un
air de colère qui ne parvenait pas à l'enlaidir ;
et, tout à coup, avec un mouvement de tête plein
d'une mutinerie charmante, elle sourit, s'approcha de moi et me passa rapidement au doigt
une bague... En se relevant, elle fit un geste qui

a cours dans tous les pays, paraît-il... Elle mit un doigt sur ses lèvres souriantes... puis, courant aux coussins empilés près du métier, elle s'y posa légère comme une hirondelle, et, prenant la lyre d'écaille entre ses bras de neige, elle commença un chant inoubliable...

« Oh !... cette voix de cristal !... Cette musique étrange, irréelle, cette mélodie bizarre, et pourtant délicieuse... Tu as parlé du chant des sirènes, tout à l'heure... mon cher Étienne, quelle sirène chanta jamais comme la mienne?... En l'écoutant, en la regardant, je me sentais vivre dans un monde inconnu... Une joie singulière, associée à une mélancolie sans nom, me pénétrait... J'aurais voulu toujours l'entendre, et mourir pour ne l'écouter plus... Des larmes mouillaient mes yeux malgré moi ; j'étais transporté — et pourtant je souffrais...

« Elle me regardait, en égrenant ces notes exquises à travers l'étrange atmosphère de la grotte. Il me semblait que les rayons de ses yeux portaient jusqu'à moi la mélodie fantastique... En face d'elle, une des parois paraissait être de glace ; je croyais distinguer une lueur, verte comme celle des eaux de la mer ; j'entrevoyais de grands corps allongés qui venaient frôler ce mur transparent, attirés, retenus comme moi par le chant magique...

« Ne pouvant plus supporter mon inaction, je me soulevais sur ma couche, quand le vieillard, revenu sans bruit auprès de moi, posa lourdement sa main sur mon épaule. En même temps il m'offrait la coupe d'or ciselée, pleine d'un breuvage à l'odeur aromatique. J'allais refuser de boire, mais, sur un mot du vieil homme, la jeune fille se leva, elle s'approcha légère comme une ombre et, le sourire aux lèvres, elle m'offrit la coupe...

« Je la vidai d'un trait...

« Le breuvage avait un goût singulier assez agréable. Dès que je l'eus avalé, je retombai sur mes coussins, comme paralysé... La jeune fille s'était remise à chanter... Autour de moi, tout tournait; la grotte, ses habitants, les meubles, les grands poissons étranges qui frôlaient la muraille transparente... je crus voir se pencher sur ma couche des figures amies, — la tienne, celle de ma mère, celle d'Hélène... je fermai les yeux pour échapper à l'écœurante sensation de vertige... La voix de cristal sembla s'éteindre dans le lointain. Une fois de plus je perdis connaissance...

« Quand je revins à moi, le soleil du matin étincelait sur les vagues. J'étais seul, point imperceptible au milieu de l'immensité azurée.

Solidement amarré sur un tonneau vide, je flottais à l'aventure en plein Atlantique...

« J'y ai passé deux jours et deux nuits, dans un état intermédiaire entre la veille et le sommeil, torturé le jour par la soif et par la chaleur du soleil, les membres raidis par le froid pendant la nuit. J'y serais mort sans pouvoir faire un mouvement, si le courrier français de la Plata ne m'avait recueilli par hasard. On m'a ramené ici, on m'a soigné, et je serais remis depuis long-temps, je pense, si je n'étais dévoré d'un désir que tu comprendras sans peine et qui me consume comme une fièvre ardente, celui de revoir ma jeune ondine... »

Le docteur Patrice avait écouté avec surprise d'abord, ensuite avec inquiétude, l'étrange récit de l'aspirant. Que celui-ci, sous l'empire d'une hallucination causée par la fièvre, l'exposition aux rayons du soleil, la soif, l'inanition, eût rêvé toute son aventure, rien de plus naturel ; mais que l'hallucination persistât, qu'il crût de bonne foi tout ce qu'il racontait, voilà qui était plus grave, et qui pouvait même inspirer des craintes sérieuses sur son état mental. En le raillant doucement, puis en lui parlant très sérieusement, Patrice s'efforça de ramener son jeune ami à des idées plus rationnelles. Mais tout fut vain ; René ne voulut pas démordre d'un seul point de son récit. Il avait *vu* la grotte, le vieillard, la jeune fille, — et qui plus est, il les reverrait, il y était fermement résolu !... Il mourrait à la peine s'il le fallait, mais il les retrouverait ; — il entendrait de nouveau cette musique féerique, ce chant de sirène qui semblait lui avoir fait perdre l'esprit...

Tous les raisonnements de Patrice ne firent que l'ancrer dans sa détermination.

« Enfin, mon cher ami, finit par s'écrier le docteur véritablement en colère, permets-moi de te donner un conseil. C'est de taire soigneusement toute cette belle aventure, si tu ne souhaites qu'on t'envoie tout droit à Charenton !... Comment veux-tu que des gens sains d'esprit ajoutent foi une minute à de pareils contes de fée ?...

— Aussi n'ai-je aucunement l'intention de les confier à qui que ce soit, — toi excepté, s'écria René non moins exaspéré. Mais en attendant, puisque tu es si fort, — tiens ! fais-moi le plaisir de m'expliquer d'où me vient cette bague, si ce n'est pas l'Ondine qui me l'a donnée !... »

CHAPITRE III

LA BAGUE

Ce disant, René Caoudal tendait au docteur sa main gauche, où brillait une perle superbement enchâssée.

Étienne Patrice demeura un long moment silencieux, les yeux rivés sur cet anneau, stupéfié, perplexe, sentant mille arguments contradictoires se choquer dans sa tête.

D'abord, et quoi que sa raison en pût dire, il sentait bien, en sa qualité de médecin, que René ne délirait pas. Qu'il se permît de lui faire un conte à dormir debout, il ne pouvait l'admettre un instant : sa franchise et sa loyauté lui étaient trop connues. Mais, en dehors du témoignage moral que le docteur retirait du caractère comme de la physionomie de son jeune ami, il y avait cette étrange relique, cette bague qui, même présentée dans des circonstances ordinaires, aurait frappé l'œil le plus indifférent. La beauté unique de cette perle constituait à elle seule un mystère. D'où venait-elle? Sa pureté, sa forme, sa grosseur, sa perfection incomparable l'attestaient, c'était là un bijou royal, un joyau historique, d'un prix unique, qui n'aurait pu disparaître d'un écrin sans que le possesseur jetât les hauts cris, ni courir le monde sans que l'auteur du larcin fût vite découvert.

Il devait être célèbre, décrit minutieusement dans les archives de quelque antique maison. La monture était, s'il est possible, encore plus surprenante que la perle. Cléopâtre elle-même n'aurait certainement pu mieux enchâsser celle que la légende lui fait avaler.

Le docteur Patrice avait, un peu comme tout le monde moderne, la manie du bibelot; mais il avait ce que tout le monde ne peut avoir : le sens artistique, si commun parmi les enfants du midi de la France où il était né, et où il semble que la sculpture, la peinture, la musique, le chant, l'éloquence, les belles-lettres croissent naturellement et sans effort. D'instinct il reconnaissait une œuvre d'art, et l'expérience lui avait appris à la classer avec certitude, à lui attribuer sans hésiter une date, une école, une patrie.

Mais voici que, devant ce chef-d'œuvre en miniature, il se sentait complètement dérouté. De l'art grec? Sans doute. Mais grec tout juste, comme les paroles de la jeune fille et du vieillard avaient semblé du grec à René Caoudal, *quoiqu'il n'y comprît pas un mot*, il en convenait. Nulle part le docteur n'avait vu ce style d'ornementation. Ceci n'appartenait ni à l'aurore de l'art grec, ni à son apogée, ni à sa décadence ; on n'y retrouvait aucun des traits essentiels des écoles dorique, ionique, corinthienne, néo-grecque. Il n'y avait pas de nom à donner aux deux figures merveilleusement ciselées qui soutenaient à droite et à gauche l'impériale perle. Aucun animal, aucun oiseau, aucune espèce fossile reconstituée par la science n'était ici représentée. La chimère, création bizarre de l'imagination antique, n'aurait pu en donner une idée, car ce qui la rendait singulière, c'était l'expression encore plus que la forme de cette figure, effigie d'une créature véritable ou symbole capricieux des croyances disparues, — on ne pouvait dire.

La matière qui composait la monture était un autre sujet de perplexité. Impossible de définir si c'était là du métal, de la pierre ou du bois. On aurait penché pour du métal. Mais était-ce de l'or ? de l'argent ? du platine ? Non. Un alliage inconnu ? Peut-être. Cela ne ressemblait à aucune chose déjà vue. Rien que dans la forme, le tour indescriptible de cet anneau, on sentait une énigme. Entre l'artiste qui l'avait conçu et ceux qui le contemplaient aujourd'hui il y avait un abîme : abîme de temps, d'espace, de religion, de pensée, de génie, de race, de langue, de mœurs...

Cela sautait aux yeux.

« On croirait vraiment que ce bijou est tombé d'une autre planète ! fit le docteur involontairement.

— Tu vois ! dit René avec vivacité. Je ne pense pas avoir rêvé. Même si j'étais tenté de le croire moi-même, ce qui n'est pas du tout le cas, *je suis parfaitement certain* que ce que je t'ai dit a été vu et vécu ; je suis aussi convaincu de la réalité de mon aventure que de mon accident à bord de l'*Hercule*, que de mon identité... que de n'importe quoi, enfin, dont on ne peut répondre... Eh bien, eussé-je des doutes, que dire devant ce témoignage?

— Je n'en sais rien, fit le docteur pensif.

— Si seulement il y avait une inscription... ajouta René, tournant et retournant la bague en tous sens.

— Une inscription ! Au temps et dans le milieu où ce bijou a été ciselé, je serais surpris d'apprendre qu'on avait recours à nos moyens d'écrire. Crois bien que l'arrangement de ces deux figures constitue à lui seul une phrase lisible pour celle à qui l'anneau était destiné.

— Celle à qui il était destiné ! répéta René

d'une voix de rêve. Ah ! si tu l'avais vue, Étienne !
cette bague même cesserait de te surprendre, toute
merveilleuse qu'elle est !...

— Possible ! fit le docteur
en hochant la tête ; mais si je
dois te dire toute ma pensée,
je ne voudrais pas te voir
muser ainsi sur ce souvenir.
Je ne prétends nullement expliquer ce que je ne com-
prends pas, et je ne nie pas
ce qui me dépasse. Il est des
mystères qu'il peut être bon
et sain de sonder : celui-ci
ne me paraît pas du nombre.
Sirène ou mortelle, ange ou
diablesse, je n'aime guère ta
déesse avec ses breuvages
mystérieux et son hospitalité
énigmatique. Crois-moi, en-
ferme cette bague, ou mieux,
jette-la à la mer, comme cet ancien, en offrande
propitiatoire aux dieux ; tourne résolument le dos
à des souvenirs qui ne peuvent que te troubler la
cervelle ; cesse de regarder dans une sphère inconnue et reporte tes yeux plus près de toi...

— Jamais ! s'écria l'aspirant avec indignation.
Jamais !... Moi, j'oublierais cette vision ! Non,

cher ami, je le voudrais que je ne le pourrais
pas! Tiens! tu parles de le jeter, et te voilà toi-
même repris par la fascination de cet anneau;
tu n'en peux détacher tes yeux, ta main s'étend
malgré toi pour le reprendre. Eh bien, la puissance qui m'ordonne de retrouver ces êtres d'élite,
l'attrait qui me pousse vers eux, est autrement
impérieux que tout ce que tu peux imaginer.
Il faut que je retrouve mes hôtes, que je revoie
leur demeure sous-marine. *Il faut* que j'apprenne
leur secret, que j'obtienne leur confiance, que
j'entre en communion avec eux!..

— Il faut surtout que tu retrouves tes forces,
dit le docteur, un peu effrayé de cette exaltation;
il faut que tu ailles te remettre auprès de ta bonne
mère. Ne vois-tu pas que ces aventures t'ont ter-
riblement éprouvé et qu'avant d'en tenter de
nouvelles il serait nécessaire de reprendre un
peu de chair sur tes os?...

— C'est juste, dit René sérieusement. Qui veut
réussir dans une entreprise quelconque doit d'a-
bord faire provision de forces et de santé; aussi
ai-je bien l'intention de demander un congé et de
partir pour *les Peupliers* aussitôt que je serai libre.

— *Les Peupliers!* répéta le docteur avec mélancolie. Ah! René, comment est-il possible qu'une
autre image puisse effacer celle que tu vas retrouver là-bas?...

— Eh! fit l'aspirant d'un ton d'humeur, vas-tu te mettre du parti des autres, à présent? Bien entendu, il s'agit d'Hélène; combien de fois faudra-t-il supplier nos amis de ne pas vouloir faire notre bonheur malgré nous!

— Ta mère serait si heureuse de l'appeler sa fille...

— Mais c'est déjà chose réglée! dit René en riant; ne vois-tu pas qu'au fond, c'est là l'obstacle. Pourra-t-on jamais parer de vertus idéales le camarade de jeux avec qui on a grandi, avec qui on a échangé force taloches et vérités peu flatteuses?... Il y aurait danger, vraiment, de recommencer à la première discussion!... Pauvre Hélène! elle est digne d'un meilleur sort que d'être épousée par contrainte. Mais, fort heureusement, elle n'est pas fille à se laisser imposer un choix... Et d'ailleurs, ajouta-t-il non sans un éclair de malice, ou je me trompe fort, ou elle n'a pas à aller bien loin pour trouver des admirateurs plus satisfaisants que moi...

— A propos! dit le docteur changeant brusquement le sujet, as-tu entendu parler de Kermadec?

— Certes! dit Caoudal, le brave garçon est venu me voir dès son arrivée à l'hôpital. Il a encore plus grand besoin que moi de repos et de changement. Sais-tu à quoi j'ai pensé? A l'emme-

ner aux Peupliers. Il n'a plus de famille ; maman
et Hélène le connaissent par mes lettres, et je suis
sûr qu'il se plairait là-bas.

— Excellente idée, dit le docteur. Si ce n'est
pas à ton service qu'il a été blessé, ce n'est pas
faute de l'avoir souhaité. Tout le désespoir de ce
brave cœur était de te survivre, et de ne t'avoir
été bon à rien. Tu t'es fait là un ami dévoué.

— Bien aisément, je t'assure. Mais l'amitié est
réciproque. Kermadec a des qualités rares; avec
une simplicité d'enfant, un caractère naïf et cré-
dule qui l'expose aux pires influences...

— Celles qu'il trouvera aux Peupliers ne
pourront que lui être bienfaisantes, dit le docteur. C'est donc une affaire entendue : avec son
assentiment, qui n'est pas douteux, nous deman-
dons un double congé; vous allez vous rétablir
ensemble au bon air de la campagne, et je trou-
verai bien aussi le temps d'aller dire un petit bon-
jour aux Peupliers... Tu sais qu'hier encore j'étais
commandé pour un service pas gai, — la mission
d'aller annoncer à ta mère...

— Que son petit René avait servi au déjeuner
des crabes? dit l'aspirant d'un ton qui démentait
la légèreté de ses paroles. Pauvre maman !...
Bah ! ne pensons plus à tout cela, puisque c'est
fini... Hâte-toi d'avoir ton congé et de venir nous
rejoindre !... »

CHAPITRE IV

Quinze jours plus tard, sur une belle pelouse descendant en pente douce jusqu'au bord de la Loire, une compagnie joyeuse de jeunes filles vêtues de robes claires et de jeunes hommes costumés de flanelle rayée se livraient à une partie de tennis.

Un peu en arrière, près de la maison de briques rouges, n'affectant aucun air de château, mais présentant les simples et belles proportions d'une confortable habitation moderne, les gens sérieux causaient autour d'une table à thé. La maîtresse du logis, douce et majestueuse figure auréolée de cheveux blancs, se reconnaissait à son attention hospitalière pour les besoins de chacun. Mme Caoudal rayonnait. Elle avait son René, l'objet de ses pensées de tous les instants, son orgueil, son espoir, le seul qui lui restât de

tant d'êtres chers. Par un hasard bienfaisant,
les alternatives cruelles de désolation et de joie
que la connaissance des faits lui eût apportées,
avaient été épargnées à son cœur de mère.
Personne n'avait été trop pressé d'annoncer à
la pauvre veuve la mort de son fils unique ; si
bien qu'elle avait appris en même temps et l'accident de mer et le bonheur inespéré qui lui rendait René. Certes, même avec leur dénouement
heureux, ces étranges nouvelles n'avaient pas
été sans l'ébranler profondément, et sa jeune
favorite et conseillère, Mlle Hélène Rieux, avait
eu fort à faire pour étancher ses larmes, la consoler et la réconforter.

La mère éplorée avait éclaté en reproches
contre cette détestée profession, contre cette
mer affreuse qui lui avait tant pris, qui ne voulait même pas lui laisser son seul enfant. Mais
Hélène lui avait bientôt démontré qu'elle ne
devait pas se plaindre, puisque René, après tout,
était sain et sauf, que, du reste, on mourait tout
aussi bien, et moins glorieusement, dans son lit
que sur la mer (témoin ces voisins, sur qui
leur toit s'était effondré subitement une nuit),
et qu'enfin on serait doublement content de revoir
l'absent après sa terrible aventure. Bonnes ou
mauvaises, il avait bien fallu accepter ces raisons, et d'ailleurs, en revoyant son René, ce qu'il

y avait de meilleur et de plus beau au monde, selon l'excellente dame, elle avait oublié tous ses chagrins.

Grand, bien découplé, la tête fièrement posée, l'air martial, l'œil franc et dominateur, les mouvements souples et harmonieux, c'était un bel officier que René Caoudal, et capable de satisfaire l'orgueil maternel le plus exigeant. Il revenait, il est vrai, un peu pâle et amaigri : mais cela n'était pas pour le rendre moins intéressant aux yeux de la jeunesse du voisinage accourue pour le fêter. Au contraire ; on aurait pu remarquer, parmi les aimables joueuses de tennis, un redoublement de grâces et d'amabilités à l'adresse du voyageur. Mais, à part la banale courtoisie que demandait son rôle de fils de la maison, aucune d'elles n'aurait pu se flatter d'attirer particulièrement l'attention du jeune aspirant. En vain les plus fraîches toilettes avaient été mises en réquisition, en vain les mots les plus flatteurs, les rires les plus flûtés lui étaient décochés, dans ses regards, on lisait une préoccupation distraite, dans sa voix, ses gestes, toute son allure, une sorte d'absence.

« Ce n'est plus le René Caoudal d'autrefois, disait la petite Félicie Arglade, entre deux coups de raquette. On nous l'a changé en voyage ! Il n'a d'yeux et d'oreilles que pour Hélène.

— Après ses terribles traverses, plaidait doucement le docteur Patrice, avec qui doit-il avoir
plus à cœur de s'entretenir qu'avec sa cousine,
sa compagne d'enfance ?

— Pour moi, je n'ai jamais pu comprendre
ces mariages entre cousins, disait Félicie d'un ton
de délicatesse supérieure.

— Mais qui vous presse tant de les marier ?
demandait en passant Mlle Luzan, une blonde et
grande jeune fille à l'air doux, au front sérieux ;
si je connais bien Hélène, M. Caoudal est la dernière personne au monde qu'il lui viendrait en
tête d'épouser.

— Alors, reprenait la jeune Félicie, un peu
radoucie, pourquoi chuchotent-ils ainsi dans tous
les coins ?

— Ils ne *chuchotent* pas ! protesta Mlle Luzan ;
ils causent. Et comment peut-on s'en étonner ?
Ne savez-vous pas que M. Caoudal a tout récemment échappé à la mort ? Ne seriez-vous pas, tout
autant qu'Hélène, désireuse de savoir les moindres
circonstances de son aventure ? »

En réalité, sans qu'on pût, comme Félicie, les
accuser de *chuchoter*, il était bien évident qu'Hélène et René avaient beaucoup à se dire ; et pour
ceux qui n'étaient point dans la confidence, il
n'était pas surprenant qu'ils supposassent toute
sorte de choses étrangères à la vérité. Mais

d'où venait que Mme Caoudal qui avait entendu le récit des aventures de René, Étienne Patrice qui en avait eu la primeur, partageaient ces illusions ? Pourquoi Mme Caoudal était-elle si rayonnante et le docteur si attristé ? C'est que l'une croyait voir enfin la réalisation de ce qu'elle désirait, l'autre de ce qu'il appréhendait depuis longtemps.

« Cet accident a touché leur cœur, se disait la brave dame. A quelque chose malheur est bon.

— L'ondine cède le pas à Hélène, pensait, de son côté, le docteur, en soupirant. Allons, tant mieux ! Ne jouons pas ici le rôle du chien du jardinier ; et sachons nous réjouir du bonheur de nos amis !... »

Tous deux se hâtaient un peu trop de conclure. Le grand sujet des conférences de René et d'Hélène, ce qu'ils poursuivaient dans les bois ; au bord de la rivière, au salon, au tennis, c'était la discussion, le développement inépuisable des aventures de René. En arrivant, au milieu des effusions du retour, des pleurs et de la joie maternelle, il n'avait pu se tenir d'en faire la confidence à sa mère et à sa cousine. Car le sujet avait été clos d'un commun accord entre le docteur et lui, Caoudal ayant senti chez son ami, sinon de l'hostilité ou du scepticisme, du moins une répugnance marquée à l'encourager sur ce terrain. Et comme plus il allait, plus le souvenir devenait vivace, plus forte l'obsession, plus impérieux le besoin de parler ou d'agir, en revoyant ses plus chères affections il avait laissé déborder son cœur. A son extrême déception, M^{mo} Caoudal avait paru non pas incrédule, mais plutôt mécontente, froide, sévère même ; et, lorsqu'il avait eu fini de parler, elle avait prié son fils, très gravement, de ne plus jamais revenir sur ce sujet en sa présence.

Hélène, elle, n'avait pas dit un mot, mais ces yeux étincelants parlaient pour elle ; et, quand René, désappointé et perplexe, cherchait dans son regard appui et sympathie, elle lui avait fait rapidement signe de changer de sujet.

Plus tard, lorsqu'ils se retrouvèrent sous les grands peupliers qui donnent leur nom au domaine, elle lui avait expliqué son attitude :

« Inutile de tourmenter ma tante du récit de cette merveilleuse aventure, ou de lui laisser pressentir des projets que je devine, avait-elle dit. Tu sais quelle rancune elle nourrit pour la mer ; c'est comme une haine personnelle entre elle et l'élément liquide. Je crois qu'elle n'est pas éloignée de considérer en elle une puissance fatale, maudite... Nous ne devons lui savoir que plus de gré d'avoir accompli avec tant de générosité le sacrifice qu'exigeait ta vocation. Si elle croyait, si elle pouvait savoir que l'abîme des mers t'attire et te réclame aussi bien que leur immensité ; que tu es appelé sans doute au périlleux honneur d'explorer des régions ignorées, mystérieuses, perfides peut-être, elle ne vivrait plus, la pauvre âme. Épargne-lui ce tourment.

« Elle t'a défendu de lui parler jamais de toutes ces choses. Obéis-lui simplement. Quant à moi, ai-je besoin de te le dire, j'entre dès aujourd'hui dans tes plans ; tes ambitions, tu sais que je les ai toujours partagées.

3.

Quelquefois, souvent plutôt, je rêve que je pour-
suis la glorieuse carrière du marin ; je sens l'air
vivifiant du large passer dans mes cheveux, je
crois commander un navire, je me vois affron-
tant avec nos braves matelots la fureur des tem-
pêtes, abordant des îles inconnues, rapportant
des plantes, des bêtes, des matières nouvelles,
changeant l'aspect des cartes de géographie... Et
je me réveille Hélène Rieux comme devant !
ajouta la jeune fille avec un rire de bonne humeur. Ne crois pas que je me plaigne de mon
sort ! Mais j'admire et révère la glorieuse profession de mon grand-père, de mon oncle, la
tienne... et je serai aussi fière de tes exploits
que s'ils étaient miens. Tout cela est afin de te
dire que tu ne dois pas chercher ici d'autre
confident que moi pour des projets encore in-
formes, encore indistincts, on ne peut plus délicats. On ne comprend parfaitement que ce qu'on
aime ; et je sens assez moi-même qu'il faut une
influence héréditaire particulière pour me faire
sauter de plain-pied et sans hésitation dans une
certitude absolue de ta véracité. Aussi bien qu'un
autre, je vois ce qu'il y a d'incroyable dans ton
aventure, et pourtant j'y crois. Ce qui me per-
suade, ce n'est pas, comme Étienne, la seule
confiance en ta loyauté, la conviction de ta lucidité d'esprit, le témoignage de la bague... Non,

c'est « l'œil de la foi », voilà tout. Il me semble
que cela doit être; parce que, lorsqu'on est explorateur né, on va droit à la découverte; parce
que tu étais appelé d'origine à voir ce que
d'autres n'ont point vu... Bref, je crois, parce
que je crois!... »

Rien ne pouvait être plus satisfaisant qu'une
pareille confidence. Aussi René ne se lassait pas
plus de conter qu'elle d'écouter. De là les fausses
conclusions de Mme Caoudal, du pauvre docteur
et des bonnes amies. A chaque instant, Hélène
et René éprouvaient, comme des complices, le
besoin de quelque confabulation mystérieuse.
René avait négligé de détailler quelque perfection de sa déesse, ou bien Hélène avait à suggérer quelque nouvelle hypothèse, à redemander
le récit de quelque circonstance oubliée. Et
surtout, on creusait la question :

« Comment retrouver le séjour enchanté de
ces personnages augustes? Comment obtenir le
temps, les moyens de le tenter? Comment tout
combiner sans donner l'éveil à Mme Caoudal? »

Sur deux points, Hélène était également réso-
lue. Épargner à la mère de René toute angoisse,
toute anxiété inutile; encourager de tout son
pouvoir ce qu'elle considérait comme l'accomplissement d'un devoir, d'une mission de choix.

CHAPITRE V

René Caoudal était un esprit trop droit, de trop longue date accoutumé à la rigueur des choses mathématiques, pour n'avoir pas cherché à expliquer, par des causes simples et naturelles l'aventure inouïe de son immersion.

Il était parti de ces prémisses :

1° Je ne suis pas le jouet d'une hallucination, puisqu'il me reste de mon plongeon une bague admirable, unique et de grand prix ;

2° Le vieillard et la jeune fille que j'ai vus dans la grotte merveilleuse n'étaient pas des fantômes, par la raison qu'il n'y a pas de fantômes ;

3° Ce sont des êtres vivants, placés, par un concours de circonstances que j'ignore, dans des conditions d'existence spéciales, bizarres, extra-ordinaires, à quelques centaines de mètres au-dessous du niveau de l'océan, puisque les cartes marines indiquent dans cette région de l'Atlantique des profondeurs qui ne dépassent pas mille mètres.

Quel peut être l'habitat de ces êtres réels et vivants, mais anormaux?

Très vrai semblablement une grotte ou une série de grottes qui se prolongent sous la mer en empruntant leur air respirable à des cheminées, à des évents affleurant dans les rochers de quelque île voisine.

Telle était la seule conclusion raisonnable qui pût se présenter à l'esprit du jeune officier.

Elle l'amena, par une pente aisée, à se demander si le hasard ne l'avait pas placé sur la piste d'une grande découverte, ou du moins d'une grande vérification historique, celle du continent ancien, aujourd'hui disparu sous l'océan, que les traditions les plus lointaines de l'humanité placent entre l'Afrique et l'Amérique du Sud, — sorte de grande île jadis analogue à l'Australie, puis submergée par la mer, et dont Madère, Ténériffe, les Açores, les Antilles seraient seulement les débris ou les jalons restés apparents.

Sur l'existence de ce continent atlantique, situé au delà des colonnes d'Hercule (c'est-à-dire du détroit de Gibraltar), et sur sa disparition à la suite d'un grand cataclysme, les historiens, les géographes et les philosophes de l'antiquité ont toujours été d'accord. Platon en parle maintes fois dans ses écrits. Il indique la source de la tradition qu'il reproduit et qui n'est assurément pas sans autorité : c'est son grand-oncle Solon, le législateur d'Athènes, qui tenait des prêtres égyptiens de Saïs ces renseignements sur l'*Atlantide*, comme on appelait cette terre mystérieuse.

A quelle race humaine se rattachaient les Atlantes qui l'habitaient? Sur ce point, la tradition est plus confuse. Les uns voulaient que ce fût une race indigène qui serait venu envahir l'Europe (c'est-à-dire la Grèce), sans la résistance acharnée que lui opposèrent les Pélasges, ancêtres des Grecs. Les autres estimaient au contraire que l'Atlantide était une colonie grecque, peut-être une de celles que Jason et ses compagnons avaient fondées, en allant à la recherche de la Toison d'or.

Mais tous les auteurs anciens s'accordent pour constater que l'Atlantide a disparu quelques milliers d'années avant l'ère présente et que les basfonds, les bancs d'herbes marines connus sous le nom de « mer des Sargasses », les pics et les îles de cette région sont, en quelque sorte, les ruines du continent submergé.

Voilà les indications sommaires, mais positives, que l'histoire donnait à René Caoudal. Il savait,

L'ATLANTIDE ÉTAIT UNE COLONIE GRECQUE (P. 51).

d'autre part, que la préoccupation de l'Atlantide avait joué un rôle décisif dans l'esprit des navigateurs du xvᵉ siècle. Christophe Colomb, pour ne citer que lui, cherchait la route des Indes par l'ouest avec la conviction qu'il devait nécessairement trouver, de distance en distance, des îles survivant au grand continent disparu et qui lui serviraient de points de relâche. La découverte des Açores et des Antilles justifia dans une large mesure cette prévision, basée sur la géographie rationnelle.

Tous les sondages effectués depuis un demi-siècle, notamment par l'amiral Fleuriot de Langle, dans la région de l'Atlantique comprise entre le 12ᵉ et le 60ᵉ degré de longitude ouest, montrent d'ailleurs cette région comme littéralement « pavée » de bas-fonds, de récifs, de bancs de sable, — de ce qu'on appelle, dans le langage nautique, du nom expressif de « vigies ».

Enfin, les conclusions actuelles de la physique du globe ne permettent pas de révoquer en doute la possibilité et même la probabilité des faits relatifs à l'Atlantide et à sa disparition. Des révolutions considérables se sont produites et se produisent encore sous nos yeux dans la configuration des terres et des mers. C'est ainsi que la brisure du Pas de Calais s'est accomplie à une époque relativement moderne entre la Gaule et

la Grande-Bretagne ; que la côte normande s'est
en partie abîmée sous les eaux, très peu de temps
avant l'ère carlovingienne, en ne laissant plus
émerger que les archipels de Jersey et de Guer-
nesey ; que, de nos jours même, et en pleine
Méditerranée, on a vu disparaître l'île de San-
torin, apparaître de nouvelles terres, tandis que,
dans l'extrême Orient, des cataclysmes effroyables
modifiaient en quelques jours la physionomie des
archipels javanais. On sait aussi que l'Amérique
était primitivement beaucoup moins étendue
qu'aujourd'hui, et que le prodigieux bassin de
l'Amazone, celui de la Plata, la Floride, la Pata-
gonie, la Louisiane, le Texas, sont des terres
récemment abandonnées par l'Océan. Tout
démontre, en un mot, que la configuration des
continents et des mers varie sans relâche à la
surface du globe, tantôt par l'action lente et con-
tinue des érosions, des alluvions, des vents et des
marées, tantôt par l'effet soudain de quelque
grande commotion locale.

René Caoudal pouvait donc, sans imprudence,
admettre comme certain le fait d'une terre atlantique abîmée sous l'Océan, et rattacher cette
donnée historique au souvenir inoubliable qu'il
avait gardé de son séjour au fond de la mer des
Açores. Plus il examinait la question, plus il lui
semblait impossible de ne pas croire que ses

deux interlocuteurs sous-marins, ce beau vieillard et cette jeune fée, étaient des Atlantes, de
vrais Atlantes en chair et en os, survivant au
naufrage de leur patrie. Comment? Par quelle
filiation mystérieuse? Par quels artifices raffinés?
Par quels moyens presque surhumains? Il n'en
savait rien et ne voulait pas risquer à cet égard
d'hypothèses inutiles. Une certitude s'imposait :
celle de ce qu'il avait vu, de ses yeux vu, ce qui
s'appelle vu ; une volonté arrêtée : celle de revoir
ces choses; de percer à jour ce mystère, d'éluci-
der peut-être un grand problème géographique...

Pourquoi pas, après tout? Pourquoi ne pas
arriver à refaire volontairement, systématiquement et les yeux ouverts, ce voyage qu'un coup
de mer lui avait fait accomplir dans l'incon-
science ? Pourquoi ne pas redescendre de son
plein gré dans ces abîmes où il avait pu tomber
inanimé, pour se réveiller comme en rêve, jouer
son rôle dans une scène mimée et repartir
comme il était venu?

René prit avec lui-même l'engagement de tenter l'entreprise.

Et ainsi qu'il avait coutume de bien faire ce
qu'il faisait, il se demanda d'abord par quel
moyen il pourrait échanger des idées et des renseignements avec ces Atlantes, si le bonheur
voulait qu'il parvînt à les retrouver.

A aucun prix, il ne lui convenait de se revoir dans la situation pénible, sinon ridicule, d'un homme qui entend les gens s'entretenir de lui à sa barbe et qui ne comprend rien de ce qu'ils disent. Quelle langue parlaient le vieillard et sa fille?

La conviction s'implantait graduellement dans son esprit que leur langue était le grec ancien. Cette conviction, corroborée par le cadre de leur existence, par leur mobilier, par le caractère de leurs vêtements et de leurs attitudes, devint une certitude, un soir que le jeune officier parlait tout seul, à haute voix, sans y prendre garde, de ce qui occupait nuit et jour sa pensée.

Il venait d'articuler machinalement quelques-uns des sons qu'il avait saisis au vol dans la grotte sous-marine, — *pater*, *agathos*, *thugater*.

Se jeter sur ses vieux livres classiques, ouvrir l'*Iliade* et l'*Odyssée*, y rechercher avec fièvre les mêmes mots, cela fut l'affaire d'un instant.

Et tout aussitôt les bribes de grec qui dormaient en sa mémoire se réveillèrent d'un long sommeil. Les vieilles racines de Claude Lancelot brillèrent devant lui en caractères phosphorescents; il se surprit à murmurer comme jadis :

Patèr, père; *apatôr*, sans père;

Agathos, bon, brave à la guerre;

Thugater, la fille s'appelle...

Oh! les bienheureuses racines! Les délicieuses rapsodies! Combien René savourait en ce moment ces rimes tant maudites autrefois! Il s'expliquait maintenant ses hésitations; c'était l'accent de ses hôtes qui l'avait dérouté longtemps: une musique dont les ânonnements du collège ne donnent à vrai dire qu'une idée très lointaine. Mais désormais il était sur la voie. En comparant d'autres mots de même ordre à ceux dont son oreille avait gardé le rythme, il pouvait se faire une idée approximative de la manière de les prononcer; il pouvait enfin étendre le procédé à d'autres classes de mots se reliant aux premiers par quelque côté. Il arriva promptement de la sorte à se créer de toutes pièces un système d'accentuation, et comme le résultat était harmonieux, il en conclut que c'était le vrai. En même temps, il se lançait à corps perdu dans l'étude du vocabulaire, de la syntaxe, des flexions de tout ordre. Mais, par-dessus tout, il s'attachait aux *racines*, à ces chères racines qui sont la clef de la langue, et dont le bon Rollin a dit avec tant de raison qu'elles donnent une « facilité incroyable pour l'intelligence des auteurs ». A toute heure, on le trouvait le livre en main, se répétant à lui-même quelques-unes de ces rimes naïves :

Meli, le miel, doux à la bouche;

Melissa, mellifique mouche...

Des exercices aussi soutenus ne pouvaient
guère se poursuivre sans qu'Hélène les remar-
quât. Elle voulut en connaître l'explication, que
René ne lui cacha point. Et, tout aussitôt, de se
passionner, elle aussi, pour l'étude du grec, de
s'engager à son tour dans le jardin des triom-
phantes racines et de rivaliser d'ardeur à les
cultiver avec René.

On ne s'abordait plus qu'en se bombardant
d'un dixain. On ne respirait plus qu'en grec. Par
les couloirs, les jardins et les prés, voltigeaient
de toutes parts des mots ailés :

A fait un, prive, augmente, admire;

Aazzô, j'exhale et j'aspire...

Tant et si bien qu'à son tour Kermadec, imitant
son officier en tout, et d'ailleurs doué d'une
mémoire prodigieuse fut pris de la contagion,
entra dans le mouvement et se mit peu à peu à
se frotter de grec. On l'entendait murmurer en
polissant ses cuivres :

Agelè, grand troupeau de bœufs...

Le docteur Patrice, tout en protestant pour la
forme, se laissait, lui aussi, atteindre par l'épidémie, et ne savait pas résister au plaisir de montrer qu'il n'avait pas entièrement oublié ses
études classiques. Seule, Mme Caoudal restait
imperméable à la folie générale et se demandait en levant les bras au ciel ce qu'ils avaient

tous à parler du matin au soir une langue pareille.

' Cependant René ne négligeait point les parties positives de son programme. Il s'était entouré de toutes les cartes et de tous les documents qui pouvaient éclairer le problème à résoudre; il avait réfléchi mûrement et arrêté ses projets. La question première n'était pas pour lui de trouver les associés, les forces, les matériaux nécessaires à l'exécution d'une fantastique entreprise; il fallait aussi obtenir de ses chefs un congé supplémentaire, et de sa mère la permission de passer ce congé à la mer.

Sur ces entrefaites, il reçut sa nomination au grade d'enseigne de vaisseau. Ce n'était que justice, car, depuis un an déjà, il figurait au tableau d'avancement pour action d'éclat. Cette promotion eut un premier et immédiat effet en facilitant à René l'accomplissement de ses projets; il obtint sans peine les trois mois de liberté qui lui étaient nécessaires.

Mme Caoudal fut plus malaisée à convaincre. Mais à quoi n'arrive-t-on pas avec de la persévérance et de la diplomatie? Travaillée par Hélène, la bonne dame n'était plus loin de confesser qu'après tout, si René désirait consacrer ses loisirs à un voyage d'exploration personnelle, il n'y avait pas de motif de s'y opposer.

Or, ce voyage, le jeune officier en préparait en toute hâte les voies. Il était, depuis trois semaines, entré en correspondance réglée et quelque peu mystérieuse avec un personnage inconnu de tous à la maison. Le fidèle Kermadec apportait les lettres, adressées et mises à la poste de la ville. On voyait le brave garçon sans cesse en route entre Lorient et les Peupliers, fier de servir son officier, gros d'importance, prêt à se faire mettre en morceaux plutôt que de trahir un secret que, d'ailleurs, il ne connaissait pas.

Ce secret n'en fut plus un le jour où René, en s'asseyant à la table du déjeuner, tendit à sa mère une lettre ouverte en la priant d'en prendre connaissance.

Le prince de Monte-Cristo invitait M. René Caoudal à venir passer quelques semaines à bord de son yacht *Cinderella*, pour causer de ses idées si curieuses et si neuves sur la flore de la côte africaine.

Tout le monde sait que le yacht *Cinderella* poursuit, depuis plusieurs années, dans l'Atlantique, des sondages de haut fond. C'est un superbe navire, commandé par son propriétaire en personne, et outillé à merveille pour les recherches qu'il poursuit, plusieurs savants célèbres ont reçu l'hospitalité à son bord et ont rapporté de leurs explorations des faits d'une certaine importance, aussitôt communiqués aux Académies et enregistrés par la presse. Une invitation à passer quelques semaines sur ce yacht illustre devait être considérée par Mme Caoudal comme la plus flatteuse des faveurs pour son fils bien-aimé.

Certes, elle soupirait en le voyant sacrifier à la mer des jours de repos qui semblaient dus à la terre ; mais la satisfaction de savoir René à même de se distinguer dans une entreprise pacifique apportait quelque adoucissement au chagrin de la séparation. Elle accorda donc, sans trop de peine, le consentement attendu. Huit jours plus tard, le jeune enseigne de vaisseau, escorté de Kermadec, prenait le train pour Lisbonne, où devait l'attendre la *Cinderella*.

CHAPITRE VI

Le yacht *Cinderella*, propriétaire et commandant le prince héréditaire Christian de Monte-Cristo, XXVI° du nom, était ce qu'on appelle une goélette composite, de cinq cent trente tonneaux, à trois mâts et à hélice avec une machine de trois cent cinquante chevaux, et des soutes pour vingt jours de charbon. Sa vitesse, sous machine seule et par belle mer, était d'environ douze nœuds; mais cette vitesse pouvait être notablement augmentée par la voilure, quand le temps était favorable.

A l'extérieur, la *Cinderella* montrait une coque affilée, longue et légère, promettant les qualités et l'allure d'un cheval de pur-sang. L'heureuse proportion de ses agrès, la perfection d'ajustement de ses membrures, que rehaussait encore une simplicité pleine d'élégance, frappèrent

d'emblée l'œil exercé de René Caoudal, très porté
pourtant par sa profession même à se méfier des
bateaux de plaisance et à les croire voués
d'avance à l'infériorité. La tenue de l'équipage,
en sa correction parfaite, était visiblement copiée
sur celle des navires de guerre. Le jeune
enseigne nota avec satisfaction la physionomie
ouverte et franche des hommes, indice toujours
caractéristique à bord d'un bâtiment. Le plancher du pont reluisait de propreté; les cuivres
avaient le brillant de l'or.

L'officier qui reçut l'invité du prince à la
coupée était d'aspect moins satisfaisant que
l'ensemble du yacht. Il se présenta lui-même
comme le capitaine Sacripanti, commandant en
second du yacht, aussitôt que René Caoudal se
fut nommé. C'était un petit homme gros et court,
aux cheveux noirs luisants de pommade, à la
cravate voyante, à la double chaîne de montre
ornée de médaillons, aux doigts chargés de
bagues et qui ressemblait plutôt à un valet de
place napolitain qu'à un officier de marine.

Son accent ne démentait pas cet aspect peu
nautique. Il était de ces gens d'origine vague
qui parlent aussi mal, et de la même voix grasse,
toutes les langues du bassin de la Méditerranée.
Après s'être incliné très bas, en découvrant deux
rangées de dents éclatantes, il s'offrit à con-

duire le jeune enseigne au commandant : offre qui fut d'emblée acceptée.

Pour se rendre à l'arrière, René traversa à la file un salon, un fumoir, une salle à manger, une bibliothèque luxueusement aménagée ; puis son guide frappa un coup discret à la porte de la chambre d'honneur.

« Entrez! » cria une voix tonnante.

Le « commandant en second » fit glisser la porte dans ses rainures et s'effaça pour laisser passer René.

« Monsieur l'enseigne de vaisseau Caoudal! » annonça-t-il d'un ton de solennité.

Aussitôt un homme de haute taille surgit des profondeurs d'un fauteuil monumental et, déposant sur un guéridon la revue qu'il était en train de lire à l'aide d'un double lorgnon, s'avança les deux mains tendues :

« Ah! mon cher monsieur Caoudal, que je suis aise de vous voir!... » s'écria-t-il plein d'effusion.

Et il pressa les mains du jeune homme dans les siennes d'un air aussi ravi en effet que s'il retrouvait un ami depuis longtemps perdu de vue. Pour un peu il l'eût embrassé.

Sans s'étonner, René lui exprima le plaisir qu'il éprouvait de son côté à faire la connaissance du prince de Monte-Cristo.

« Eh bien !... savez-vous ?... je vois que nous allons nous entendre comme... larrons en foire, ma parole !... s'écria le prince avec explosion, dès que René eut fini de parler. D'abord, moi, je suis comme cela, je vous en avertis, homme de premier mouvement !... Si les gens me vont, je le leur dis au nez !... S'ils me déplaisent... ma foi ! je le leur dis aussi !... Et vous me plaisez... vous me plaisez même beaucoup !... Je suis positivement enchanté de faire votre connaissance, enchanté de vous posséder à mon bord pendant quelque temps, enchanté de ce que nos travaux vous intéressent et de ce que vous désirez y prendre part !... J'espère que vous vous plairez parmi nous, continua-t-il avec volubilité sans prêter aucune attention aux quelques paroles polies que l'enseigne crut devoir murmurer. Si vous ne vous y plaisiez pas, il faudrait me le dire... tout net !... et je tâcherais de changer... non pas mon yacht, évidemment, ce ne serait pas pratique, — mais enfin je m'efforcerais d'arranger les choses à votre goût... Ah ! voyons !... vous conviendrait-il de visiter mon petit sabot?... — c'est mon yacht que j'appelle ainsi... Ah ! ah ! ah ! ah !... »

Partageant de bon cœur la bruyante hilarité du prince, René déclara qu'il était tout prêt à visiter le *sabot*. Son hôte, se coiffant d'une vaste

casquette, se mit aussitôt à le précéder dans
tous les recoins du navire, du pont à fond de cale,
sans lui faire grâce d'un détail. René fut obligé
d'avouer que tous les arrangements, tant extérieurs qu'intérieurs, étaient parfaits. Rien ne
manquait de ce qui pouvait servir aux travaux
scientifiques que le prince avait entrepris. Atelier
photographique, atelier de menuiserie, forge,
laboratoire de physique et de chimie, tout semblait admirablement organisé. Deux ou trois
douzaines d'ouvriers, dirigés par des contremaî-
tres, occupaient ces divers ateliers. Le prince
murmura à l'oreille de son hôte, d'une voix de
stentor, que c'étaient tous des gaillards d'élite et
des gens qui lui plaisaient, sans quoi il les met-
trait à la porte, carrément !...

Cette altesse était vraiment une physionomie
singulière. Au physique, un véritable colosse,
grand, large à proportion, l'abdomen majestueux,
le teint cramoisi, les yeux saillants, la face
pourvue d'un puissant nez aquilin, ou plutôt
d'un rostre énorme, qui, joint à un crâne aplati
vers l'occiput, lui donnait une ressemblance fantastique avec un perroquet. La voix était reten-
tissante, le geste libre, le rire homérique en son
ampleur ; les manières d'une cordialité exu-
bérante. Il affectait une rondeur, une franchise
touchant à la brusquerie. Bavard infatigable, il

s'arrangeait pour articuler cent paroles où le
commun des martyrs en aurait à peine placé
dix. Mais ce qui frappa d'abord René, ce fut le
dédain philosophique qu'il professait en toute
occasion pour le rang souverain où le sort l'avait
placé. Il est vrai que sa souveraineté ne s'étendait guère qu'à un îlot de deux ou trois cents hectares, dont la principale industrie et l'unique
source de revenu était une mine de plomb
argentifère, exploitée par sept ou huit cents for-
çats que le prince sous-louait à une nation voisine.
A l'entendre, il n'estimait au monde que le
mérite personnel. Le dernier des balayeurs,
affirmait-il, valait mieux à ses yeux qu'un empe-
reur sur son trône, pourvu qu'il fût bien doué
intellectuellement. On eût dit qu'il voulait, grâce
à cet étalage de principes, se faire pardonner la
colossale fortune qu'il avait trouvée dans son
berceau avec la couronne princière, quelque cinquante ans auparavant... Du moins avait-il le
bon goût d'en employer un bon tiers à des travaux
utiles à la science.

« Je me considère comme un intendant, répé-
tait-il volontiers. Ma fortune n'est pas à moi...
je ne fais que la gérer pour ceux qui n'en ont
point... Quant à mon nom... peuh!... qu'est-ce
que cela?... Comme dit l'immortel Shakespeare:
Sous tout autre nom la rose embaumerait-elle

moins ?... Je vous atteste que je n'y attache aucune importance, et que je m'appellerais avec autant de plaisir Gros-Jean que Monte-Cristo !... »

En attendant, il ne perdait pas une occasion de rappeler ses douze cents ans d'aïeux plus ou moins authentiques.

En cinq minutes René le connut à fond. Bien qu'assez ridicule en réalité, son hôte ne lui inspirait aucune aversion, et la perspective de passer quelques semaines à bord d'un si charmant navire n'avait rien pour lui déplaire.

Le prince voulut l'installer lui-même dans sa cabine, commode et élégant réduit ouvrant sur la bibliothèque. Il supplia le jeune homme de se considérer là comme chez lui et de bien vouloir se plaindre si n'importe quel arrangement n'était pas à sa convenance. René l'assura en toute sincérité qu'il n'avait jamais été si confortablement logé, et ils remontèrent sur le pont les meilleurs amis du monde.

Le but du voyage présent de la *Cinderella*, on s'en souvient, était de procéder à des sondages de haut fond dans l'Atlantique. René demanda bientôt à voir l'appareil qui servait à cette opération, — investie pour lui d'un intérêt que ne soupçonnait guère l'honnête Monte-Cristo.

Le prince s'empressa de le conduire à l'en-

C'EST UN PLOMB SUPERBE... (P. 67).

droit où reposait le principal engin de sondage, en ce moment au repos sur le pont.

C'était un énorme bloc de plomb, ne pesant pas moins de mille kilogrammes; autour de son extrémité supérieure s'enroulait une solide corde de soie mesurant, ainsi que Monte-Cristo l'annonça non sans fierté, quinze cents mètres de longueur.

« Vous le voyez, dit le prince, tout heureux de pouvoir se livrer à une démonstration, notre plomb monstrueux est évidé à sa base et garni de suif. Quand il a séjourné un temps suffisant sur le fond, on le remonte lentement au moyen de ce treuil; il reparaît alors garni de coquillages, graviers, herbes, débris de toutes sortes qu'il a ramassés en traînant au fond de la mer. C'est en étudiant la nature de ces débris à la loupe que nous arrivons à déterminer les espèces végétales et animales (souvent nouvelles), que recèlent les hauts fonds de l'abîme...

— Comment!... dit René, surpris et désappointé, vous n'avez pas d'autre procédé pour vos recherches?...

— Mais non, mon cher!... et n'a pas qui veut un plomb comme le mien, je vous l'assure!... Voyons, que lui trouvez vous de défectueux?...

— Rien en lui-même, certes. C'est un plomb superbe. Mais ce que je me permettrai de trouver

défectueux, primitif, enfantin, c'est de s'en rapporter à un pareil engin pour examiner le fond !

— Et à qui voulez-vous que je m'en rap-
porte?... Voulez-vous que j'envoie un appareil
photographique à mille mètres sous l'eau?... Et
le moyen, s'il vous plaît?...

— Un appareil, non...

— Ah!... vous voyez bien !...

— ... Mais un homme, oui !... Pour moi, je
vous l'avoue, commandant, je n'ai demandé à me
joindre à vos recherches que dans l'espoir formel
d'aller moi-même, *en personne*, au fond des
mers. Je tiendrais à voir par mes yeux ce qui
se passe en bas, et tous les coquillages que pourra
rapporter le plus gros plomb du monde ne me
disent absolument rien !... Le moindre coup d'œil
personnel ferait bien mieux mon affaire...

— Hé! hé!... fit le prince avec son gros rire,
je vous crois sans peine, mon jeune ami !... Moi
aussi, j'aimerais bien à voir par mes yeux ce
qui se passe chez les poissons... Il n'y a qu'un
malheur : — c'est impossible, tout simplement !...

— Pourquoi impossible ?

— Pour une très bonne raison: c'est que
nous faisons nos sondages à de telles profondeurs
qu'on ne saurait penser à pourvoir nos scaphan-
driers d'un tube respiratoire de pareille longueur... à moins d'envoyer des amphibies explo-

rer le fond, comment nous y prendrons-nous donc pour faire respirer nos explorateurs?... »

René réfléchit un moment avant de répondre.

« Il est clair que cette opération de l'air respirable est la seule qui doive nous arrêter, dit-il enfin. Eh bien, si on ne peut pas établir un tube suffisamment long, il faut chercher autre chose.. voilà tout !...

— Oh !... oh !... voyons un peu?... fit le prince en croisant ses bras sur sa large poitrine.

— Voici: il faudrait, selon moi, arriver à établir un scaphandre spécial — un scaphandre de haut fond, pourvu d'une provision d'air respirable suffisante pour trois ou quatre heures, et que le plongeur emporterait... Autour du câble de suspension s'enroulerait le fil d'un téléphone qui permettrait de rester en communication avec l'explorateur; on le remonterait dès qu'il le demanderait; et dans le cas où il ne donnerait plus signe de vie après un certain temps, on le remonterait également (et sans perdre une minute), au moyen d'une machine à vapeur...

— Savez-vous que c'est là un des plans les plus ingénieux! s'écria le prince enchanté, je n'y vois qu'un défaut, c'est que nous n'avons pas ce scaphandre...

— Je le pense bien.

— Alors?...

— Il nous faut l'inventer. N'avez-vous pas ici même, à bord, des ateliers complets, d'excellents ouvriers?...

— Certes!... il n'y en a pas de meilleurs que les miens, j'ose m'en flatter!...

— Eh bien, si vous le permettez, je m'installe sur l'heure dans la bibliothèque; je me mets à étudier mon plan de scaphandre, et j'espère avant peu être en mesure de donner à vos ouvriers des indications assez précises pour qu'ils en construisent un des plus satisfaisants...

— Si vous faites cela, il faudra que je vous embrasse!... s'écria le prince enthousiasmé, voyant déjà les rapports qu'on adresserait aux sociétés savantes et l'intérêt qui se porterait sur son nom. Si vous réussissez, ma parole!... je vous donnerais volontiers... une ou même deux années des revenus de ma principauté!...

— Je ne demanderais pas tant que cela, dit René en riant, permettez-moi seulement de descendre le premier dans mon appareil et de choisir *moi-même* l'emplacement des sondages... au moins au début.

— Eh! mon cher enfant, assurément!... vous choisirez tout ce que vous voudrez!... Quand vous plairait-il de commencer?...

— Dès que nous serons en route.

— Bravo!... Et vous désirez voguer vers...?

— Je serais particulièrement heureux d'explorer les alentours de la mer des Sargasses. Arrivés à un point placé vers le 25° degré de longitude Est, et sous le 36° degré de latitude Nord, nous ferions halte et nous procéderions aux sondages.

— Oh! oh!... vous avez des idées arrêtées, cela est clair... Et que pensez-vous découvrir sur ce point exact? Beaucoup de goémons, sans doute. Mais encore?...

— L'expérience m'a appris, en effet, que la mer est couverte en cet endroit d'une quantité de varech, que les savants appellent *fucus natans*, et nos marins tout bonnement *raisins du tropique* ou *goémon du golfe*. Mais que nous importe?... cela ne nous gênera en rien, j'imagine...

— En effet, votre scaphandre saura bien écarter ce mouvant tapis... Eh bien, mon cher, à vos ordres!... la bibliothèque et les ouvriers sont tout à votre disposition, et je vais à l'instant donner la route en question. »

Le prince s'éloigna vivement, laissant son hôte très heureux de se voir en marche vers sa mystérieuse ondine. Et, tandis que le yacht levait l'ancre et se mettait en route, le jeune officier s'enfermait dans la bibliothèque, où, grâce à une assez grande habileté comme dessinateur, et avec le secours de force livres techniques, encre de Chine, crayons de couleurs, compas et planche à lever, il ne tarda pas à voir prendre figure (sur le papier du moins) à l'appareil qu'il rêvait.

Après avoir complété plus de vingt épreuves sans en réussir une à sa satisfaction, il finit pourtant par livrer aux ouvriers un plan qui semblait réunir toutes les conditions voulues, et, sous sa direction, l'atelier de menuiserie attaqua l'ouvrage. Le prince de Monte-Cristo n'avait pas surfait l'habileté de ses hommes. C'étaient tous des praticiens émérites et qui savaient exécuter avec intelligence des instructions malaisées à suivre.

Le scaphandre imaginé par René se composait d'une énorme caisse circulaire de trente mètres cubes environ, formant chambre close, et lestée à sa base de trois mille kilogrammes de plomb. Une armature d'acier garnissait cette base et se reliait par de fortes bandes également d'acier aux grappins de suspension, rattachés eux-mêmes aux palans d'embarcation, sur l'un ou l'autre flanc du navire. Un jeu de poulies et le cabestan à vapeur devaient permettre de noyer l'appareil et de le relever à volonté.

La chambre submersible était munie d'oculaires et de hublots en verre épais, mais parfaitement limpide, qu'un faisceau de lumière électrique pouvait traverser dans toutes les directions pour éclairer le milieu ambiant. La source de lumière était une lanterne mobile, accrochée au plafond et alimentée pour plusieurs heures par un accumulateur. Cet accumulateur se logeait dans la caisse d'un sofa des plus moelleux, qui formait, avec une table de travail, deux fauteuils et une chaise, l'ameublement de la cabine.

Près du sofa se dissimulait au fond d'un grand vase de Chine un flacon à deux tubulures dégageant automatiquement une petite quantité d'oxygène, aussitôt qu'on tournait un bouton pour le mettre en activité, en face et sous le couvert d'une seconde potiche se trouvait une cuve métallique, que René, sans le dire à personne, se réservait de remplir d'eau de baryte.

On sait que le protoxyde de baryum, ou baryte, découvert par le chimiste allemand Scheele, a la remarquable propriété d'absorber, avec une extrême précision, l'acide carbonique de l'atmosphère. Le jeune enseigne était convaincu qu'un bain de baryte, associé au besoin à un léger supplément d'oxygène, devait suffire à maintenir pendant de longues heures les propriétés respirables de ses trente mètres cubes d'air; et l'expérience devait pleinement justifier sa prévision.

Ainsi aménagée, vernie et cirée avec soin, la chambre submersible avait l'aspect d'une très grande et très élégante cabine d'officier. Elle se complétait par quatre sacs de caoutchouc symétriquement placés vers la base et se terminant

en manière de gant; ces sacs devaient permettre
à un bras humain guidé par la lumière électrique
d'appréhender et de saisir au dehors des spécimens de graviers, de sable ou de végétations
sous-marines. Les spécimens ramenés ainsi à
l'intérieur de la chambre auraient sûrement
beaucoup plus de chance d'arriver sains et saufs
à la surface que par le procédé primitif du suif
fixé sous la sonde traditionnelle.

Enfin, pour achever la réalisation du programme tracé par René Caoudal, un fil télépho-
nique, enfermé dans l'épaisseur même du câble
de suspension, tenait le plongeur en communication constante avec le chef de l'équipe prépo-
sée au cabestan. Tout appel devait être immédia-
tement entendu, tout ordre exécuté sans erreur
possible. Si bien qu'au lieu d'être moins maniable et moins sûr qu'un scaphandre vulgaire, l'appareil nouveau était en réalité le plus souple et
le plus obéissant des scaphandres.

Une fois mis en train, les travaux avancèrent
avec la plus grande rapidité. René, se donnant
tout entier à son œuvre, montrait une ardeur qui
étonnait et charmait son hôte. Par nature et par
éducation, le prince de Monte-Cristo était ennemi de tout labeur et de tout effort personnel,
et, quoique, en homme très moderne, il ambi-
tionnât les lauriers scientifiques, il ne lui serait

jamais venu en tête de les cueillir autrement que par procuration. Travailler et lutter pour arracher une révélation de plus à cette nature si avare de ses secrets, c'était bon pour les pauvres diables que le sort a fait naître parmi l'obscure multitude; consacrer des capitaux dont il ne savait que faire à des entreprises qui lui rapporteraient de l'honneur sans lui dérober une minute de son farniente, à la bonne heure! Mais donner de sa personne, c'était une autre affaire.

Aussi était-il grandement surpris à part soi de voir René Caoudal, à un âge où l'on pense plus souvent à s'amuser qu'à faire progresser le monde, bûcher comme un manœuvre, manier le rabot, la scie, le marteau, plonger sans hésiter ses mains dans la poix ou dans la colle nauséabonde, peiner, en un mot, du même entrain que si le pain du jour en avait dépendu. Il s'en réjouissait autant qu'il s'en étonnait d'ailleurs, et, gagné par le feu et l'action de son jeune collaborateur, il se laissait aller aux plus belles espérances, voyait déjà son nom cité avec éloges par les académies, vénéré par les générations futures.

Cependant, le yacht arrivait sur les eaux calmes de la mer mystérieuse et, depuis huit jours déjà, il ne faisait plus de route, se contentant de courir des bordées, tandis que les ouvriers du bord mettaient la dernière main à leur travail.

Que de fois, se penchant à la galerie de l'arrière, René s'était efforcé de sonder les profondeurs glauques de l'abîme!... Était-ce bien là que respirait cette créature énigmatique, dont la voix de cristal vibrait encore au fond de son être? Était-ce là, sous cette muraille sombre et luisante, sous ce volume formidable d'eaux obscures, que vivait, marchait et pensait la jeune fée?...

La nuit, une force irrésistible attirait René Caoudal hors de sa cabine. Il s'accoudait au bastingage, et, tandis que les étoiles semblaient le regarder en clignotant, il cherchait à percer d'un œil avide les vagues noires, souvent allumées de feux phosphorescents... Que de fois un rayon de lune le fit tressaillir!... c'était elle!... c'étaient ses bras éblouissants qui sortaient de l'eau pour l'appeler...

Un soir, vers minuit, était-ce un rêve? s'était-il endormi? — il crut entendre de nouveau le chant inoubliable.

C'était loin, très loin, comme une plainte d'oiseau glissant à la surface des eaux sous l'éventail de la brise...

L'impression fut si forte qu'il se dressa sur ses pieds, et, d'un élan irrésistible, répondit par

une phrase musicale, une phrase jetée au vent,
de sa voix jeune et chaude, à ce qui lui semblait une salutation surhumaine.

Mais aucun son ne lui arriva plus, cette fois.
Sans doute il s'était trompé, ou son rêve avait
pris la vigueur intense d'une réalité... Il se
frappa le front en se demandant s'il devenait fou.
Et, dans ce mouvement, son regard tomba sur la
bague mystique qu'il avait au doigt... Non! il ne
rêvait pas! non, il n'était pas fou, puisqu'il tenait la preuve palpable de son aventure. Et, à
l'idée que cet anneau le liait à la merveilleuse
ondine, que, par ce lien, il était forcé de chercher à la revoir, il se sentait capable de toutes les audaces, de tous les héroïsmes.

Ah! il savait maintenant pourquoi Ulysse
avait bouché avec de la cire les oreilles de ses
compagnons, en passant près du cap des Sirènes.
Il en avait fait l'expérience; celui qui une fois a
entendu leur chant magique voudra l'entendre de
nouveau, dût-il lui en coûter la vie!..

CHAPITRE VII

LE JOURNAL D'UN PLONGEUR

Chaque fois qu'il en avait l'occasion, c'est-à-dire chaque fois qu'un bateau à vapeur passait à la portée du yacht, René en profitait pour faire savoir aux Peupliers qu'il était en pleine santé physique et morale. Toutes ses lettres se résumaient en ce mot : *espoir*. Hélène savait quel espoir, et elle vibrait à l'unisson. Quant à Mme Caoudal et au docteur Patrice, interprétant le mot dans le sens de leurs craintes et de leurs souhaits respectifs, ils allaient suivant cette fausse piste, habiles selon l'usage à se créer mille témoignages confirmant leur illusion. La bonne dame avait choisi Étienne pour confident de projets jusqu'à ce jour découragés par l'attitude d'Hélène et de René ; et, aujourd'hui qu'elle croyait enfin les voir venir à de meilleurs sentiments, elle triomphait ; elle ne pouvait se te-

nir de parler de ses espérances ; et dix fois le
jour elle en infligeait l'expression au malheureux Patrice.

« Ne remarquez-vous pas, docteur, comme
Hélène a embelli pendant ces dernières semaines?

— Il me semble, madame, qu'il ne lui restait
rien à gagner en ce sens, déclarait Étienne qui
n'avait pas attendu jusque-là pour trouver Mlle
Rieux ce qu'il y avait de plus beau au monde.

— Mais si, mais si ! Vous ne voyez donc rien?
Cela date de la terrible aventure de René. Vraiment, on peut appeler cet accident providentiel !

—Rude providence, alors !

— Ah ! qui plus que moi le pense ! Mais enfin,
maintenant que tout danger a disparu, on ne peut
que se réjouir du tour qu'ont pris les choses. Ces
enfants étaient faits l'un pour l'autre, cela saute
aux yeux. Jusqu'à leurs propriétés que ce serait
un meurtre de séparer. Jugez donc !... Deux cents
hectares d'un seul tenant, que je me suis habi-
tuée à considérer comme indivisibles pendant
la longue minorité de mes deux pupilles ; que
j'ai fait fructifier, j'ose le dire, aussi bien que tu-
trice le fit jamais...

— Tout le monde est unanime, madame, à reconnaître la supériorité de votre administration...

— Eh bien, vous savez, Étienne, s'il m'était
cruel de penser que cette petite Hélène, élevée

par moi, que je chéris absolument comme si elle était ma fille, abandonnerait un jour mon toit; qu'un étranger deviendrait le premier dans ses affections...

— N'est-ce pas le sort commun ?

— Le sort commun ! Vous en parlez à votre aise ! Je voudrais vous y voir, quand vous aurez une fille ! Croiriez-vous qu'on a eu l'audace déjà de me la demander?... Ah ! je les ai bien reçus, les soupirants ! Enfin, pour revenir à ce que nous disions, la voilà fixée et moi me voilà tranquille !

— Vous considérez que l'accord est fait entre René et Hélène?

— Ne les avez-vous pas observés? Pendant tout le séjour de mon fils ici, ils étaient inséparables. Ils avaient sans cesse quelque chose à se dire; les plus indifférents le remarquaient. Voyons, docteur, vous vous en êtes aperçu comme les autres?... Un aveugle l'aurait vu !

— Ils étaient, comme vous dites, inséparables. Ne l'ont-ils pas toujours été?

— Mais cette fois il y avait quelque chose de plus. Vous, si observateur, et qui les connaissez intimement, cela n'a pu vous échapper. Vous étiez là toutes les fois que nous avons reçu des nouvelles de René; eh bien, elle rayonnait; c'est le mot, elle rayonnait !

— Juste au moment où son fiancé s'éloignait, dit pensivement le docteur, que sa pénétration naturelle éclairait en dépit de lui-même. N'y a-t-il pas là un symptôme qui semble contredire votre conviction ?

— Ah ! vous n'imaginez pas ces âmes dominées par la passion de la mer ! s'écriait la bonne dame avec pétulance. Pour elles, c'est un sacerdoce. Vous n'avez pas connu ma belle-sœur. C'était Hélène tout entière. Une nature héroïque capable de sacrifier sans une plainte ce qu'elle avait de plus cher pour le service de la patrie... Elle lui a communiqué son esprit...

— Il n'y a que plus de mérite, quand on n'a pas la même foi, à faire les mêmes sacrifices...

— Oh ! moi, on le sait, si je me sacrifie, ce n'est pas sans protestation ! dit Mᵐᵉ Caoudal en riant : je ne suis point de la race des stoïques. Mais Hélène est de celles qui peuvent sourire sous le couteau du sacrificateur... Plaisanterie à part, c'est une âme généreuse et vaillante, bien digne d'être la compagne de mon René !... »

Et ces conversations recommençaient à tout propos, l'excellente dame, qui se croyait si perspicace, n'ayant garde de s'apercevoir qu'elle infligeait au pauvre docteur un supplice inutile en faisant de lui le confident permanent de ses espérances.

D'autres étaient moins aveugles; et si le docteur avait pu surprendre un petit bout de causerie entre deux jeunes filles dont on voyait les robes blanches paraître et disparaître au bas de la pelouse, entre les grands peupliers, peut-être aurait-il rapporté dans sa solitaire demeure un cœur plus léger et plus confiant.

Hélène Rieux et Mlle Luzan s'aimaient tendrement, et, sauf les secrets qui concernaient autrui, n'avaient rien de caché l'une pour l'autre. Elles étaient charmantes toutes les deux sous le beau soleil d'été que ne craignait point leur teint de vingt ans, et se faisaient valoir réciproquement par le traditionnel contraste de la brune et de la blonde, qui, pour avoir trop servi sur les dessus de romances et les boîtes à dragées, n'en a pas moins son agrément.

Berthe Luzan était grande, élancée, avec quelque chose de noble et de classique dans ses yeux bleus, son profil régulier, sa tête blonde, ses bras de statue. Hélène était brune, mignonne, et pétrie de grâce.

« Voilà encore ce pauvre docteur qui s'en retourne tout mélancolique disait Berthe.

— Tu ne vas pas me rendre responsable? dit avec un peu d'impatience Hélène, qui sentait un reproche sous les paroles de son amie.

— Faut-il que je te l'avoue? Je ne reconnais

pas, dans ta conduite envers lui, ta générosité
habituelle...

— Mais enfin, Berthe, que faudrait-il que
je fisse à ton gré ?

— Encourager la délicate réserve d'un homme
que tu honores, dit Mlle Luzan gravement, et qui
est le seul...

— Le seul ?...

— ... Que tu veuilles jamais épouser, ajouta
Berthe en souriant.

— Ce sera malgré lui, alors, dit Hélène.
Avoue qu'il serait impossible de montrer moins
d'empressement que mon soi-disant chevalier !...

— Comme si tu ne savais pas aussi bien que
moi que c'est ta fortune qui le paralyse, sans
parler des projets de ta bonne tante qui ne sont
un mystère pour personne...

— Cela, dit Hélène, ce serait une raison —
raisonnable pour tout autre qu'Étienne qui nous
a entendus dix fois, René et moi, nous expliquer
carrément sur ce point. Quant à un accident de
dot ou de fortune, il est indigne d'un homme tel
que lui d'y attacher cette importance !

— Ne parle pas ainsi, Hélène, répliqua
Mlle Luzan avec douceur. Tu ne peux pas savoir
ce qu'il y a d'odieux pour une âme fière à paraître
apporter un calcul en de telles affaires.

— Mais si je ne l'en soupçonne pas, moi, qu'importe l'opinion des autres?...

— Aussi, est-ce bien ce que tu devrais lui laisser comprendre.

— En d'autres termes, il faudrait que je lui fisse des avances?... Jamais! S'il n'a pas le courage de renverser un si misérable obstacle, eh bien, nous resterons séparés! Pour être sans fortune, M. Patrice n'en garde pas moins une valeur très haute à mes yeux, et je ne me sens pas plus de force à aller lui proposer mariage que je n'en aurais pour n'importe quel gros personnage!...

— Brave cœur! dit Berthe en l'embrassant. Mais prends garde, Hélène, d'être dure et injuste. Ce qui vous tient séparés est un si pauvre malentendu!...

— Un malentendu, soit! dit Hélène résolument. Qu'y puis-je?

— Malentendu qu'un seul mot suffirait à réparer, » se dit Mlle Luzan, songeuse.

Et sans insister davantage, elle revint au sujet qui ne les divisait jamais, la croisière du yacht *Cinderella* et les beaux travaux de René Caoudal.

Or, au moment même où les deux amies s'entretenaient de ses plans et faisaient des vœux pour son succès, le jeune enseigne de vaisseau opérait sa première descente dans la cabine submersible établie sur ses dessins.

Confortablement installé devant sa table de travail, au-dessous d'une montre marine, d'un baromètre anéroïde, d'un thermomètre et d'un cadran enregistreur des longueurs de câble filées par le cabestan à vapeur, il notait d'une main tranquille ses moindres impressions, pour les transmettre à sa famille. Et on va savoir ce que disaient les feuillets initiaux de ce « Journal d'un plongeur » :

JOURNAL DE RENÉ CAOUDAL

« 11 *février, midi 17 minutes. Longitude E.* 24° 17' 23". *Latitude N.* 34° 40'. 7"— Me voici calfeutré dans ma cellule, pour la première descente. La fermeture de la porte et des hublots paraît hermétique. Tout est en ordre et chaque objet à sa place. J'ai versé dans la cuve trente litres d'eau de baryte. Le flacon à oxygène est prêt à fonctionner. La lanterne électrique marche à souhait... En route !... Je sonne au téléphone et je donne l'ordre du départ : *Filez vingt-cinq mètres !... Au revoir, messieurs...*

« ... C'est fait. Le bruit seul de la machine à vapeur, au-dessus de ma tête, et le mouvement de l'aiguille sur le cadran enregistreur, m'avertissent de la descente, d'ailleurs aussi douce, aussi insensible qu'on peut la souhaiter. Au moment précis où l'aiguille marque vingt-cinq mètres, elle s'arrête. Tout va donc à merveille... Je le dis au téléphone, et je reçois en réponse l'écho sonore des félicitations de mon hôte... Un rapide coup d'œil au dehors par chaque hublot me montre partout l'eau verte et claire, sauf au plafond, où je distingue très nettement la quille du yacht et l'ombre portée de la carène. Pas le moindre suintement dans les jointures : les calfats de la *Cinderella* sont décidément des calfats émérites, — comme tous les ouvriers du bord, au surplus.

« *Midi* 20. — Donné au téléphone l'ordre de filer encore cent mètres de câble.

« *Midi* 22. — L'aiguille marque cent vingt-cinq et s'arrête. Les eaux sont opaques et sombres. Dans le faisceau de lumière électrique projeté par bâbord, je vois filer le ventre blanc d'un grand poisson affolé par cet éclair sous-marin. Téléphoné : *Tout va bien. Filez trois cents mètres.*

« *Midi* 28. — L'aiguille marque quatre cent vingt-cinq mètres. Autour de moi tout est noir. Pas un rayon de lumière solaire ne peut percer le mur effrayant qui s'interpose entre l'atmosphère et ma cellule. Est-ce une illusion? Il me semble que le silence est plus profond, plus complet, plus noir pour ainsi dire qu'au départ. C'est toute la différence. L'air de la chambre ne paraît pas avoir subi de modification appréciable. La température est stationnaire, à deux dixièmes de degré près. Téléphoné : *Filez cinq cents mètres, avec lenteur en vous tenant prêts à stopper au premier appel !...*

« *Midi 36.* — L'aiguille marque sept cent quarante mètres. Téléphoné : *Ralentissez le filage du câble, — en douceur et attention !...*

« *Midi 38.* — Bien m'a pris de ralentir... Une secousse assez forte m'avertit que j'ai touché le fond... Téléphoné : *Stoppez !...* L'ordre est exécuté en moins d'un vingtième de seconde. L'aiguille marque neuf cent trente-quatre mètres...

« Ainsi, la descente n'a pris en tout que vingt et une minutes. J'éprouve une sensation étrange de voyageur arrivé et qui a retrouvé le plancher des vaches. C'est une illusion singulière à un kilomètre au-dessous de la surface ! Le fond des mers serait-il donc ma vraie patrie ?... Téléphoné : *Tout va bien. Touché le fond... neuf cent trente-quatre mètres.*

« Réponse : *Une volée de hourrahs !*

« Réplique : *Merci, mais laissez-moi explorer le pays !*

« Le parquet de ma cabine est sensiblement horizontal, ce qui prouve que l'appareil a atterri sur un sol plat. En effet, la lumière électrique, promenée par bâbord et tribord, par l'avant et par l'arrière, ne montre autour de moi qu'un lit de sable et de débris calcaires. Tout est mort, blanchâtre et immobile. Rien qui ressemble aux merveilles sous-marines des contes de nourrice ou de poète. Que tout cela est loin du fameux rêve de Clarence, se représentant le lit des mers comme pavé « de masses d'or, ancres abandon- « nées, tas de perles, pierres précieuses, joyaux « inestimables, gisant parfois en des crânes humains[1] ».

« Ici, point de crâne et pas la plus petite perle. Rien qui puisse annoncer, hélas! le voisinage d'un être vivant !... Rien qu'une poussière presque impalpable de mollusques du passé... N'importe. C'est le moment ou jamais d'essayer les tentacules de mon scaphandre et de prouver leur supériorité sur le suif du plomb de sonde classique...

« Un peu courts, mes bras de caoutchouc !... C'est à peine si j'ai pu par tribord toucher le sol et ramasser une poignée de débris. Débris que le gant imperméable a d'ailleurs fidèlement rap- portés et que j'ai pu sans trop de difficulté introduire dans la cabine, en retournant la manche et la fermant à l'aide de son obturateur, pour détacher le gant et emmagasiner la récolte...

---

1. SHAKESPEARE, *Richard III*.

Pas fameuse, la récolte... Mais enfin la première de cette espèce qui ait été directement moissonnée par une main humaine, à neuf cent trentequatre mètres de profondeur ; et de quoi donner, pour un bon mois, du travail au microscope de Monte-Cristo...

« Perfectionnement indiqué : allonger les bras de caoutchouc de mon scaphandre, en les armant d'outils élémentaires, pelle, marteau, poinçon, qui seront fixés à la paroi extérieure de l'appareil...

« Sonnerie du téléphone . *Allo! Allo!*... que me veulent ces braves gens ?... C'est Monte-Cristo qui s'impatiente et me demande si je suis mort. *Pas encore! Je vais tout à l'heure donner l'ordre de me remonter...*

« Le temps de prendre encore quelques notes, que diable! Air respirable sans changement appréciable ; l'oxygène est superflu. Thermomètre monté de deux degrés trois dixièmes. Pression atmosphérique restée stationnaire depuis le départ. Allons! l'expérience décisive est faite ; il ne reste plus qu'à remonter pour recommencer sur nouveaux frais.

« *Midi 57. Allo! Allo!... Hisse!...* — C'est dit, nous dérapons, sans douleur, à peine une secousse légère, quand le fond de ma cabine s'arrache à son lit de sable ; puis un bruissement continu d'eau glissant sur les parois de l'appareil, qui monte, monte toujours, car l'aiguille du cadran indicateur rétrograde sans s'arrêter, à raison de cinquante mètres par minute.

« Téléphoné : *Tout va bien!... mais activez un peu la vitesse!...* — Elle est maintenant de

quatre-vingts mètres à la minute... L'aiguille marque six cent cinquante

Une heure 13. — Un fracas d'eau s'égouttant de tous côtés. Une acclamation de l'équipage... Me voici remonté, en seize minutes. Je n'ai plus qu'à tirer le verrou et à sauter sur le pont. »

CHAPITRE VIII

LE SCAPHANDRE

L'équipage de la *Cinderella* avait accueilli avec des cris de joie et d'enthousiasme le retour de l'audacieux explorateur. Dans son court séjour à bord du yacht, René Caoudal avait su se faire aimer de tous : ouvriers et matelots avaient attendu avec angoisse le résultat de la terrible expérience. Monte-Cristo lui-même avait senti son cœur princier battre un peu plus vite quand l'intrépide officier avait disparu dans l'abîme. Ce fut donc une émotion sincère qu'il éprouva en le voyant reparaître; il courut à lui et le serra dans ses bras.

« Du champagne pour tout le monde, à la santé de M. Caoudal! dit-il à Sacripanti, qui s'inclina et transmit sans délai l'ordre du commandant. Et vous, mon cher héros, vous devez être affamé, je gage?

— J'en conviens, je me sens d'humeur vo-
race! répondit l'enseigne. Ce que c'est de nous,
pourtant ! Je me croyais positivement sûr de
n'avoir été en proie à aucune surexcitation ner-
veuse ; les battements réguliers de mon pouls
semblaient en porter témoignage, et voici que
le vide de mon estomac détruit cette illusion!...

— Allons! allons! votre sang-froid est simplement admirable... Ne vous calomniez pas et asseyons-nous devant le lunch que vous avez si
bien gagné!... »

Tout en réparant ses forces, René conta à son
hôte les menus faits du voyage et lui remit les
spécimens qu'il avait rapportés du fond. Le prince
était ravi et entrevoyait déjà toute une série de
découvertes par procuration, glorieuses pour le
yacht et pour lui-même. Il passa la journée devant son microscope, dans un état d'agitation
fébrile qui contrastait avec le calme du jeune
enseigne.

Dès le lendemain, René Caoudal se remit à
l'œuvre, effectuant chaque jour jusqu'à trois ou
quatre descentes nouvelles en des points rele-
vés soigneusement et séparés par des distances
de deux à trois milles marins.

Parfois, l'état de la mer rendait l'opération
impraticable. Il fallait attendre alors, et René se
consumait d'impatience, quoique ses recherches

n'eussent jusque-là donné aucun résultat positif. Sa conviction inébranlable était que la mystérieuse demeure sous-marine qui l'avait abrité quelques heures ou quelques instants inoubliables devait se trouver entre la mer des Sargasses et l'archipel des Açores. Explorer cette vaste région, en sonder successivement toutes les parties, — tel était le projet hardi (insensé, auraient dit bien des gens) qu'il avait conçu et qu'il poursuivait avec une infatigable persévérance.

Ce projet, personne ne le connaissait qu'Hélène. René l'avait seule jugée capable d'admettre la réalité de son aventure. Et s'il avait eu besoin d'encouragement, c'est de ce côté qu'il l'aurait trouvé, dans la fraîche imagination de cette jeune fille, servie par un grand cœur et par une haute raison. Mais il avait mieux encore, il avait la foi, ce levier qui soulève les montagnes et triomphe des difficultés. C'est pourquoi, à travers tous les obstacles, il allait à son but.

Monte-Cristo commençait à s'étonner de l'acharnement que son jeune et distingué collaborateur, comme il l'appelait, non sans une nuance de fatuité protectrice, mettait à renouveler des expéditions n'aboutissant qu'à des résultats à peu près négatifs; car les bras de caoutchouc du scaphandre n'avaient ramené du fond aucune variété minérale ou animale qui ne fût déjà connue.

Mais un homme entre tous voyait grandir
d'heure en heure la dévorante curiosité qui le
consumait : c'était Sacripanti, le commandant en
second.

Son âme de Levantin rapace ne pouvait pas
admettre que René Caoudal s'exposât chaque
jour à de pareils dangers pour un objet purement scientifique. Une conviction s'implantait
peu à peu dans son esprit : le jeune enseigne devait avoir des renseignements particuliers et précis sur quelque trésor immergé dans la mer des
Açores, — un galion chargé de piastres et noyé
depuis des siècles sous le poids de ses richesses;
ou, qui sait? quelque vieux navire venu des Indes
et recélant en ses flancs pourris, sous les flots,
une cargaison de diamants et de rubis... Il fallait un appât de cette opulence pour motiver
l'ardeur que l'officier français mettait à plonger
ainsi au fond de l'abîme... A cette idée les yeux
noirs de Sacripanti brillaient de convoitise, sa
face patibulaire s'enflammait d'avarice; il se ju-
rait entre ses dents blanches que, d'une manière ou d'une autre, il aurait part à l'aubaine.

Sa première tentative ne fut pas précisément
heureuse. Après avoir, selon sa coutume, accablé René de louanges nauséabondes sur l'hé-
roïsme qu'il déployait en descendant sans relâche

au fond de l'abîme, Sacripanti fit observer que ces expéditions seraient moins monotones si M. Caoudal s'adjoignait un compagnon.

« Peut-être, sans aller bien loin, ajouta-t-il d'un air qu'il cherchait à rendre modeste et qui était seulement bas, peut-être trouveriez-vous sur ce navire un homme dont le dévouement à la science fût à la hauteur du vôtre et qui se fît un honneur de vous servir d'élève, ou même de manœuvre... »

A quoi René Caoudal répondit qu'il remerciait le capitaine Sacripanti de ses offres obligeantes, mais que la chambre submersible n'était établie que pour un seul passager.

Battu de ce côté, le commandant en second se rejeta sur un autre plan et se mit à exciter systématiquement la jalousie du prince de Monte-Cristo. Du matin au soir, il développait cette thèse que, désormais, en matière de sondages de haut fond, il ne serait plus question, dans les académies, du yacht *Cinderella*, mais uniquement du scaphandre Caoudal.

« Pourtant, le scaphandre a été construit à bord du yacht, et nous l'immergeons nous-mêmes, objectait Monte-Cristo.

— N'importe, répondait Sacripanti, avec des airs d'oracle, Votre Altesse n'a que trop d'envieux et d'ennemis dans les corps savants. Sans

paraître donner d'importance à la chose, ces
gens prendront à tâche de ne parler que du scaphandre Caoudal; peu à peu le public s'habi-
tuera à en répéter le nom; et celui de la *Cinderella*, celui de son illustre commandant, resteront
dans l'ombre, tomberont dans l'oubli... »

Une telle perspective n'était pas sans inquiéter assez fort Monte-Cristo, mais il lui répugnait
de l'avouer.

« C'est impossible! disait-il en se frappant les
genoux, d'un geste qui lui était familier dans les
moments d'incertitude. L'univers civilisé sait que
j'ai inauguré, en personne, les sondages de haut
fond de l'Atlantique. Et, au surplus, ce scaphandre a été construit à bord de mon yacht, il en
fait partie, il en est inséparable. Je ne puis admettre qu'il serve à nous faire oublier...

— Eh bien! Votre Altesse n'a qu'à attendre
encore deux ou trois mois; elle verra si je me
trompe! »

Sacripanti fit tant et si bien, par ces insi-
nuations, qu'il parvint à inquiéter son chef.

« Enfin, que faire? à quel parti s'arrêter? demandait Monte-Cristo au comble de la perplexité.

— Je ne vois qu'un remède, ce serait d'exiger qu'un officier du bord accompagnât M. Caoudal en sa cabine, quand elle descend sous les
eaux.

—C'est une bonne idée !... Toi, par exemple !... » s'écria le prince enthousiasmé.

Puis, tout à coup, s'arrêtant, frappé d'une réflexion subite :

« ... Ou moi-même ! ajouta-t-il. Pourquoi pas moi?... »

Sacripanti allégua la grandeur du prince, qui l'attachait au rivage, ou tout au moins au plancher de son bon yacht. Mais Monte-Cristo était lancé ; il ne fallait plus songer à l'arrêter.

« C'est clair !... Voilà la véritable solution !... La plus simple est la bonne ! disait-il en arpentant à grands pas le pont de l'arrière. Et quoi de plus juste, en somme ? Le scaphandre est mon œuvre et mon bien, puisqu'il n'existerait pas sans mes ateliers et sans mon yacht. Il suffit que je m'en serve personnellement à effectuer quelques sondages et que j'en donne avis au monde savant, pour qu'on ne songe plus à me spolier d'un honneur qui m'appartient en propre... C'est une affaire entendue : je m'embarque en scaphandre !... »

Tout de suite, il communiqua son projet à René Caoudal, qui le goûta peu et crut nécessaire d'opposer quelques objections à l'envahissement de sa cabine. Mais le prince paraissait attacher tant d'importance à la chose, il avait toujours mis tant de bonne grâce à réaliser les moindres indi-

6.

cations du jeune enseigne, que celui-ci aurait cru
montrer de l'ingratitude en ne faisant pas un
effort pour se montrer généreux à son tour. Il
acquiesça donc à la demande de son hôte, et il
resta convenu que, dès le lendemain matin, ils
opéreraient une première descente.

Convaincu que cette expérience unique suffirait à guérir l'Altesse de sa fantaisie, René Caoudal ne changea rien au dispositif habituel de
l'opération. Les choses ainsi réglées, chacun
alla se coucher.

La nuit porte conseil, dit-on. Sans doute, celle
du prince n'avait pas été exempte de soucis et
d'inquiétudes, car, le lendemain matin, quand il
parut sur le pont, sa mine était hâve et déconfite. Il avait le teint d'un homme qui n'a pas fermé
l'œil et ne paraissait nullement impatient de
s'enfermer dans la chambre submersible.

René Caoudal, sans prendre garde à cette
attitude équivoque, donnait le coup d'œil du
maître à tous les détails de son installation. Il
avait doublé dans la cuve de Chine la provision
habituelle d'eau de baryte et préparé le flacon
d'oxygène pour son fonctionnement normal; il
s'assurait que chaque chose était à sa place;
puis, son inspection terminée, il montrait la
porte de la cabine grande ouverte, en disant :

« Mon cher prince, quand vous voudrez!...

Il n'y avait pas possibilité de reculer. Monte-Cristo, plus mort que vif, en dépit d'une forte rasade de tafia qu'il venait de s'administrer, crut nécessaire d'adresser des adieux solennels à son équipage :

« Mes enfants, prononça-t-il d'une voix étranglée par l'émotion, si les destins contraires voulaient que je ne revinsse pas de cette hasardeuse entreprise, sachez bien que ma dernière pensée a été pour vous!... Je vous embrasse tous en la personne de mon fidèle Sacripanti!... »

Après quoi, il appliqua deux baisers retentissants sur les joues noires du Levantin, ruisselantes de larmes venues au premier appel; puis, d'un pas théâtral, il enjamba le seuil du scaphandre.

René le suivit aussitôt, sans y mettre tant de façons.

La porte fermée et calfatée sur les deux explorateurs, le prince parut se rassurer jusqu'à un certain point en voyant le calme et le silence qui régnaient dans sa prison submersible. Il s'allongea sur le sofa et attendit les événements avec résignation.

Son camarade d'infortune donna l'ordre du départ. L'aiguille se mit en marche. Quand Monte-Cristo vit que tout allait à souhait, le plus simplement du monde, qu'il ne sentait même pas le mouvement du scaphandre et se trouvait en trois minutes à deux cents mètres de profondeur, — sa bonne humeur habituelle reprit le dessus, il tira de sa poche un magnifique cigare et l'alluma.

« Voilà une épreuve imprévue pour notre air respirable! dit René avec un sourire.

— Quoi! Pensez-vous qu'il y ait danger à fumer ici? demanda le prince, déjà prêt à sacrifier son cigare.

— Aucun autre danger, je pense, que celui de rendre notre atmosphère un peu moins pure et transparente, » répondit le jeune officier.

Il avait à peine articulé ces mots qu'un craquement significatif du plancher de la cabine se fit entendre, en même temps qu'elle s'arrêtait net, avec une secousse qui renversa les deux voyageurs.

Le prince, assis sur le sofa, ne pouvait être mieux placé pour soutenir sans avaries graves les conséquences de sa chute. Quant à René, il fut, au contraire, projeté avec force contre la paroi de tribord et ressentit aussitôt une vive douleur à l'épaule. Son premier soin n'en fut pas moins de sauter sur le téléphone pour crier de ne plus filer de câble; le second, de chercher à reconnaître à la lumière électrique la nature de l'incident.

Un coup d'œil jeté par bâbord lui expliqua tout, et l'explication était certes aussi merveilleuse qu'inattendue. Le scaphandre venait de toucher par sa base contre un dôme colossal en fortes lames de cristal, qu'il avait défoncé sous son poids, pour y rester fixé.

Ce dôme de cristal, éclairé d'une lumière éblouissante et qui faisait pâlir celle de la lampe électrique, était, d'ailleurs, parfaitement visible dans toutes ses parties et paraissait appartenir à une serre immense, recouvrant la végétation la plus étrange et la plus luxuriante. Au loin, on le voyait se continuer par des galeries également en cristal.

Toutes ces galeries, comme le dôme, semblaient avoir un double toit transparent, divisé en compartiments par des cloisons étanches, si bien que le scaphandre, en crevant le toit supérieur, n'avait ouvert à l'eau de mer qu'un caisson de quelques mètres cubes. Au-dessous de la paroi inférieure, il n'y avait point d'eau, mais une atmosphère éclatante et lumineuse, où des arbres géants, des fougères admirables, des fleurs inconnues, paraissaient vivre de la vie la plus intense. Le sol de la serre sous-marine était couvert d'un sable blanc et fin formant à perte de vue des allées se coupant en angle droit.

René Caoudal ne pouvait en douter : le hasard

venait de le conduire cette fois au terme de
son ardente recherche. S'il avait à ce moment
songé à compter les pulsations de ses artères, il
les aurait trouvées singulièrement accélérées.
Mais, pour l'heure, il ne pensait guère à ce soin.
Tout entier au spectacle qu'il avait sous les yeux,
il mesurait du regard la hauteur de la forteresse
épaisse et lisse contre laquelle il était venu
s'abattre et dont les murailles translucides semblaient bien de force à défier l'action des éléments et des siècles. L'œil vissé pour ainsi dire
sur l'oculaire, il buvait par tous les pores la réalité vivante et tangible qu'il avait fini par
atteindre.

La beauté des jardins qui déroulaient au loin
la série interminable de leurs massifs et de leurs
corbeilles fleuries aurait suffi à indiquer une
demeure de demi-dieux, si l'orgueilleux édifice
n'avait pas parlé de lui-même. Un instant encore,
et l'heureux voyageur allait avoir la vision rapide des maîtres de la serre.

Au moment où il avait atterri, les jardins étaient
déserts. Il se demandait, tremblant d'espérance
et de joie triomphante, si rien ne viendrait les
animer, quand un léger mouvement au fond d'une
allée lointaine précipita les battements de son
cœur.

Retenant sa respiration, concentrant dans

son regard toute sa puissance d'attention, il attend... Plus de doute ! Ce sont ses hôtes qui

s'avancent vers lui. Il reconnaît le majestueux
vieillard et, près de lui, marchant d'un pas souple
et léger, la gracieuse ondine...

Ils étaient trop éloignés pour que René distinguât l'expression de leurs visages; mais il pouvait noter la noblesse de leurs silhouettes, la majesté hautaine de leurs personnes.

Peu à peu, la distance diminuant, il retrouvait le port de tête, le front de déesse, les traits charmants qui étaient restés dans sa mémoire... Mais quoi?... Venaient-ils vers lui?... Allaient-ils arriver jusqu'à la paroi de cristal, constater qu'il était là, le saluer, l'accueillir peut-être?

Non. Parvenus à un carrefour où plusieurs allées se rencontraient, les deux promeneurs tournèrent sur la gauche et disparurent derrière un massif de fleurs.

Au même instant, une voix tonnante disait auprès de lui :

« L'admirable créature !... Que ne donnerait-on pas pour la revoir !... »

C'était la voix du prince, sorti de sa stupeur et venant, lui aussi, mettre l'œil à l'un des oculaires et prendre sa part du merveilleux spectacle. René avait complètement oublié sa présence. Cette voix formidable le ramenait à la réalité.

Pourquoi le malheur avait-il voulu que Monte-Cristo se trouvât de la fête, précisément le jour où la recherche aboutissait !... N'était-ce pas à mourir de dépit?

D'un bond furieux et comme pour soustraire sa

découverte aux yeux indiscrets qui la profanaient, René se jeta sur le téléphone.

« *Allo! Allo! Hisse vivement...!* » cria-t-il.

Et, presque aussitôt, le câble, grinçant sous l'effort, arracha le scaphandre à la voûte de cristal où il s'était logé. Du coup, serre magique, arbres vénérables, fleurs multicolores, allées lointaines s'effacèrent comme un rêve. Un instant encore, Monte-Cristo, toujours vissé à son oculaire, put apercevoir au loin l'éclat nacré de la lumière sous-marine, comme écrasée par la masse de l'Océan noir. Puis, tout s'effaça. Le scaphandre montait toujours, et l'aiguille ne marquait plus que cent quatre-vingts mètres.

« Vous étiez donc bien pressé de revenir à la surface? dit assez aigrement le prince. Le spectacle valait pourtant la peine d'être vu, et, pour mon compte, je ne manquerai pas de le revoir... »

René Caoudal ne répondit rien.

Mais, à peine revenu à bord, il informait le prince de Monte-Cristo que le laboratoire ne renfermait plus les éléments nécessaires à la rectification de l'air respirable dans la chambre submersible. C'était parfaitement vrai, — par la raison que l'enseigne de vaisseau venait de jeter à la mer toute la baryte disponible.

7

CHAPITRE IX

LE TORPILLEUR *TITANIA*

Un mois à peine après le dernier plongeon de René Caoudal sous la mer des Açores, nous retrouvons le jeune officier rectifiant des épures dans un vaste atelier de métallurgie de l'avenue-Victor-Hugo, à Paris.

Il a quitté en rade de Cadix le yacht *Cinderella* et le prince de Monte-Cristo, non sans avoir arraché de haute lutte à son Mécène l'engagement d'honneur de ne rien révéler à personne, jusqu'à nouvel ordre, des choses vues au fond de l'Océan. Ce n'était point une mince concession de la part d'un homme si vaniteux et si personnel, convaincu, d'ailleurs, que la découverte lui appartenait en propre. René avait prétexté de la nécessité de perfectionner ses moyens d'investigation et de compléter les notes prises avant de les soumettre aux corps savants;

et le prince, sachant fort bien qu'il ne pouvait rien sans son « jeune et distingué collaborateur », s'était laissé persuader.

En fait, ce que voulait désormais René, c'était l'indépendance. Il lui fallait la plénitude de sa liberté. Les moyens d'action qu'il pouvait si aisément obtenir de l'opulent propriétaire de la *Cinderella*, il ne les tiendrait plus que de lui-même. Depuis qu'il avait revu la mystérieuse habitation de l'ondine, depuis qu'à travers les parois transparentes de la serre sous-marine, il avait retrouvé la forme charmante, l'idée d'une intrusion quelconque dans son entreprise lui était intolérable. Il voulait la poursuivre seul et par des moyens moins aléatoires que le scaphandre de son invention.

Avant tout, il était besoin d'un appareil mobile, permettant de circuler autour de la prison de cristal qui recélait la jeune fée, et non plus une simple cabine submersible atterrissant où le hasard voulait. L'embarcation sous-marine s'imposait. René avait songé d'abord à un torpilleur de guerre; mais, à supposer qu'il en obtînt l'usage pour une entreprise purement scientifique, et à plus forte raison pour une entreprise d'ordre privé, un torpilleur n'était point aussi maniable, aussi réellement submersible, que l'exigeaient les conditions du problème à résoudre.

René s'arrêta donc à la pensée de construire avec ses propres ressources, grossies pour une part d'une subvention de l'État, un bateau sous-marin spécial pouvant couler à fond, remonter vivement au jour, et naviguer sous l'eau comme à la surface. L'expérience qu'il avait acquise dans son scaphandre lui permit de réaliser très vivement le plan de ce bateau, et les solides amitiés que son père et son grand-père s'étaient créées dans l'administration de la marine l'aidèrent à obtenir d'emblée le concours nécessaire. Grâce à l'inépuisable bonté de sa mère, il put réaliser sans tarder les premiers fonds, expliquer son projet aux ingénieurs de la maison Rouergue frères et se mettre à l'œuvre.

Sa conception comportait essentiellement une embarcation de quatorze mètres de long et de cinq mètres de large, en tôle d'acier, pouvant loger six personnes et naviguer haut et bas, par l'action d'un moteur électrique, en emportant sa provision d'air respirable. Le problème n'était qu'un développement de la cabine submersible construite à bord de la *Cinderella*, mais si élégamment résolu, et par des moyens si simples, que les meilleurs juges en furent vivement séduits.

Les organes d'immersion devaient être des caisses à eau qui se vidaient automatiquement

pour remonter au plein air; le moteur électrique, une pile mise en mouvement par le contact de l'eau de mer; le purificateur d'air respirable, une cuve à protoxyde de baryum où un
ventilateur actionné par l'arbre de couche de
l'hélice envoyait incessamment l'acide carbonique résultant des combustions organiques.
Une puissante lanterne électrique, des regards
de verre de tous les côtés, des bras de caoutchouc analogues à ceux du scaphandre et pourvus d'un outillage spécial complétaient l'ensemble du dispositif. Le pont cintré du petit navire, hermétiquement clos pour la submersion,
pouvait s'ouvrir en deux moitiés longitudinales
pour la navigation ordinaire et laisser surgir
alors deux mâtereaux de fer pourvus de larges
voiles latines. Un cockpit aménagé à l'arrière
permettait à un homme seul de gouverner l'embarcation.

René avait décidé que cet homme serait Kermadec, et il avait obtenu sans peine pour le gabier un congé de même durée que le sien.

Le brave garçon, complètement remis de ses
avaries, avait accepté, d'une joie sans mélange,
la perspective d'aller voyager sous l'eau avec
« son officier ». Certes, il s'entendait mieux à
prendre un ris dans la grande hune qu'à manœuvrer un bateau sous-marin; mais il était

trop fier que M. Caoudal l'eût choisi comme compagnon de route pour ne pas se mettre sur l'heure
à étudier ce mode de navigation ; et tout le
temps qu'il ne passait pas au Musée de marine,
il l'employait à « piocher » certain *Traité des
torpilleurs et bateaux sous-marins,* un fier livre !

Le temps n'est plus, et c'est heureux, où les
humbles comme Kermadec étaient fatalement
privés par leur ignorance de toutes les joies de
l'esprit. Kermadec se rappelait son père, homme
doué d'une rare intelligence, mais tout à fait in-
culte, qui, si souvent, avait regretté devant lui
de ne pas même savoir signer son nom !...
Mais, sur le tard, cette ambition lui était venue ;
et le gabier avait encore présents à la mémoire
les efforts désespérés (et d'ailleurs infructueux)
du pauvre pêcheur pour plier ses doigts noueux,
qu'avaient raidis les durs travaux de la mer, au
maniement de la plume et du crayon. Il les brisait comme verre entre ses phalanges de fer, ces
frêles engins, sans parvenir à tracer sur le papier
autre chose que des hiéroglyphes à désespérer
Champollion. Yvon Kermadec, le gabier « faraud » d'aujourd'hui, était alors un gamin

> Marchant à pas traînants vers l'école,
> Ainsi qu'un colimaçon paresseux...

Mais une fois de retour au logis, il servait de

précepteur à son père, et, tout petit, il avait appris à apprécier les bienfaits de l'éducation, que le plus dénué possède maintenant de droit. Les conseils de son officier lui avaient été salutaires ; il avait pris le goût de la lecture ; et, au lieu de ruiner sa bourse et sa santé au cabaret, il employait son temps à se meubler le cerveau de toute sorte de choses belles ou utiles. Il faut convenir qu'il devait de la reconnaissance à René ; et le fait d'avoir été choisi comme compagnon de route, non moins que son séjour aux Peupliers, avait achevé de transformer en adoration l'affection si vive qu'il ressentait déjà pour son chef.

De son côté, René s'était beaucoup attaché à ce brave garçon, si bon, si gai, si franc, si courageux ; et tous deux se faisaient une véritable joie de leur aventureuse croisière.

Ne voulant pas s'exposer à des bavardages intempestifs, — ni même à ces hochements de tête, ces lèvres plissées, ces clignements d'yeux, ces réticences, par lesquels les gens savent, sans rien dire, faire entendre qu'ils gardent un secret, — René n'avait point révélé à Yvon les choses merveilleuses qu'on trouve en certaines profondeurs de l'Atlantique. Il se réservait de lui parler de l'ondine en temps et lieu, — n'étant pas bien sûr, d'ailleurs, que l'imagination bretonne

du gabier ne concevrait pas quelque préjugé
contre un *lusus naturæ* pareil à la charmante fée
des eaux. S'il allait voir en elle une sorcière et
refuser le voyage?... René avait jugé qu'à tous
égards son gabier était le compagnon idéal, et il
ne voulait pas risquer de le perdre pour quelque superstition tenace persistant en un repli
de cet entêté cerveau celtique; aussi Kermadec
ignorait-il complètement à quelles rencontres il
l'exposait en descendant au fond de l'abîme.

Cependant les travaux étaient poussés avec
ardeur, et le bateau sous-marin prenait déjà tournure. Il présentait, ouvert, l'aspect du plus coquet des yachts « pour un »; fermé, celui du
plus farouche engin de destruction. Aussi s'ac-
cordait-on chez les frères Rouergue à le dénom-
mer « torpilleur », quoiqu'il ne montrât encore
aucun porte-torpille.

Contrairement à l'usage de ces petits navires
de guerre, il n'était, d'ailleurs, pas désigné par
un simple numéro d'ordre, mais devait s'appeler
Titania.

Tout Paris défila pendant huit jours dans
l'atelier de l'avenue Victor-Hugo. On avait parlé
de l'invention nouvelle; les journaux l'avaient
discutée; les reporters et interviewers s'étaient
mis en campagne pour la décrire et l'expliquer
en ses moindres détails. Si bien que René se

trouvait à la mode avant même que son navire
eût reçu sa troisième couche de noir.

Elle n'était pas plutôt sèche qu'il partait avec
Kermadec à la suite du truc unique sur lequel la
Titania venait d'être chargée à destination de
Brest.

Mᵐᵉ Caoudal s'y était déjà rendue en compagnie d'Hélène et du docteur Patrice. En dépit
des terreurs qu'inspirait à l'excellente mère la
pensée de voir son fils s'embarquer sur une machine pareille, elle n'aurait pour rien au monde
voulu manquer d'assister aux essais en rade. On
peut juger qu'Hélène n'avait donné aucune explication au voyage. Depuis six jours, les deux
dames attendaient anxieusement leur cher marin. Par un hasard heureux, l'*Hercule* étant
venu régler ses compas en rade de Brest, le
commandant Haraucourt et ses officiers s'étaient
empressés d'aller présenter leurs hommages à
la mère du jeune enseigne. Avec quel bonheur
Mᵐᵉ Caoudal les écoutait parler de son fils chéri !... C'était plaisir de voir son beau visage s'é-
clairer d'un radieux sourire, quand le brave
commandant ou l'un de ses jeunes subordonnés
lui rapportaient quelque trait de bonne camara-
derie, d'intelligence ou de courage de son René...
Bien qu'elle se fût donné pour règle de conduite de ne jamais vanter elle-même son cher

enfant, le bien qu'elle pensait de lui, la fierté
qu'elle ressentait d'être sa mère, perçaient toujours en dépit d'elle ; et l'enseigne des Bruyères,
qui était fort malicieux, se faisait une joie de
l'amener à s'écrier avec effusion : « Il est si charmant mon René!... » pour se reprendre aussitôt,
confuse, et s'écrier «... Je veux dire... vous
êtes tous si bons, messieurs!... » espérant ainsi
donner le change.

Le commandant Haraucourt, lui, comprenait
ce cœur de mère; il savait la laisser parler
librement, ressasser mille fois les perfections de
son idole;... et, comme il avait beaucoup d'affection pour son enseigne, il supportait sans nulle
fatigue les louanges maternelles... Quant à
Mme Caoudal, elle reconnaissait en lui un audi-
teur selon son cœur ; et, tout en s'excusant chaque fois qu'elle s'était laissé entraîner à quelque
rapsodie sur l'absent, elle recommençait dès
qu'elle trouvait à sa portée cette oreille complai-
sante.

« Bon Dieu!... si René m'entendait!... disait-
elle quelquefois à sa nièce, prise de terreur.
Crois-tu qu'il aurait pensé que je le rendais ridicule, ce soir, par exemple?...

— A quel moment, ma tante? disait Hélène
avec malice. Quand vous nous avez raconté de
quelle façon ses grosses dents ont percé?... ou

bien quand vous avez expliqué par quel surprenant concours de circonstances il n'avait pas toujours *tous* les premiers prix au lycée?...

— Mais non... tu es folle... je n'ai rien dit de pareil !... Seulement, je crains d'avoir peut-être un peu trop parlé de lui ?... Il n'aime pas cela... Ces messieurs doivent m'avoir trouvée indiscrète...

— Ces messieurs voudraient bien avoir une mère telle que vous !... s'écriait Hélène. N'est-ce pas, docteur?

— Oui, mademoiselle. Et aussi une cousine comme celle de René, je suppose...

— Oh !... la cousine !... ils s'en passeraient sans doute...Mais la maman !... On n'en fait plus comme vous, tante Alice...

— Je sais bien ce qu'ils pensent, ces messieurs, disait le docteur Patrice. Mais comme il ne faut pas encourager la vanité, je n'aurai garde de le répéter...

— Hé! qui vous le demande ?... s'écriait la rieuse Hélène. Qu'ils pensent ce qu'ils voudront! Ce sont les camarades de René, et nous les aimons tous pour cela !...

— C'est bien vrai, disait Mme Caoudal. Moi, cela me réchauffe le cœur de les voir et de les entendre... D'ailleurs, ils me paraissent extrêmement distingués...

— Surtout lorsqu'ils vous racontent les hauts faits de monsieur mon cousin!... n'est-il pas vrai, petite tante?...

— Mon pauvre enfant!... dit Mme Caoudal, les yeux soudain mouillés de larmes. Quand je me représente à quels périls il a échappé!... et quels dangers il va courir encore dans ce maudit... ce malheureux bateau sous-marin... »

Elle s'arrêta pour s'essuyer les yeux.

« Voyez-vous!... tante Alice ne veut pas l'appeler un *maudit* bateau, parce qu'il est l'œuvre de son fils; sans cela!... dit tout bas Hélène au docteur. Mais la voilà qui recommence à avoir du chagrin!... Allons, remontez-lui un peu le moral. »

Et tous deux s'efforçaient d'inspirer le courage à la malheureuse mère; — tâche difficile, puisque, endormie ou éveillée, son unique pensée, sa seule crainte, était celle des accidents qui pouvaient arriver à son enfant...

Cependant l'inventeur arriva. Toute la ville était sur pied pour assister au lancement du bateau. Parmi les nombreux navires qui étaient venus se ranger dans la rade afin d'être témoins de l'expérience, on remarquait la *Cinderella* dont le princier propriétaire était accouru à Brest dès que la Renommée aux cent bouches lui eut appris ce que méditait son jeune ami. Ah! ce

RENÉ ET KERMADEC SALUÈRENT LA MULTITUDE (P. 118).

n'était certes pas lui qui décourageait les interviewers !... il les recevait à [bras ouverts, leur
donnait mille détails sur lui-même, sur son yacht,
sur René et sur la puissance de travail de son
« jeune et distingué collaborateur », sur ses ouvriers et la croisière qu'il avait faite. Il en venait
peu à peu à se considérer comme le véritable
héros de la fête.

Il s'était, bien entendu, présenté sans tarder
chez Mme Caoudal, et avait le plus gracieusement
du monde mis son yacht à la disposition de ces
dames au jour de l'essai public. Mais la mère et
la cousine de René avaient préféré toutes deux
accepter plutôt l'invitation du commandant Haraucourt et, dès la première heure, le canot-
major était venu les prendre pour les conduire à
bord de l'*Hercule*.

Toute la population était massée sur les quais.
Des milliers de personnes couvraient les toits
voisins ; et quand René et Kermadec parurent, ils
furent salués par une immense acclamation. Ce
n'est pas de l'*Hercule* que partit la plus faible.
L'équipage entier, perché dans la mâture, attendait avec anxiété le résultat de l'expérience. Le
moindre novice se croyait directement intéressé
à son succès.

A midi précis, l'enseigne et le gabier s'embar-
quaient sur la *Titania*. Le coquet petit navire,

léger comme une plume, se balançait sur les
eaux vert sombre de l'avant-port. Un coup de
canon retentit. Aussitôt, ses mâtereaux se relevant, il déploya ses deux voiles, s'inclina gracieusement sous la brise et partit. Il décrivit un
large cercle dans la rade, semblant flirter avec
la mer mystérieuse, puis revint vers son point
de départ.

Soudain, René et Kermadec se levèrent et
saluèrent la multitude, qui répondit par une formidable acclamation. A l'instant on vit le grée-
ment se replier d'un mouvement harmonieux
comme celui d'un oiseau qui ploie ses ailes. L'enseigne et le gabier s'assirent au fond du cockpit ; les deux moitiés du pont cintré se fermèrent
au-dessus de leur tête. Une minute ou deux, le
torpilleur flotta sous sa nouvelle forme. Puis,
tout à coup, comme prenant sa décision, il som-
bra lentement et s'effaça dans les eaux, pareil à
quelque cétacé.

Une acclamation nouvelle salua cette disparition. Tout le monde applaudit. Puis les lor-
gnettes se mirent à fouiller la rade, épiant la sortie du navire sous-marin.

Un quart d'heure s'écoula. Chacun attendait
en silence, pris d'une angoisse qui grandissait de
minute en minute.

Mme Caoudal, depuis que le bateau s'était enfoncé, avait pâli jusqu'aux lèvres. Elle n'avait pu retenir un cri, perdu dans les hourras de la foule, quand les deux élytres de la *Titania* s'étaient refermés sur son fils. Il lui avait semblé le voir à jamais clos dans un cercueil. Cette horrible pensée s'était accentuée encore quand le petit navire avait sombré... Le savoir là, son René, sans air, écrasé par ces montagnes d'eau, c'était affreux. La pauvre mère avait joint ses deux mains sous sa mante, et blanche comme un linge, les yeux fixes, elle attendait...

Hélène avait vu l'angoisse de sa tante. Elle avait tendrement passé son bras sous le sien et le pressait pour lui donner courage. Effrayée, émue, elle aussi, heureuse quand même, surexcitée par cette aventureuse expérience de son cousin, jamais la jeune fille n'avait été plus charmante. Sous son chapeau de paille fleuri de grosses marguerites, avec sa robe de laine grise, sa taille svelte ceinte à l'aise par un large ruban bleu, elle faisait l'admiration de tous ceux qui l'entouraient. Mais, dans sa parfaite simplicité, elle ne paraissait pas même s'en douter.

« Là-bas, mademoiselle !... là-bas !... voyez-vous ? s'écria soudain le docteur Patrice qui, debout derrière elle, n'avait pas cessé de fouiller la rade au moyen d'une excellente lorgnette.

— Où donc?... De quel côté?... demanda Hélène tremblante.

— A l'ouest, là-bas!... Madame, le voyez-vous?... »

Mᵐᵉ Caoudal n'osait même pas regarder. Mais les cris de la multitude l'obligèrent d'ouvrir les yeux, et, à deux ou trois mille mètres devant elle, vers l'ouest, elle vit surgir lentement ce qui lui parut d'abord un dos de baleine. Bientôt le bateau flotta ; sa coque s'ouvrit, les mâts se relevèrent, et les voiles se déployant, il revint d'un coup d'aile se placer à son point de départ.

L'expérience avait duré trente-deux minutes. La réussite était complète.

Ce fut au milieu des plus enthousiastes manifestations que René et Kermadec mirent pied à terre.

On leur fit une véritable ovation. Un quart d'heure plus tard, Mᵐᵉ Caoudal, pleurant de joie, serrait son fils sur son cœur maternel.

Elle ne devait pas, la pauvre femme, jouir bien longtemps de ce bonheur. Car, le lendemain matin, quand le soleil se leva sur la rade, la *Titania* n'y était plus.

Avec le petit navire, René et Kermadec avaient disparu. A huit heures, par la première poste. Mᵐᵉ Caoudal reçut ce mot au crayon :

Je pars. Adieu à tous. René.

CHAPITRE X

« Tu te plains, chère Berthe, que je te délaisse à Brest et que je ne t'écrive pas assez. Tu me conjures d'avoir pitié de toi, de ne pas te priver de nouvelles. Tu me soupçonnes d'oublier mes vieux amis au milieu des fêtes de l'*Hercule* et des splendeurs de la préfecture maritime.

« Que tout ici m'intéresse puissamment, j'en conviens sans difficulté; mais loin d'oublier mes chers *Peupliers*, je n'aspire qu'à être plus vieille de quelques semaines et à m'y retrouver avec toi. Il faut avouer que si quelque chose était de nature à faire tourner les têtes légères, c'est bien le tourbillon de divertissements et de surprises que l'on invente ici pour nous faire fête. Tante Alice elle-même est conquise, et, dans le fond de son cœur, je la crois prête à se réconcilier avec l'ennemi. Certes, elle savait mieux que tout autre ce que valent les marins français ! Tandis qu'ils ne nous entendent pas, on peut bien convenir qu'ils sont assez brillamment représentés près de nous. Mais ce n'est rien de les connaître ainsi isolés ; il faut les voir en bloc, sur leur navire, faisant assaut d'amabilités, de prévenances, d'esprit, de dévouement chevaleresque. Le commandant Haraucourt est le plus étonnant de tous. Jamais je n'ai vu tant d'entrain, de verve, de gaieté ; jamais je n'ai rencontré si bon valseur. Et on dit que c'est un brave, — comme tous les autres, d'ailleurs ! Un jeune enseigne imberbe, M. des Bruyères, m'assure que le commandant a cinquante ans sonnés ; il n'y a que la mer pour produire de ces miracles...

« A travers tout cela, ce qui nous fait le plus plaisir, à ma tante et à moi, c'est d'entendre de quelle façon ils parlent de notre René, et de sentir qu'au fond, ce vaste déchaînement de galanterie a pour but principal de nous faire comprendre l'estime qu'on fait de lui, l'admiration sincère qu'inspire son intrépidité, et l'orgueil fraternel qu'on éprouve à revendiquer ce héros comme un enfant de l'*Hercule*.

« Si je te parle avec cet abandon, ma chère Berthe, c'est que nul n'apprécie mieux que toi ce que vaut notre cher marin. Que de fois, quand il fallait me contraindre, de peur de chagriner ma pauvre tante, n'ai-je pas trouvé chez toi l'écho fidèle de mes ambitions et de mes espérances au sujet de la carrière de mon frère d'adoption ! Certes, la voie qu'il a choisie est difficile et dangereuse. Avec l'esprit d'aventures qui le gouverne, les obstacles, les périls se multiplient sous ses pas. Tandis qu'on danse, qu'on va de fête en fête, peut-on ne pas se rappeler qu'il est exposé aux plus terribles hasards, que seul il lutte au fond des mers; que d'une minute à l'autre le monstre qu'il ose braver peut se retourner, l'engloutir, le détruire en un clin d'œil ? Ces appréhensions que je combats journellement chez ma bonne tante, je n'ose m'en ouvrir qu'à toi. Je serais parfois tentée d'en parler à Étienne; mais avec la fatale manie qu'il a de vouloir me considérer comme la fiancée de René, il ne manquerait pas d'interpréter en ce sens mes alarmes. Et me rappelant tes leçons, sage Minerve, tout en refusant de mendier ses bonnes grâces, je me garde de le tourmenter inutilement.

« Cependant l'impatience me gagne de temps à autre. Je voudrais, je le répète, être plus âgée de quelques semaines. Quoi que j'en puisse dire à tante Alice, je commence à trouver que l'absence de René se prolonge un peu trop. Il n'avait pas, il est vrai, fixé de terme précis à son voyage, et c'est à peine s'il nous avait laissé pressentir son départ soudain. Mais voici vingt jours déjà que nous avons vu les eaux se refermer sur la *Titania*, et c'est le lendemain qu'il nous a quittées. Ah ! c'était un beau spectacle ; et comme je me sentais fière ! Je n'avais, ce jour-là, que joie et espérance. Combien j'ai ri de bon cœur avec le lieutenant Briaot (encore un aimable homme) des prétentions peu déguisées du prince de Monte-Cristo ! Cette noble Altesse, qui est tout empressements auprès de ton humble servante, a le faible de s'imaginer, les premières expériences de René ayant eu la *Cinderella* pour théâtre, que c'est lui, Monte-Cristo, qui en est l'auteur ; et, par extension, il se considère comme le héros des exploits de la *Titania*. Il s'était transporté ici avec son yacht pour le grand jour, et c'était merveille de le voir se pavaner, faire la roue, parler d'un ton protecteur du mérite de « son jeune associé », donner à entendre à tout venant que le véritable explorateur des hauts-fonds c'était le prince de Monte-Cristo.

« Tout était gai et brillant ce jour-là. Je n'avais pas un doute. Sur le front de René on voyait une telle ardeur de foi ! Il me semblait

y lire d'avance la victoire. Puissions-nous avoir
bientôt des nouvelles! Chaque minute de retard
devient plus longue et plus pesante. Pardonne-
moi, mon amie, de t'entretenir ainsi de mes
craintes ; mais je suis obligée de tant me contraindre pour les dissimuler à ma tante! Si
elles sont vaines, qu'elles lui soient épargnées,
et, si elles doivent se justifier, fasse le ciel que
je trouve des ressources pour la soutenir et la
consoler, mais au moins que l'heure fatale soit
reculée pour elle!...

« HÉLÈNE. »

Les sombres pressentiments qui peu à peu
s'étaient emparés de l'âme vaillante d'Hélène et
qui se faisaient jour dans cette lettre n'avaient
pas jusque-là pris corps dans l'imagination de
Mᵐᵉ Caoudal. La raison en était que chez elle les
terreurs de la mer existaient à l'état permanent,
et que chacun, saisi d'une respectueuse pitié à la
pensée des douleurs peut-être réservées à cette
mère, rivalisait d'ingéniosité pour endormir ses
appréhensions possibles, et lui persuader de
passer dans une quiétude relative des jours de
suspens où, si un désastre était à redouter, on
avait du moins le droit d'espérer un succès. Si
bien que, tandis qu'Hélène sentait un doute,
tous les jours grandissant, lui étreindre le cœur,

la mère de René n'avait pas encore été mordue
par le soupçon que déjà plus d'un dans son
entourage cherchait à lui dissimuler. Il y avait
maintenant vingt-sept jours que René Caoudal
avait disparu avec son brave Kermadec, s'était
volontairement enseveli sous la pesante mer, à la
recherche de cet inconnu qui de tout temps a
attiré les grands cœurs. A bord de l'*Hercule*,
on se disait déjà qu'il était impossible qu'un désastre ou tout au moins un accident ne fût pas
survenu. Selon tous les calculs, Caoudal aurait
dû cinq à six fois télégraphier de ses nouvelles,
des ports où il touchait. Quelle raison pouvait
le retenir? Peut-être avait-il épuisé ses vivres,
sa provision d'air... Les forces et l'endurance
humaine ont une limite; un homme ne peut
demeurer sans relâche au fond de l'eau... Et
puis, il savait que des affections veillaient là-
haut anxieuses. Sûrement, si la *Titania* n'avait
pas péri corps et biens, elle aurait donné signe
de vie. Ce noir silence était de bien mauvais
augure. Le commandant Haraucourt lui-même,
le moins pessimiste des hommes, en convenait,
et à présent, lorsqu'il voyait Mme Caoudal et sa
nièce, il devait se faire une véritable violence
pour dissimuler l'immense compassion qui s'em-
parait de lui, rester l'homme aimable et gai
qu'elles connaissaient, parler sans contrainte

visible de l'entreprise de Caoudal, et affecter une
confiance dont il ne lui restait plus vestige au cœur.

Le docteur Patrice n'était pas le moins inquiet de tous. Proches voisins des Caoudal,
dont le domaine touchait leur petit bien, ses parents avaient été les intimes amis de cette
famille; son père, médecin de marine comme
lui, avait assisté tout jeune les derniers moments du grand-père de René, mortellement
blessé devant Bomarsund. M. et Mme Patrice
avaient connu et apprécié celui que Mme Caoudal
avait pleuré dès la première année de son mariage; et la veuve, soutenue en ces cruels moments par l'amitié fidèle de ses voisins, leur
était restée attachée par les liens de la reconnaissance et du souvenir. Lorsque le père et la
mère d'Étienne étaient morts, devançant tous
deux grandement le terme ordinaire que la nature assigne à la vie humaine, le jeune homme
avait trouvé chez Mme Caoudal une seconde
mère. Elle l'avait encouragé à l'étude, aidé et
poussé dans sa carrière; elle lui avait rendu un
foyer, enfin elle lui avait procuré cet avantage
inestimable que rien ne peut remplacer plus
tard, et dont le plus sûr mérite ne parvient
jamais à compenser le défaut : l'air, les manières, le ton, qu'un homme apprend, — et
n'apprend que de bonne heure, — de la fré-

quentation d'une femme distinguée. Aussi Étienne nourrissait-il pour elle une véritable affection filiale, et, dans la pleine reconnaissance de tout ce qu'il lui devait, il n'était pas éloigné de considérer comme une sorte de trahison le penchant irrésistible qui l'avait entraîné vers Hélène presque depuis le moment où la petite orpheline était venu animer les Peupliers de sa grâce et de sa gentillesse. Il s'était fait en tout cas une loi de s'effacer devant René, le jour où celui-ci manifesterait la moindre intention de satisfaire un vœu de sa mère en épousant Hélène; et si parfois il lui avait semblé, dans une vision rapide et éblouissante, que c'était lui qu'on préférait, il avait fermé les yeux résolument pour ne pas le voir.

Mais on le sait, une telle délicatesse était en pure perte. Tout s'opposait d'avance à la réalisation du rêve de l'excellente dame. De nature assez impérieuse et amie du commandement, elle ne s'apercevait pas que René, — à cet égard tout son portrait, — ne se laisserait jamais imposer une loi en pareille matière; qu'il se réservait, non sans quelque droit, le privilège de choisir sa future compagne. Surtout elle ne pouvait admettre que belle, accomplie et partageant tous ses goûts, il ne dût raisonnablement préférer Hélène à toute autre; ne comprenant pas que, pour une imagination aventureuse telle que celle de son fils, l'étrange, l'inconnu devaient avoir un attrait mille fois plus puissant que les perfections qu'il pouvait rencontrer dans une cousine.

Étienne, lui, avait senti ces choses depuis longtemps; mais il se défendait d'y croire. Lorsqu'il avait entendu la description enthousiaste que René lui faisait de son incomparable ondine, qu'il avait pu voir à quel point elle s'était emparée de toutes ses pensées, un sentiment de satisfaction s'était glissé en lui, bientôt vivement repoussé. — Que dirait Mme Caoudal, bon Dieu, s'il lui fallait envisager la possibilité de voir un jour régner aux Peupliers une femme vêtue à la grecque, une image de canéphore, une personne parlant une langue mystérieuse, une ondine, une sirène!... Franchement, sans être taxé de rigorisme provincial, on pouvait reculer devant une pareille bru.

Aux craintes que le docteur éprouvait aujourd'hui sur le sort de la *Titania* et de ses deux aventureux passagers se mêlaient donc d'autres appréhensions personnelles, confuses, l'attente fiévreuse de quelque chose d'étrange, de quelque entreprise audacieuse, folle, ou du moins sortant par trop des sentiers battus...

Ce fut dans ces dispositions que vint le trouver un message de la préfecture maritime, accompagné d'un paquet cacheté.

Monsieur le docteur Patrice.

« Monsieur,

« Une bouteille de fer-blanc soigneusement fermée, recueillie au large d'Ouessant par une barque de pêcheurs, a été remise hier soir à la préfecture maritime. Décachetée, cette bouteille s'est trouvée contenir un tube de verre dans lequel était logée une lettre soigneusement affranchie et portant votre nom avec cette note : *Prière instante de faire parvenir sans délai la présente lettre à son adresse.* Profitant de votre séjour à Brest, nous nous empressons de vous faire remettre ce pli.

« Recevez, monsieur le docteur, etc. »

Le docteur ouvrit la lettre d'une main fiévreuse. Elle était de René.

« Mon cher Étienne,

« Voici plus d'une semaine que je vous ai quittés. La *Titania* a supporté à souhait toutes les épreuves; agile, résistante, facile à manier, sans défauts dans sa carapace comme dans ses organes internes, elle a prouvé surabondamment ses qualités à mes yeux. Je suis maintenant en règle avec moi-même et vis-à-vis de ceux qui ont subventionné mon entreprise. Mais est-ce à dire que je vais rentrer à Brest et reprendre, sans en chercher plus long, le cours paisible et monotone de ma vie d'autrefois? Ou je me trompe fort, ou tu ne le peux croire, mon cher ami. Tu sais ce qu'il m'a été donné d'entrevoir. Après avoir mis le pied dans ce monde merveilleux; après avoir été admis à contempler des êtres quasi divins, à entendre la musique de leur langage; après avoir bu à la coupe que m'a présentée l'enchanteresse; après avoir enfin reçu d'elle un gage de souvenir, était-il possible, je te le demande, de me résigner béatement à planter des choux dans mon jardin pour le reste de mes jours, au lieu de me préoccuper de mettre une page de plus à cette histoire?... Il faudrait être dénué de toute jeunesse, pour le penser. Mais tu me connais mieux. Pour des raisons que j'entrevois et qui t'honorent, tu as craint d'encourager les émotions que tu devinais chez moi, tu as fermé l'oreille à mes confidences. Rien n'y pouvait, mon pauvre ami! Aucune prudence humaine ne peut faire que ce qui est arrivé ne soit pas; et, ayant vu ce que j'ai vu, il n'est qu'un sentiment possible : la nécessité impérieuse d'une initiation complète, la soif de savoir le mot final de ce mystère, dussé-je y brûler mes ailes, y demeurer même en entier consumé!

8.

« Dès le premier jour, dès mon réveil, attaché sur ce tonneau et ballotté par les vagues,
mon projet était arrêté, je voulais la revoir, lui
parler, la comprendre, me faire comprendre
d'elle. Nuit et jour j'y ai pensé. Pensées de
dément, diront certaines gens; d'homme bon à
interner à Charenton... Que diraient-ils, ces gens
si sages, s'ils savaient *que je l'ai revue?*... Oui,
revue!... Au début, les obstacles paraissaient in-
surmontables; l'entreprise folle, sans espoir;
devant le résultat obtenu, il me semble que
ce que j'ai réussi n'est qu'un jeu d'enfant. Qu'ai-
je souffert, après tout, pour en arriver là? Bien
protégé, bien calfeutré, jouissant de toutes mes
aises, je suis descendu à plusieurs reprises au
fond de l'Océan. J'ai fait dans la mer des Açores
un voyage d'exploration que m'envieraient tous
les mortels épris de nouveauté. Était-ce, en
somme, si téméraire et si fou? Il me paraît à moi
que l'humanité doit être bien insouciante et
bien peu curieuse pour laisser s'entasser les
siècles sans chercher à pénétrer au moins le
mystère de nos petites mers, de notre globe!...
Enfin, je te le disais, je l'ai revue. Ma divinité
habite au fond des eaux un palais de cristal
dont la transparence m'a permis d'admirer une
seconde fois ses perfections sans égales. Je veux
pénétrer dans ce palais. Comment? Par quel

moyen? Je l'ignore, mais je suis prêt à tout pour y arriver.

« Ce qui m'inquiète uniquement, c'est l'accueil que je recevrai. Le vieillard en robe blanche n'a pas souffert que mon séjour chez lui se prolongeât au delà du strict nécessaire, je ne saurais l'oublier. Oui, mais je me sens non moins certain que sa charmante fille plaidait pour moi, voulait me retenir auprès d'elle, et cela, vois-tu, me donnerait la force de braver les colères bien autrement menaçantes que celle de son majestueux tuteur. Quelque chose me dit qu'elle m'attend, qu'elle me trouve bien faible et bien tardif, armé que je suis de son anneau, de n'avoir su encore me frayer un chemin jusqu'à elle. Quelle est son existence? Quelles sont ses occupations, dans ce palais féerique, mais si semblable à une prison? Peut-être s'ennuie-t-elle à la mort au milieu de ses splendeurs. Quel est le mystère de cette vie? Mille hypothèses s'élèvent et se détruisent dans ma tête pour l'expliquer; je t'en fais grâce, me réservant d'apprendre au monde la vérité quand je l'aurai découverte. Mais quand je me rappelle ce visage qui surpasse en beauté tout ce que j'aurais jamais imaginé, quand je me remémore ces accents enchanteurs, la légende des sirènes me semble ne plus être un mythe, et a dû se baser sur une aventure

incomplète et analogue à la mienne de quelque
voyageur du vieux temps. Enfin, quoi qu'il en
puisse être, je le saurai bientôt — ou j'y périrai !
Ne m'accuse pas de folie ou d'égoïsme, mon
cher Étienne. Excuse-moi plutôt, si j'échoue,
auprès de celles que je laisse là-haut. — Je te
jure que la puissance qui me guide et me fait agir
est de celles auxquelles on ne résiste pas. Rester inactif, me résoudre à ne jamais percer le
mystère entrevu, ce serait mentir à ma vocation,
me condamner moi-même au désespoir, à la folie
à bref délai. *Il faut* que j'aille où je suis appelé !
C'est pour que tu sois mon avocat auprès des
êtres que j'aime le mieux sur terre que je t'ai
adressé ces longues confidences. Toi qui es plus
près que personne du cœur de ma mère et de
celui d'Hélène, fais-leur comprendre que je ne
pouvais pas désobéir à la loi qui m'entraîne. Et,
si je ne reviens pas, remplace-moi auprès
d'elles.

« René Caoudal.

« P.-S. — Il est dix heures du matin. Nous
sommes au-dessus du point précis où j'ai constaté
la présence de la serre sous-marine. Le temps de
fermer cette lettre, de cacheter la bouteille que
je vais confier au Gulf-Stream, et je fais le
grand plongeon... Adieu à tous ! »

CHAPITRE XI

Le docteur Patrice avait aussitôt communiqué à la famille de René le document qui lui arrivait.

D'abord, en voyant l'écriture de son fils, Mme Caoudal avait cru tout sauvé. Mais, après la lecture de sa lettre, et quand il fallut comprendre qu'elle datait déjà de trois semaines, il devint bien difficile de conserver aucun espoir.

C'était fini. Son René, son enfant bien-aimé, avait trouvé la mort dans sa folle entreprise... D'ailleurs, elle l'avait toujours pressenti ou, pour mieux dire, toujours su, cette mer avide lui prendrait le fils comme elle lui avait pris le père. Ces flots bleus, qui semblent sourire au ciel, devaient être le tombeau de tous les siens. C'était écrit, *Kismet...* Comment avait-elle pu jamais conserver quelque espérance? A quoi bon lutter contre la fatalité?... N'avait-elle pas été d'avance certaine de la fin, le jour où René embrassa cette carrière abhorrée?... Malheureux enfant! N'aurait-il pas mieux valu le perdre au berceau?... Ne l'avoir élevé, choyé, chéri, que pour arriver à cet irrémédiable naufrage! N'y avait-il pas là de quoi s'abandonner au désespoir?...

Et cette mère éplorée se laissait, en effet, miner par sa douleur. En vain, Hélène, oubliant son propre chagrin pour lutter avec celui qui tuait Mme Caoudal sous ses yeux, s'efforçait-elle de trouver des consolations, d'inspirer à sa tante un espoir qu'elle-même avait cessé d'éprouver... Non seulement Mme Caoudal repoussait tous ces arguments qui auraient pu militer en faveur du salut de son fils, mais encore elle s'irritait lorsque Hélène, timidement, suggérait qu'il *pouvait* avoir écrit, que sa nouvelle missive *pouvait* s'être égarée...

« Tu es absurde, ma chère enfant, s'écriait Mme Caoudal. Est-ce que les lettres se perdent?... Dans toute ton existence, as-tu vu plus d'un exemple de ce fait; deux au plus?... Non, non, il n'y a pas de lettres, parce qu'il n'en a pas écrit... et s'il n'a pas écrit, mon pauvre fils, c'est parce qu'il est... »

Et, ne pouvant prononcer l'affreux mot, la

malheureuse femme cachait en sanglotant son visage dans ses mains.

« Mais, tante Alice, reprenait Hélène, les yeux pleins de larmes, elle aussi, vous sentez bien que je ne parle pas de lettres ordinaires... mises à la poste tout uniment... C'est déjà assez extraordinaire que celle-ci soit arrivée par ce courrier primitif... Qu'est-ce qui nous dit qu'il n'en a pas envoyé d'autres, qui se promènent en ce moment sur la mer, attendant qu'on veuille bien les repêcher?...

— Je te dis qu'il n'y a aucune chance!... s'écriait Mᵐᵉ Caoudal, peut-être pour s'entendre contredire et se donner des arguments contre sa conviction secrète. Non; j'étais veuve; je n'avais qu'un fils, — et maintenant me voilà sans enfant... je survis à tout ce que j'ai aimé... il n'y que moi dont la mort ne veuille pas...

— Oh!... tante Alice!... Et moi?... demandait Hélène en pleurs. Êtes-vous donc sans enfant tant que vous avez votre petite fille?...

— Pardonne-moi, ma chère mignonne... la douleur me rend méchante, disait la mère désolée en pressant la jeune fille sur son cœur. Mais ton affection m'est bien douce... Tu n'en doutes pas!... En le pleurant, est-ce que je ne pleure pas pour toi, aussi bien que pour moi?... Si je perds un fils, ne perds-tu pas un fiancé?... Un fiancé comme aucune jeune fille n'en pourrait souhaiter de plus charmant?...

— Aussi *je ne veux pas* le pleurer!... répondait vivement Hélène pour ne pas abonder dans un sens embarrassant. Quelque chose me dit qu'il nous reviendra... et quelle joie, alors!...

— Pauvre petite!... tu es jeune... à ton âge on ose encore espérer, contre l'évidence... Mais moi, vois-tu, j'ai trop souffert... C'est fini... Du reste, je le savais d'avance... »

C'étaient là les meilleurs moments de Mme Caoudal. En d'autres, plongée dans un silence morne, elle s'abandonnait à une douleur sans larmes qui brisait le cœur d'Hélène. La brave enfant ne savait quelles paroles trouver pour panser une blessure si cruelle, et ne se donnait même pas la triste douceur de pleurer son frère d'adoption, tant l'état où elle voyait l'infortunée mère lui causait d'inquiétude et de chagrin.

Le docteur Patrice la secondait de son mieux dans ses efforts affectueux... Mais que dire, que faire, lorsque au fond tous partageaient la même conviction?... Hélène et le docteur avaient songé d'abord à ramener Mme Caoudal aux Peupliers, pensant que chez elle, dans son milieu familier, loin surtout de cette mer qu'elle ne pouvait regarder sans frémir, elle reprendrait un peu de calme, arriverait plus facilement à se résigner.

JE SUIS DE L'AVIS DU COMMANDANT (P. 142)

Mais Mme Caoudal avait opposé un refus catégorique à cette proposition. Elle ne quitterait pas la ville jusqu'à ce qu'on eût appris quelque chose de définitif.

« C'est d'ici qu'il est parti : c'est ici qu'il reviendra... s'il doit revenir... » répétait-elle.

Et force fut bien de s'incliner devant une volonté aussi nettement exprimée.

De son côté, Hélène éprouvait au fond, elle aussi, le désir de rester. Il lui semblait que Mme Caoudal avait raison, que, si René devait revenir, il reviendrait là... Et puis n'avaient-elles pas, ici, la précieuse sympathie de leurs nouveaux amis de l'*Hercule*... et de leur vieil ami Étienne?... Le dévouement de celui-là surtout était infatigable. Si quelqu'un avait pu remplacer l'absent, c'eût été lui... Chaque jour, Hélène sentait croître la sympathie qu'il lui inspirait... Il fallait, à la vérité, que le jeune savant fût aveugle pour ne point s'en apercevoir... Mais lui et Mme Caoudal étaient apparemment atteints de la même cécité morale, car, de jour en jour, la bonne tante se persuadait davantage que René et Hélène avaient été fiancés, et sans cesse la réserve et la tristesse du docteur Patrice s'accentuaient...

Si Hélène avait pu, invisible, assister à certaine conversation entre les officiers de l'*Hercule*, peut-être aurait-elle pénétré plus aisément le secret de cette réserve...

C'était un soir que ces messieurs quittaient le salon de Mme Caoudal après avoir passé la soirée chez elle.

« Mlle Rieux est véritablement charmante! avait commencé le commandant Haraucourt. Elle paraît aussi bonne qu'elle est jolie... Combien son affection pour cette mère si éprouvée est touchante!

— C'est vrai, dit le lieutenant Briant. Si ce mot n'était pas devenu trop banal, on dirait qu'elle semble l'ange gardien de sa tante...

— Un bien joli petit ange... et habillé par la bonne faiseuse... dit légèrement le jeune des Bruyères. Vous connaissez beaucoup ces dames, Patrice?...

— Beaucoup, répondit avec assez de froideur le docteur.

— Heureux mortel!... Et... j'imagine que Mlle Rieux est bien dotée?...

— C'est probable, articula Patrice, de plus en plus glacial...

— Ce pauvre Caoudal!... S'il ne revient pas, ce qui est à craindre, sa cousine héritera sans doute de sa fortune?... »

Le docteur se tut.

« En héritera-t-elle?... reprit gaiement des Bruyères. Ne vous formalisez pas de ma question, je vous en prie, car, en somme, je ne porte aucun préjudice à ce pauvre Caoudal, que j'aimais de tout mon cœur, en constatant ce qui, après tout, est un fait !...

— Diable ! interrompit le commandant. Si, en effet, Mlle Rieux hérite de la fortune de ce pauvre garçon, elle sera, certes, une des plus riches héritières du pays... Vous savez que je suis de ces côtés-là... je connais leurs terres...

— Eh bien ! Patrice, voyons !... quelles sont les espérances du charmant ange gardien ?... demanda des Bruyères, qui semblait prendre un malin plaisir à tourmenter le docteur.

— J'ignore tout à fait ce que peuvent être les *espérances* de Mlle Rieux, répondit Patrice exaspéré. Et, pour parler net, je trouve que cette question ne concerne ni vous ni moi !... »

Sur ce, tournant brusquement les talons à ses camarades, il s'enfonça seul dans la première rue qui s'ouvrit devant lui.

Des Bruyères éclata de rire :

« Tiens ! tiens ! tiens !... Aurait-il lui-même des vues sur Mlle Rieux ?... s'écria-t-il. Il paraît que c'est un terrain réservé...

— Avouons-le, dit le commandant, avec un peu de gravité, la discussion s'engageait d'une façon qui n'est peut-être pas du meilleur goût ; et ne nous étonnons pas trop qu'un ami de la famille s'en soit trouvé froissé...

— C'est, ma foi, vrai, répondit sans détour des Bruyères. Mais je ne croyais pécher contre aucune convenance en proclamant bien haut mon admiration pour cette charmante jeune fille, et en m'enquérant (dans une curiosité toute désintéressée, je vous l'atteste) du chiffre probable de sa dot...

— La vie de cette pauvre mère sera irrémédiablement brisée si ce malheureux enfant ne reparaît pas, dit le commandant, pour changer le sujet de la conversation. Y a-t-il un sort plus pitoyable que celui des femmes de marins !... Mères, fiancées ou sœurs, c'est toujours le deuil qui les attend, dirait-on...

— Oh ! mon commandant !... j'espère que vous ne répandrez pas ces vues pessimistes parmi les demoiselles à marier !... s'écria des Bruyères, en affectant l'inquiétude. Ce serait nous *handicaper* trop injustement !...

— Grand enfant !... dit M. Haraucourt en riant ; ce n'est pas vous qui mériteriez qu'on vous regrettât !... Pourquoi avez-vous tourmenté de la sorte ce pauvre Patrice ?...

— Pourquoi, plutôt, se tourmente-t-il de ce que j'ai dit ?... *Un chien*, dit le proverbe, *peut bien regarder un évêque...* à plus forte raison un enseigne une aimable jeune fille, il me semble !...

— N'importe, interrompit M. Briant, je suis

de l'avis du commandant, que tes questions ont dû peiner Patrice... N'eût-il pas été d'un bon camarade de les interrompre !...

— Allons, bon !... tout le monde s'y met, alors ?... Bonsoir, je me sauve !... Mais j'en suis pour ce que j'ai dit : Mlle Rieux est charmante et si, par-dessus le marché, elle est très riche, la marine n'a plus qu'à se mettre en masse sur les rangs !... Moi, du moins, je le dis sans fausse modestie, je suis prêt à accomplir jusqu'au bout mon devoir d'officier français... »

Et, riant de tout son cœur, il quitta ses deux compagnons, qui étaient ce soir-là par trop sérieux pour son goût.

Quant à Patrice, cette idée nouvelle, présentée d'une façon si légère par l'enseigne, avait été pour lui un coup de poignard.

Si René était perdu, Hélène hériterait de sa fortune!... Elle serait, avait dit le commandant, *une des plus riches héritières du pays!...*

Donc, doublement, il serait forcé de veiller sur lui-même pour ne pas trahir son secret. Si la fortune d'Hélène était doublée, il lui faudrait plus que jamais fuir la jeune fille, ne rien laisser percer de l'enthousiasme qu'elle lui avait inspiré... Oh! combien plus encore il désirait que René sortît sain et sauf de ce fatal voyage !... Des Bruyères avait parlé comme s'il se doutait de quelque chose... Se pourrait-il que lui, Patrice, eût l'air de rechercher Mlle Rieux par intérêt?... Plutôt ne jamais la revoir!...

Quel dommage!... quel dommage!... Elle était si charmante!... Et Patrice en était sûr, l'affection qu'Hélène et René ressentaient l'un pour l'autre n'était que fraternelle.

De là ce sérieux, cette gravité, — presque cette froideur, — que le jeune docteur témoignait de jour en jour plus marqués à la pauvre Hélène, et qui ajoutaient un élément de tristesse et d'inquiétude à tous ceux qui rendaient si pénible leur existence actuelle...

Parmi tous les amis de ces dames, celui qui affectait de prendre la part la plus active à leurs transes et à leurs espoirs était, sans contredit, le prince de Monte-Cristo.

D'abord, partout où il paraissait, il aimait fort à accaparer l'attention universelle. Que l'événement fût heureux ou malheureux, guerre, naufrage ou victoire, courses de chevaux, mariage ou décès de ses amis, Son Altesse entendait jouer, partout où Elle se trouvait, un rôle prépondérant. Et, dès le premier moment, le digne homme avait pris en main la disparition de René.

Tous les jours il accourait, empressé, important, bavard, pour annoncer... qu'il n'y avait rien de nouveau... Il parcourait le port, offrant des

récompenses princières à quiconque lui apporte-
rait des nouvelles du bateau perdu. Il faisait
insérer dans les journaux des notes, informant
un chacun « que le prince de Monte-Cristo, vivement affecté de la perte probable de son jeune
collaborateur, l'enseigne de vaisseau Caoudal
(dont, par parenthèse, il avait, en quelque sorte,
inspiré l'aventureuse entreprise), renonçait à sa
croisière d'été habituelle, et dirigeait « en personne » les recherches à bord de son yacht
Cinderella. » « Mort ou vif, avait-il prononcé
noblement, il retrouverait son ami. » Les Monte-
Christo, on le sait, sont fidèles de naissance.
Leur devise, d'ailleurs, les y oblige ; tout le monde
sait qu'elle se compose de ces simples mots : *Jusqu'à mort.*

Et le dernier héritier de la race ne laisserait
pas péricliter en ses mains le renom de sa royale
maison.

Aussi, grisé par les éloges qu'il se décernait à
lui-même, le digne homme se multipliait-il. On
ne voyait que lui dans la ville, sur la rade et dans
le salon de Mme Caoudal ; et la pauvre mère finis-
sait par en être excédée... Elle avait appris à
redouter le coup de sonnette du prince, et la
façon dont il s'installait en face d'elle, lançant
ses gants dans son chapeau d'un geste péremp-
toire et se frappant les genoux de l'air d'un

homme qui a tout lieu d'être satisfait de lui-
même.

« Aujourd'hui, madame, proclamait-il de sa voix
de stentor, nous avons accompli un pas, — un
grand pas, si j'ose ainsi dire !...

— Ah ! mon Dieu, monsieur !... que s'est-il
passé ?... s'écriait la pauvre mère tremblante.

— Nous avons résolu, madame, de faire descendre en mer le scaphandre de notre regretté
René...

— Comment, monsieur, vous partiriez ?...

— Permettez, chère madame ! C'est *ici* que
nous allons procéder à nos premières recherches...

— Mais... puisque lui-même dit être sorti de
ces eaux ?... objectait Mᵐᵉ Caoudal, perplexe.

— Peu importe, peu importe !.. c'est un détail... Je disais donc que nous allions procéder à
des sondages, *ici*, d'abord... S'ils sont malheureusement infructueux... (comme il n'y a que
trop de raisons de le craindre...)

— Ne vaudrait-il pas mieux, cela étant,
chercher là où on a chance de le trouver?...
interrompait timidement Mᵐᵉ Caoudal. Certes, je
n'aurais jamais osé vous le demander, monsieur !... mais puisque vous avez la bonté de me
l'offrir...

— Un instant, chère madame ! Il faut chercher d'abord *ici*, pour le cas (d'ailleurs peu

probable) où notre cher jeune ami se serait perdu en revenant... Si nous n'arrivons à rien... nous en serons quittes pour recommencer ailleurs !...

— Alors, disait Mme Caoudal, déçue, il n'y a rien de nouveau ?...

— Jusqu'à présent, non, madame, non !... Mais, n'ayez crainte. Je me charge de le retrouver ; et, *mort ou vif*, je vous le ramènerai, foi de Monte-Cristo !... »

Et il se campait de trois quarts d'un geste de défi, dans la pose de son fameux portrait, par Bonnat.

D'autres fois, il entreprenait de décrire, ou plutôt d'expliquer à la mère de René le caractère de son fils, n'ayant jamais l'air de se douter qu'elle devait le connaître beaucoup mieux que lui et que toutes les paroles qu'il débitait étaient parfaitement oiseuses.

« Votre fils, madame, est un homme... ce que j'appellerai *un homme d'avant-garde !...* il sera toujours en avance de son siècle... Et c'est pour cela qu'il n'arrivera jamais à rien...

— Mais permettez, monsieur !... s'écriait Mme Caoudal, blessée dans son orgueil maternel, mon pauvre enfant, au contraire, a toujours *admirablement* réussi tout ce qu'il a entrepris !... Même ce funeste bateau, vous en êtes témoin, a marché juste comme il l'entendait... Et toute sa vie René a eu la main heureu e... Cent fois nous l'avons remarqué!... N'est-il pas vrai, Hélène?...

— D'accord, d'accord, madame!... Mais ce que je veux dire, c'est que votre fils, étant d'un naturel trop aventureux pour se contenter des sentiers battus, devait fatalement s'engager dans quelque aventure... comment dirai-je?... téméraire... imprudente... déraisonnable...

— Mon Dieu, monsieur, on n'a pas eu l'air de la trouver si déraisonnable, quand son expérience a réussi... même, si j'ai bonne mémoire, Votre Altesse a revendiqué une large part dans son invention?...

— Très juste... parfaitement exact, madame, » répondait le prince en roulant des yeux blancs. Et derrière le dos de Mme Caoudal, il se livrait à une pantomime-expressive, se tapant le front et regardant la mère de René d'un air de compassion, comme pour dire que son chagrin l'avait rendue incapable de suivre un raisonnement sérieux...

En somme, le prince de Monte-Cristo et Mme Caoudal ne s'entendaient guère, et n'eût été la vive admiration qu'il professait pour Mlle Rieux, et son désir excessif de se mêler à tout ce qui excitait de près ou de loin la curiosité publique, l'Altesse royale eût bien vite cessé toutes relations avec des petites bourgeoises qui n'avaient même pas l'air de se douter qu'il y avait de sa part une grande condescendance à frayer avec elles. Il est vrai que le prince trouvait tout à fait « moderne » et digne de lui. de mettre, pour ainsi dire, sa couronne dans sa poche et de n'être plus, en présence de femmes comme il faut, qu'un homme du monde. Mais il ne lui eût pas déplu qu'on sentît ce que sa conduite avait de magnanime... Cependant, en dépit des légers heurts qui se produisaient chaque fois qu'il se trouvait en rapport avec Mme Caoudal, il persistait à jouer son rôle d'ami et protecteur de la famille, et à se montrer fort assidu chez elle.

Bientôt l'*Hercule* quitta les eaux de Brest pour se rendre dans la Méditerranée. Mme Caoudal et Hélène furent bien heureuses lorsque Patrice leur annonça qu'il ne s'embarquait pas, pour ce voyage, sur le croiseur. Elles n'eurent pas de peine à comprendre que c'était afin de rester encore quelque temps auprès d'elles, et l'appui moral de sa compagnie leur fut précieux, dans une détresse chaque jour plus grande.

CHAPITRE XII

LA MISSION DE KERMADEC

Un matin, de bonne heure, le docteur Patrice sortait comme de coutume pour aller prendre des nouvelles de Mme Caoudal. Au moment où il mettait le pied dans la rue, il faillit tomber à la renverse en se trouvant face à face avec Yvon Kermadec.

Le gabier, plus faraud que jamais, arrivait le nez au vent, promenant d'un air conquérant ses yeux bleus autour de lui, en se dandinant à la façon des gens de mer. Sa mine fleurie n'indiquait pas qu'il eût aucunement souffert pendant son absence.

Patrice ne fit qu'un bond jusqu'à lui.

« Comment!... C'est toi!... Te voilà!... D'où sors-tu?... Et René?... Et ton officier?...

— Mon officier se porte comme vous et moi, major.

— l est ici.

— Pour cela, non !» dit le gabier en secouant la tête d'un air profond.

Et, de son pouce droit, lancé par-dessus son épaule gauche, il indiquait un point vague dans l'espace.

« Où est-il alors ?... Comment reviens-tu seul ?... Qu'est devenu le bateau ?... On vous a crus perdus !

— Tout de même ?... reprit le gabier vivement intéressé. Par ma foi, si *ceusse* qui s'occupent de nous savaient où nous sommes allés... je crois qu'ils ouvriraient de grands yeux !...

— As-tu déjà vu Mme Caoudal ?

— Non, major, c'est à vous que j'ai affaire.

— A moi ?... Serais-tu malade ?...

— Pour cela, non ? Faut croire que l'air est bon par là (quoi qu'il n'y en ait guère), vu que je ne me suis jamais mieux porté...

— En ce cas, que me veux-tu ?

— Voilà : je suis envoyé par mon officier vers M. le *major*... comme qui dirait pour le ramener, quoi !...

— Le ramener ?... Où veux-tu me ramener, grand dadais ?... »

De nouveau le gabier indique, de son pouce, ce lieu indéterminé tout en clignant de l'œil d'un air plein de mystère.

« Qu'y a-t-il par là? demanda le docteur en se retournant?

— Ch... u... u... u... t!... Moins haut!... Mon officier désire qu'on ne sache pas en quel endroit il se trouve en ce moment.

— Et où se trouve-t-il, sans indiscrétion?

— Dame, major, pour ne pas mentir, dans un drôle d'endroit!... et avec de drôles de particuliers!... sans parler des particulières... »

Et Kermadec leva les mains et les yeux au ciel, comme pour le prendre à témoin des choses plus qu'étranges qu'il avait vues.

« Voyons, que veux-tu dire?... explique-toi!

— Eh bien! dit Kermadec, après avoir prudemment regardé autour de lui afin de s'assurer que personne ne pouvait l'entendre, voilà!... Mon officier et moi nous avons fait un voyage!... enfin, là, un voyage!... un de ces voyages...

— C'est bon, c'est bon!... Tu veux dire qu'il est arrivé chez... les gens qu'il cherchait?...

— Ah!... monsieur le major est au courant?... Eh bien, c'est ça!... Mon officier est installé là comme un coq en pâte, c'est le cas de le dire... Et moi aussi, sauf votre respect, je n'avais point à me plaindre... Même que si j'avais pu écrire chez moi, à ma cousine (*qu'est* une fille bien comme il faut), *alle* ne m'aurait quasiment pas cru... vrai de vrai!...

— Mais, enfin?

— Eh bien, en fin de fin, le vieux particulier...
(Monsieur le major sait du reste de qui je
parle?...) Eh bien, ce bonhomme-là, qu'a plus
de cent ans, quoi!... Il commence à se sentir
d'être vieux... Ça se conçoit, dame, quand on
vit dans l'eau comme un poisson des cent ans
sans démarrer!... Eh bien, donc, à cette heure,
il est malade, ce pauvre vieux!... Et mon officier
voudrait censément que monsieur le major vînt
le soigner!...

— Le diable t'emporte!... Que j'aille au fond
de l'eau tâter le pouls à ce vieux père Neptune?

— Sauf vot' respect, major!... Du reste,
voici la lettre que mon officier m'a chargé de
vous remettre, ajouta Kermadec en cherchant
dans la poche intérieure de sa vareuse.

— Tu as donc une lettre?... Que ne le disais-
tu?» s'écria le docteur en arrachant le papier
des mains du gabier.

Il déchira l'enveloppe et parcourut tout d'un
trait ce que lui écrivait son ami.

René au docteur Patrice.

« C'est à toi que je m'adresse encore, mon cher
Étienne, parce que j'ai une requête urgente et
spéciale à te présenter; mais cette lettre est aussi
bien pour ma mère et pour Hélène que pour toi.

« Et d'abord, laisse-moi crier victoire!... Je
suis au port, je suis au but que je m'étais assi-
gné, et je l'écris sur une table de nacre, au fond
de la mer des Açores, dans le palais enchanté
d'Atlantis!... C'est le nom de celle que j'ai voulu
revoir et que j'ai su retrouver! Si je devais te
conter par le menu comment j'y parvins, il faudrait un volume; je me borne à te donner à
grands traits le sommaire de mon histoire.

« Comme vous le savez déjà, j'avais, avec mon
scaphandre, déterminé le point précis de la
demeure sous-marine; je m'étais assuré qu'elle
comprenait une serre immense, éclairée par une
source lumineuse aussi brillante que le soleil;
cette lumière se propageait sous les eaux à une
distance considérable, il devait m'être relativement aisé de gouverner dans la direction du foyer.

« La prévision fut pleinement confirmée par
les faits. Parvenu au point d'immersion, j'avais
ouvert les caisses à eau dont le poids fait couler
à fond mon petit navire, et en même temps
éteint la lampe électrique. Je me tenais en observation derrière un hublot.

« A peine avions-nous atteint une profondeur
que j'évalue à deux cents mètres, quand l'éclat
lointain du soleil sous-marin commença d'être
vaguement perceptible. Cet éclat allait croissant.
Bientôt il fut possible de distinguer où en était

le foyer et de mettre le cap sur ce foyer même.

« Quarante minutes après avoir quitté la surface, je me retrouvais en contact avec le mur de cristal de la serre magique.

« Mais, cette fois, j'étais en possession d'un navire éminemment maniable. Il me fut donc permis de procéder à une exploration régulière. Je débutai par reconnaître la forme extérieure de la serre. Comme je l'avais supposé d'après ma première visite, elle se compose de longues galeries rectangulaires dominées de distance en distance par des coupoles hémisphériques. Je revis même la brèche laissée par mon scaphandre dans l'une de ces coupoles et qui n'est point réparée.

« Mais ce que je ne voyais nulle part, c'était une porte, un moyen quelconque de pénétrer dans le palais enchanté. Vainement j'avais fait le tour de la serre lumineuse, édifice immense qui se développe sur une superficie de quinze à vingt hectares, aucune solution de continuité n'apparaissait dans la muraille transparente, contre laquelle je me trouvais buté, à la manière de ces insectes terrestres qu'un carreau de vitre sépare de la libre atmosphère.

« Je me demandais déjà si, pour pénétrer dans le royaume sous-marin, je ne serais pas obligé de recourir à la force, quelles que dussent être, d'ailleurs, les conséquences d'une effraction,

quand mon attention se fixa sur une partie basse
de la muraille de verre, disposée comme le bassin d'une écluse. Je m'en rapprochai aussitôt pour
procéder à un examen approfondi.

« La conclusion de cet examen fut que je me
trouvais bel et bien en présence d'une vaste
chambre d'eau établie verticalement au-dessus
d'une seconde chambre vide et limitée par des
parois mobiles, pourvues de crémaillères. Plus
de doute ! C'était bien une écluse, c'est-à-dire
une véritable porte d'entrée...

« Mais comment se faire ouvrir cette porte,
par laquelle j'étais déjà passé jadis, selon toute
apparence ? Voilà où le problème commençait à
se compliquer.

« Après mûre délibération, je me déterminai à
adopter le procédé habituel des gens qui veulent
réclamer admission n'importe où, — en heurtant
à la porte. A cet effet, je n'avais qu'à utiliser
un des bras de caoutchouc adaptés au flanc de
la *Titania*, en armant ce bras d'un marteau
pour frapper la muraille de verre.

« Bientôt un véritable carillon de coups retentissants et pressés résonna dans le vide de la
serre, — autant que je pouvais le supposer, au
moins, car le bruit que je causais était à peine
perceptible pour mon oreille.

« De ces appels réitérés je vis promptement

l'effet. Le vieillard de la mer, — j'ai su depuis qu'il s'appelle Chariclès, — parut suivi de sa charmante fille.

«Il donna, à la vue de mon navire sous-marin, les signes du plus profond étonnement et sembla d'abord indécis sur ce qu'il devait faire. Mais bientôt le sentiment de l'hospitalité l'emporta sans doute sur la crainte de l'inconnu, vu que le

vieillard s'avança vers la crémaillère de l'écluse et en tourna la manivelle d'un bras encore vigoureux.

« Lentement la paroi mobile de la chambre supérieure s'ouvrit devant la *Titania*, qui s'y

établit en trois tours d'hélice. Aussitôt la crémaillère fonctionna en sens inverse pour refermer les portes supérieures, tandis que les
portes inférieures s'ouvrant à leur tour laissaient entrer l'eau de mer dans le second bassin.
La *Titania* y pénétrait aussi et se trouva bientôt
enfermée dans cette prison provisoire.

« Alors le bassin se vida, mon navire resta à
sec sur le sable fin du sol, et les portes de cristal qui me séparaient encore de la serre glissant dans leurs rainures, je jugeai que le moment était venu de rabattre nos élytres.

« Tu as vu de tes yeux comme cette manœuvre est prompte. Mon apparition soudaine
dans le cockpit à découvert rappelait au parfait
celle de ces diables de carton qui surgissent soudain d'une boîte, pour la plus grande joie des
bébés et des nourrices.

« Elle parut faire un effet foudroyant sur le vieillard de la mer. Sans doute la surprise et peut-être
la colère furent trop fortes pour lui quand il reconnut, en son visiteur inattendu, ce même intrus
qu'il avait si prestement congédié naguère !...
Toujours est-il qu'il resta d'abord stupéfait, pour
articuler quelques mots sans suite, puis s'abattit
soudain comme une masse sur le sol du jardin.

« Avec sa fille et Kermadec je me hâtai de lui
porter secours ; il avait perdu connaissance.

« L'emporter dans une pièce voisine, l'allonger sur cette couche même où j'avais reposé jadis, cela fut pour nous l'affaire d'un instant. Mais nos soins étaient impuissants à le ranimer.

« Sa fille se lamentait dans une langue harmonieuse, qui était bien un vieux dialecte grec, comme je l'avais présumé. Je lui prodiguais mes encouragements, tout en m'empressant à soigner le vieillard. Mais, ni d'un côté ni de l'autre, je n'obtenais de résultats bien marqués.

« Que te dirai-je, mon cher Étienne? Depuis dix jours j'habite avec Kermadec la demeure sous-marine, et Chariclès, le maître de cette demeure enchantée, n'a pas encore repris ses sens. Atlantis a fini par se convaincre que, si je suis la cause involontaire de ce malheur, du moins je n'épargne rien pour le réparer. Nous avons réussi à échanger quelques paroles. Je lui ai dit que je revenais uniquement pour la revoir; elle m'a laissé entendre que le souvenir de ma première visite lui était toujours resté présent.

« Son vieux père et elle sont les derniers restes vivants de la race antique des Atlantes. Je crois comprendre qu'à une époque reculée dans la nuit des âges, leurs ancêtres, se refusant à quitter le sol natal, qui s'abîmait lentement sous les eaux de l'Atlantique, avaient fait appel à toutes les ressources d'une science déjà raffinée pour lutter contre l'Océan et se créer en ses abîmes une existence artificielle.

« De fait, rien ne ressemble aux choses terrestres dans cet habitat modelé et entretenu de toutes pièces par la main des hommes. Lumière, air respirable, aliments, vêtements, rien qui ne soit un tour de force artistique. La vie animale et végétale est un défi perpétuel aux lois courantes de la nature. La durée et la constance de la lutte semblent avoir eu pour effet de porter au plus haut degré la puissance créatrice et productive de ce peuple submergé.

« En définitive, il sort vaincu de cette lutte, puisque la race est présentement réduite à deux individualités, Chariclès et sa fille. Mais les résultats acquis au cours d'une longue suite de siècles n'en sont pas moins merveilleux. Rien n'égale la splendeur souveraine des jardins enchantés où je vis comme en rêve auprès d'Atlantis. Tu en jugeras, au surplus, mon cher Étienne, si tu viens m'y rejoindre, car le service que je réclame de ton amitié, celui que tu ne me refuseras pas, j'en suis sûr, est d'apporter les secours de ton art et de ton expérience professionnelle à celui que ma venue a terrassé.

« Adieu, Kermadec te donnera de plus ample détails. J'envoie toute ma tendresse à maman, à Hélène, — et je t'attends. « RENÉ. »

« Il m'attend !... Il m'attend !... C'est bon à
dire ! s'écria le docteur en achevant de lire la
lettre de son ami. Mais comment diable veut-il
que j'arrive auprès de son malade ?

— Dame, comme nous, par la *Titania*, bien
sûr !...

— Elle est donc ici ?

— C'est-à-dire que je l'ai amarrée hors du
goulet, dans une petite anse à moi connue,
Porzléogan, près du cap Saint-Mathieu... Un
fier bateau, y a pas à dire !... Mais voilà : mon
officier ne veut pas qu'un chacun sache où il est.
Je dois conter aux curieux qu'il se trouve dans
une île de là-bas et qu'il m'envoie donner de ses
nouvelles à madame sa mère et sa demoiselle
cousine, — qui sont des dames bien comme il
faut, c'est sûr !...

— Et tu crois que je vais partir ainsi pour
tes pays insensés ?...

— Dame, major, c'est votre affaire, et point
la mienne. Mon officier m'a dit de venir, et je suis
venu... Je puis vous dire seulement que M. René
se fait joliment des cheveux à vous espérer, et
que plus tôt nous partirons, mieux cela vaudra...
Même que, pour être plus sûr de ne pas vous
manquer à votre arrivée, M. René a voulu poser
une sonnerie à la porte de l'écluse.

— Comment, une sonnerie ?

— Parfaitement! Une sonnerie électrique, avec un timbre qui fait un carillon de tous les diables!... Comme je vous le dis, major!... Nous avons assez turbiné tous deux pour la poser!... Maintenant, c'est très commode. En arrivant à la porte d'eau, un bouton d'ivoire qui vous crève les yeux... On n'a qu'à le toucher à bout de bras de caoutchouc ; *drelin, drelin...* Le carillon se met en marche et l'écluse s'ouvre devant vous... Pour une crâne invention, c'est ce que j'appelle une crâne invention!... Ah ! il n'est pas manchot, allez, mon officier!...

— Tu me contes là un tas de sornettes ! Mais c'est absurde, inouï!... s'écria le docteur avec agitation. A quoi pense René ?... Est-ce que j'ai le temps, moi, de me lancer en des aventures pareilles !... »

Le gabier, jugeant avec raison que ces questions ne s'adressaient pas à lui, ne répondit rien.

« Enfin !... reprit le docteur après avoir songé un instant, viens toujours tirer d'inquiétude Mme Caoudal, qui croit son fils perdu à jamais... Après cela, nous verrons !... Mais, de toutes les têtes brûlées, René est bien le champion, sans conteste !... »

Et, l'esprit bouleversé, il se rendit chez Mme Caoudal.

CHAPITRE XIII

LES RÉFLEXIONS DU DOCTEUR PATRICE

Le premier étonnement passé, et aussi les premières répugnances et objections qu'il avait opposées d'instinct à la proposition de René, Patrice en venait peu à peu à considérer d'un tout autre œil cette expédition sous-marine qui d'abord lui avait paru extravagante. Il n'y avait plus à douter de l'authenticité des récits du voyageur.

Comme quelques mois auparavant, lorsqu'il avait retrouvé René sur son lit d'hôpital, son coup d'œil de médecin lui défendait d'admettre un seul instant l'hypothèse de la folie ; la loyauté de Kermadec ne pouvait davantage être mise en question.

En outre, ceci n'était que le second côté de ce drame surprenant, bien plus facile à croire, une fois que le premier était accepté ; enfin, la

bon Kermadec paraissait si bien à son aise au
milieu des merveilles, qu'il narrait : ces plon-
geons étourdissants jusqu'au fond de la mer, ces
excursions dans des jardins et des palais enchantés, par-dessus tout, le privilège de voir ces
personnages quasi divins, de leur parler, d'être
admis en quelque sorte à leur intimité, tout cela
avait fini par piquer l'émulation du docteur et
réveiller chez lui l'esprit d'aventures.

« Eh quoi, ruminait-il, l'occasion la plus belle,
la plus rare d'élargir mon champ d'expériences
m'est offerte, et je la laisserais échapper ! Moi,
voué par profession à augmenter, dans la mesure
de mes forces, le trésor du savoir humain, à
lutter contre les ténèbres qui nous pressent de
toutes parts, qui nous dérobent non seulement
la cause et le but des choses, mais encore ce
qui nous touche de plus près, des faits qui se
passent à nos pieds, l'histoire, le sort d'une race
parente de la nôtre ; j'aurais la chance unique
d'être à même de soulever un coin du voile qui
nous cache tant de mystères et je ne la saisirais
pas !... » Qu'est-ce qui l'arrêtait, en somme ? La
crainte ? Jamais ! Patrice pouvait sonder son
cœur et se rendre cette justice que pas une de
ses fibres ne frémissait à la pensée du terrible
hasard qu'il était près de courir ; qu'autant que
le vaillant Caoudal ou le simple Kermadec, il

saurait affronter les épouvantes de l'Océan.

S'il avait eu une famille, il aurait eu quelque excuse à alléguer vis-à-vis de lui-même. Mais qui porterait le deuil sur la terre, si Étienne Patrice disparaissait de ce monde? Certes, il savait que Mme Caoudal lui donnerait des larmes, et ses amis de sincères regrets. Était-ce là de quoi l'arrêter? Non, il ne se le dissimulait pas, maintenant qu'une grande décision à prendre le forçait à regarder au fond de lui-même, à faire un examen de conscience depuis longtemps différé; ce qui le retenait, ce qui lui avait tout d'abord inspiré cette répugnance à partir, c'était en réalité le déchirement qu'il éprouvait à se séparer d'Hélène, l'involontaire protestation de son être à l'idée de lui dire un adieu peut-être éternel. Tous ces derniers événements, tant d'émotions mises en commun les avaient encore rapprochés; et, sans jamais se départir de sa stoïque résolution de silence, le jeune docteur avait eu tant d'occasions de prouver son cœur délicat, son âme haute, son esprit aimable, son dévouement sans bornes, qu'il avait à son insu plaidé sa cause. Si bien que Mlle Rieux avait fini par sentir se fondre en elle le farouche parti pris d'abstention que nous l'avons entendue déclarer si catégoriquement à son amie Mlle Luzan. Qu'elle fût sur le chemin d'interver-

tir les rôles, et, comme la reine Victoria le
raconte dans ses mémoires, de faire elle-même
la demande en mariage de son prince consort, il
s'en fallait de beaucoup, certes. Elle était trop
au-dessus de la misérable question de fortune
qui se dressait en obstacle entre elle et l'homme
qu'elle avait choisi, elle avait le sentiment trop
juste de sa dignité, pour en arriver jamais à une
pareille extrémité. Mais enfin, il est avec le ciel
des accommodements. Elle s'était juré, c'est vrai,
que jamais elle ne ferait d'avances ; mais elle ne
s'était pas engagée à décourager son chevalier
par d'éternelles rebuffades. Rien ne l'empêchait d'être charmante envers lui, telle qu'elle
était, par exemple, envers cet excellent commandant Haraucourt, ou cet aimable enseigne des
Bruyères, ou tant d'autres. Au fait, n'était-ce
pas confesser une préférence que de se montrer
avec lui plus réservée qu'avec des simples connaissances, lui, un ami ancien, éprouvé ? Vraiment, elle avait manqué de tact ; vite, il fallait
réparer cette erreur, et, en restant uniformément naturelle, prouver la liberté de ses affections. Et, forte de ce beau raisonnement. Hélène
était redevenue elle-même vis-à-vis de lui,
c'est-à-dire si gracieuse, si bonne, si amicale,
que, dix fois par jour, il se voyait sur le point
d'envoyer au diable le cauchemar de sa dot,

et de lui poser bravement la fatale question.

Voilà où il en était ! Évidemment il fallait enrayer. Le plus tôt serait le mieux, et l'invitation de René venait juste à point pour l'empêcher de se commettre, de faire une démarche dégradante. Allons ! il n'était que temps de tailler dans le vif, quoi qu'il pût lui en coûter !

Et comme le docteur était aussi ferme de caractère qu'il était doux et simple de manières, résolution prise, chez lui, c'était résolution exécutée. D'un ton bref, il annonça à Kermadec qu'il était prêt à s'embarquer avec lui, communication que le brave matelot reçut sans sourciller, et, l'ayant congédié pour quelques heures, il se rendit auprès de Mᵐᵉ Caoudal.

Certes, le bon docteur usa de tous les ménagements que peut suggérer l'affection la plus délicate pour atténuer le choc que devait apporter la bienheureuse, l'étonnante nouvelle au cœur si éprouvé de sa respectable amie. Rien ne saurait rendre la joie, l'admiration, l'extase de la pauvre mère en apprenant les exploits extraordinaires de son René, en relisant cent fois les lignes tracées par sa chère main, en s'assurant qu'il était au nombre des vivants, qu'elle avait espoir de le revoir. Dans la tempête d'émotions joyeuses qui succédait à sa morne désolation, toute son ancienne hostilité contre ce monde mys-

térieux qui avait attiré son enfant, se trouvait
balayée comme par enchantement. Toute son
antipathie pour le vieillard majestueux que René
lui avait décrit et pour son ondine de fille avait
fait place au plus franc intérêt, à la plus vive
gratitude.

Ils donnaient l'hospitalité à son fils, ils le lui
gardaient vivant, lui qu'elle avait cru ne plus
revoir. Évidemment, elle ne leur avait pas rendu justice, elle avait cédé à un préjugé, esclave
de cette routine qui nous rend soupçonneux de
toute chose sortant de la route battue. Oui, oui,
il fallait aller soigner ce vénérable ancien, tâcher
de le conserver à cette jeune fille dont il était
l'unique appui. Ah ! Dieu ! elle savait ce qu'on
souffre à de pareils deuils !... Et que c'était donc
généreux et bon à Étienne de partir comme cela,
au premier signe, aussi simplement que s'il était
appelé de Lorient à Brest. Il n'y avait que lui au
monde pour ces dévouements sans phrases. Mais
ce n'était pas d'aujourd'hui qu'elle le connaissait,
n'est-ce pas ? N'était-il pas son enfant, tout comme
René et Hélène ?...

Et la bonne dame allait, allait, disant son immense joie. Elle avait, du coup, rajeuni de dix
ans, elle était transfigurée, et, plus d'une fois, tandis qu'elle laissait déborder son cœur, Mlle Rieux
et Patrice avaient échangé un regard ému.

« Et toi, ma brunette, dit soudain Mme Caoudal en passant la main sur les beaux cheveux d'Hélène, qui, assise près d'elle sur un tabouret, avait appuyé la tête sur les genoux de sa tante ; je te trouve bien silencieuse. Crois-tu, petite masque, que je n'ai pas toujours vu combien tu étais du parti de ton écervelé de cousin ? Ah ! tu peux le louer ouvertement de sa foi, de sa ténacité, notre vaillant René, ce n'est pas moi qui te contredirai ! Et notre cher docteur, n'as-tu par un mot de gratitude, d'admiration pour son courage ? Pense donc ! aller s'enfermer, quand on n'est pas marin de profession, dans ce torpilleur fragile ! plonger hardiment jusqu'au fond de l'abîme, s'exposer à des risques sans précédents, et cela pour soigner son semblable, pour revoir un ami.

— Ne le vantez pas trop, ma tante, interrompit Hélène en relevant la tête et montrant deux yeux brillants d'enthousiasme et de malice combinés. Ma modestie me défend d'entendre louer un mérite que je désire partager.

— Que veux-tu dire ? s'écria Mme Caoudal, tandis que le docteur, silencieux, attendait avec anxiété ce qui allait suivre.

— Ceci, tout simplement. Moi aussi je veux (avec votre permission) me confier au torpilleur *Titania*, descendre au fond du gouffre, voir le palais merveilleux, embrasser mon cher cousin, et, s'il agrée mes soins, me joindre à la charmante ondine pour exécuter les ordonnances de la Faculté et rendre à la santé le vieillard de la mer.

— Tu rêves, tu plaisantes, tu ne saurais parler sérieusement!... s'écria Mme Caoudal confondue.

— Pas sérieusement! se récria Hélène dont le charmant visage prit un air d'énergique vouloir. Ma tante, c'est du fond de l'âme que je vous demande licence de me joindre au docteur Patrice pour aller retrouver mon cousin, votre fils unique, et lui apporter des nouvelles de ceux qu'il aime.

— Impossible! impossible, ma fille!... fit Mme Caoudal, émue, agitée, soudain convaincue qu'Hélène ne songeait nullement à plaisanter.

— Pourquoi impossible, chère tante?

— Mais, mon enfant, pareille chose ne s'est jamais vue!...

— Il faut un commencement à tout, tante Alice.

— Jamais je ne te laisserai descendre au fond de la mer, courir ces risques épouvantables!

— Est-ce que René n'y est pas allé? n'en est pas revenu sain et sauf?

— Oh lui! dit la mère avec un éclair d'orgueil.

— Et Kermadec?

— C'est un marin.

— Et le docteur ici présent? riposta Hélène dont la malice ne chômait jamais longtemps ; consentez-vous donc à le laisser s'exposer à des périls trop terribles pour moi ?

— Oh ! la petite peste ! s'écria Mme Caoudal assez déconfite, tandis que Patrice protestait en souriant :

— Ce n'est pas du tout la même chose, mademoiselle.

— Prouvez-le. Moi, je vous démontrerai au contraire que pour vous, pour moi, pour tous ceux, enfin, qui seront simples passagers à bord de la *Titania*, les risques sont les mêmes. Prenez-moi ou prenez un hercule comme compagnon. Si nous sommes, lui et moi, également ignorants dans l'art de manœuvrer le torpilleur, nous serons aussi inutiles l'un que l'autre, nos risques seront égaux, et, au cas d'un accident, sa force et ma faiblesse se trouveront être deux quantités non égales, mais équivalentes.

— Voilà qui va fort bien, repartit Mme Caoudal mécontente, et ceci s'appelle ergoter, ou je ne m'y connais pas. Mais, dites-moi, mademoiselle, si vous trouveriez bien convenable de voyager seule, sans chaperon ?

— Sans chaperon, mais non pas sans protection, reprit Hélène avec un franc regard qui alla droit au cœur du docteur Patrice. Et puis, ajouta-t-elle en riant, je vous demande un peu qui pourrait me servir d'escorte dans cette aventure. Serait-ce ma vieille nounou, ou votre femme de chambre, ou toute autre dignitaire de votre suite? Je crois qu'elles y feraient pauvre figure, et qu'il vaudrait mieux m'en tenir au docteur comme garde du corps, au docteur qui n'a encore rien dit, par parenthèse, et qui paraît accueillir sans enthousiasme l'idée de m'avoir pour compagne de voyage. »

Le docteur Patrice, que cette proposition inattendue avait jeté dans une assez grande perplexité, ne put s'empêcher de rire en se rappelant que c'était justement pour s'éloigner d'Hélène qu'il avait précipité sa décision ; et sans se défendre de l'accusation qu'elle lui lançait :

« Vous ne sauriez croire, dit-il tranquillement, combien j'étais loin, en effet, de penser à vous emmener, quand je suis venu vous faire part de mes projets. »

Hélène était trop fine pour ne pas démêler, au moins en partie, ce que cachait cette apparente incivilité.

« Je croirai tout ce que vous voudrez à cet égard, reprit-elle avec un calme égal au sien. Mais maintenant que vous voilà prévenu, consentez-vous à m'emmener?

— Très volontiers, si Mme Caoudal le veut bien.

— Ah çà! mes enfants, à quoi pensez-vous? plaça ici la vieille dame. Croyez-vous, de bonne foi, que je donnerai jamais mon consentement à une pareille folie?.. Jamais je ne laisserai Hélène s'éloigner de moi, jamais, — excepté si plus fort que moi me l'enlève, ajouta-t-elle avec un sourire. Puis, reprenant son sérieux, et même un peu de sévérité : .

— Docteur, je suis surprise que vous ayez accepté une minute un projet aussi déraisonnable !

— Il n'a pas beaucoup poussé à la roue, c'est justice à lui rendre, dit Hélène, tandis que Patrice se tançait à part lui, pour le désappointement qu'il éprouvait, tout en s'efforçant comme d'habitude, de n'en rien laisser paraître.

— Oh! bonne tante, tante chérie! reprit Hélène qui se jeta à son cou en pleurant, de grâce, ne dites pas non définitivement !... mon cœur se brisera si vous refusez !...

— Hélène, je ne te reconnais pas, dit Mme Caoudal d'un ton de reproche. Toi, d'habitude, ma force, mon soutien, on dirait en vérité une enfant gâtée qui crie pour avoir la lune! Il y a une heure, tu connaissais à peine l'existence de ce monde merveilleux, et te voilà désespérée parce

11

que l'entrée t'en est refusée ! Je le répète, je ne reconnais pas ma sage, ma raisonnable Hélène !

— Ah ! ma tante, fit la jeune fille avec explosion, ce n'est pas un rêve d'une heure, c'est le rêve de toute ma vie que j'ai cru voir se réaliser. Je suis née marin, moi, vous le savez bien ! Les rumeurs de l'Océan qui ont bercé mon père et mon grand-père, je les ai toujours entendues, j'en ai toujours eu la nostalgie. Quel regret, quel amer déboire, quand j'ai vu partir René et qu'il m'a fallu rester attachée au rivage. Jusque-là, j'avais presque compté que, par une grâce du ciel, je pourrais un jour faire ces voyages si beaux, si libres, si émouvants... Et ne croyez pas, au moins, qu'il y ait ingratitude envers ceux qui m'aiment. Pour adorer la mer, René est-il moins bon fils ? ami moins parfait ? Mais qu'ai-je besoin de plaider devant vous qui me connaissez ! Vous le savez tous les deux : fille de gens de mer, j'ai été marquée de leur sceau, je me suis toujours sentie irrésistiblement attirée vers tout ce qui les touche, leurs entreprises, leurs dangers et leurs gloires. L'audacieuse aventure de René, je puis dire que je l'ai vécue avec lui ; il m'en a confié les angoisses, les espérances, les péripéties, et, s'il ne l'eût pas fait, je crois vraiment que je les aurais devinées, tant je m'étais identifiée à sa vie. Tout à l'heure, quand le docteur nous a annoncé

qu'il partait, j'ai éprouvé un désir si irrésistible
de le suivre que j'ai cru un moment le voir
exaucé. Tante Alice, bonne tante, ne me refusez
pas !...

« — Chère petite, chère enfant, dit Mᵐᵉ Caoudal
irrésolue, ébranlée, que puis-je te répondre ?
Étienne, venez à mon aide ! »

Le docteur marchait de long en large, très ému
lui aussi par le plaidoyer d'Hélène, et bien près
de trouver que ce qu'elle souhaitait avec tant
d'ardeur devait, après tout, être juste et faisable.

« Que dirais-je, chère madame, fit-il en s'arrêtant devant elle, et comment combattrai-je sans
armes ? Pour vous aider, comme vous voulez bien
me le demander, il faudrait être convaincu que
le projet de Mˡˡᵉ Hélène est insoutenable.

« — Eh quoi ? vous aussi ? s'écria Mᵐᵉ Caoudal
abasourdie ; mais c'est donc une conjuration ?...

« — Aucunement, dit le docteur. Il n'y a qu'un
instant, j'étais aussi éloigné que vous d'admettre
la possibilité de voir s'embarquer dans cette entreprise hasardeuse une jeune fille délicate ou
même simplement un homme de courage incer-
tain. Je n'étais pas loin, comme vous voyez,
ajouta-t-il avec bonhomie, de me décerner à moi-
même un brevet de vaillance pour l'acte si naturel et si peu héroïque de mettre le pied dans un
navire admirablement aménagé, et de là me

laisser mener sans cahot ni encombre vers une région qui tenterait la curiosité du voyageur le plus blasé. Tout ce qui n'est pas habituel étonne facilement notre âme routinière ; la confiance absolue, l'absence d'hésitation de Mlle Hélène vient de m'ouvrir les yeux. Dans ce torpilleur construit sous la direction d'un esprit de premier ordre, nous serons, en somme, plus en sûreté qu'ici même, sous ce toit édifié peut-être par un architecte ignorant, et dont nous ne saurions en tout cas constater le plus ou moins de stabilité, tandis que la maison mouvante, œuvre de René, est la perfection du genre, nous le savons. Enfin, madame, l'argument que Mlle Hélène vous donnait tout à l'heure, en se jouant, a beaucoup de force. Soyez certaine que, si René m'invite à l'aller rejoindre dans son torpilleur, c'est qu'il s'est assuré, au péril de sa vie, que l'entreprise n'offre désormais aucun danger pour les autres.

— Ah ! docteur ! s'écria Hélène ravie, que tout cela est vrai !... que vous êtes bon ! que je vous remercie !

— Je reconnais, dit Mme Caoudal après un moment de réflexion, que ce que vous dites paraît fort juste. Reste toujours, néanmoins, la question de convenance — d'étiquette si vous voulez. Hélène ne peut pas s'en aller seule avec vous.

— Oh! tante Alice! s'écria Hélène, la sotte étiquette. Quelle Anglaise ou quelle Américaine hésiterait à le faire, et en quoi, je vous prie, serait-elle blâmable?

— Les Anglaises et les Américaines ont leurs mœurs et nous les nôtres, dit Mᵐᵉ Caoudal. Loin de moi de blâmer des jeunes filles qui obéissent, honnêtement et avec l'approbation de leurs parents, aux usages établis dans leur pays. Mais il ne convient jamais, et à une femme surtout, de rompre avec le code établi des convenances. En tout cas, je ne saurais prendre une telle responsabilité, quoiqu'il m'en coûte de te dire non, ma chérie. »

Hélène demeura un instant pensive.

« Pourquoi ne viendriez-vous pas, tante Alice? » dit-elle soudain.

Le docteur et Mᵐᵉ Caoudal eurent une exclamation de surprise.

« Moi! quelle folie!...

— Mais oui, dit Hélène simplement, n'en avez-vous pas envie, d'abord?

— Envie! envie!... tu as vraiment l'air de croire, petite futée, qu'on peut faire tout ce dont on a envie, dans ce monde.

— Si on y met de la volonté... dit Hélène avec un joli mouvement de sa tête brune, et si ce qu'on veut est bon et légitime. Voyons, tante chérie, vous êtes convaincue que l'expédition n'offre pas de dangers sérieux, puisque vous m'y laisseriez engager sans la question de forme; or, ce que vous ne craignez pas pour moi, j'en suis mille fois sûre, vous le craindriez moins encore pour vous-même. Et pensez, chère tante, une fois cette décision prise, le pas franchi, tout cela vous paraîtra si facile, et, en moins de cinq ou six jours, vous reverrez votre René, vous le presserez dans vos bras!

— Ah! mon enfant, que me dis-tu! c'est trop beau, s'écria la mère tremblante. Étienne, est-ce possible? Est-ce que nous ne sommes pas en train de perdre tous la raison?

— Non, chère madame, il ne s'agit en somme que de s'habituer à une idée dont la nouveauté nous confond. C'est Mlle Hélène qui a raison, et sa trouvaille est merveilleuse.

— A mon âge, m'embarquer dans une pareille aventure!...

— Votre âge! dit Hélène indignée. Est-ce que vous avez un âge, tante Alice, excepté celui que peut avoir la plus charmante femme de France?

— Très bien, dit Mme Caoudal en riant. La vérité, c'est que je me sens parfaitement forte, et que je ne crois devoir vous causer aucun embarras; mais cependant...

— Allons visiter la *Titania*, voulez-vous, pro-
posa le docteur Patrice; peut-être cet examen
vous décidera-t-il?

— Voilà une idée », s'écria la bonne dame,
qui, ayant entrevu l'idée d'embrasser son fils
dans quelques jours, ne demandait plus, au fond,
qu'à se laisser vaincre et convaincre.

On partit joyeusement, en voiture, pour la petite anse où mouillait le torpilleur. L'intérieur
du bateau fut passé en revue. Ainsi qu'on l'a
dit, il était des plus confortables, et propre à
recevoir cinq ou six personnes. On ne marchanda
pas l'admiration à ce chef-d'œuvre qui faisait
tant d'honneur à l'esprit d'invention de René.
M᷎ᵐᵉ Cuoudal, qui avait maintenant plus envie
que personne de hâter la conclusion, déclara
qu'il n'y avait rien d'absurde à un voyage
dans un pareil navire.

En quelques heures, le léger bagage des
voyageurs fut préparé et transporté à bord, la
nuit venue. On était tombé d'accord qu'il n'y
avait point d'utilité de communiquer à personne le secret de cette expédition. Kermadec,
qui jamais ne s'étonnait, avait vu arriver les
deux dames avec la plus parfaite sérénité. Une
fois chacun installé, le docteur donna le signal
du départ et la *Titania* mit le cap sur les Açores.

CHAPITRE XIV

CHARICLÈS ET RENÉ

Cependant, au fond de la maison de cristal, le vénérable Chariclès restait étendu sur sa couche de pourpre, immobilisé par le mal soudain qui l'avait terrassé au moment de l'apparition de René.

Autour de lui s'empressaient les deux jeunes gens, infatigables, lui prodiguant les soins les plus affectueux, Atlantis pour l'amour qu'elle lui portait, et René, il faut bien le dire, à cause de la belle Atlantis. Et, néanmoins, ce n'était pas seulement pour elle après tout; ce vieillard si grand, si majestueux, si mystérieux, l'intéressait. Il eût voulu pouvoir sonder le secret de cette existence, voir ces lèvres muettes se desceller pour lui révéler tant de souvenirs étranges que devait recéler ce front superbe, et que laissait par instants entrevoir le regard dominateur de ses yeux glauques.

Et puis, outre la curiosité bien naturelle à

n'importe qui se serait trouvé dans la situation
du jeune officier, une sympathie réelle s'éveil-
lait en lui pour son malade. « Après tout, pensait René, il faut se mettre à sa place, à ce pauvre vieux ! S'il est venu élire domicile au tréfonds
des mers, c'est apparemment qu'il n'aime pas à
être dérangé. Et voilà que je tombe du ciel dans
sa retraite, je m'installe, je me carre, je suis
comme chez moi, je me mêle de le soigner... Tout
cela doit l'exaspérer, en somme ! Je lui fais l'effet
d'un intrus, d'un fâcheux, et il voudrait bien pouvoir me mettre à la porte... Je comprends on ne
peut mieux ses sentiments !... d'un autre côté, je
le demande en toute sincérité : puis-je obliger
sa charmante fille à le soigner toute seule ?...
M'en saurait-elle gré ?... Il m'est permis d'en
douter, et, au fond, lui-même doit préférer
qu'elle ait un aide dans ces difficiles circonstances.
Oui, je crois que je suis dans le vrai, et, ma foi,
j'en cours la chance; je reste ! Il me chassera
quand je l'aurai guéri, s'il en a le courage !... »

Pendant que René raisonnait ainsi, tout en
s'empressant avec de filiales attentions autour
du malade, celui-ci ne le quittait guère des yeux.
Ce regard perçant, sévère, investigateur, demeurait fixé sur la loyale physionomie du jeune
homme, cherchant à y saisir les plus fugitives
expressions. Pendant cinq jours et cinq nuits, il

étudia ainsi le visage de son Esculape improvisé,
et, certes, si René n'avait eu la conscience parfaitement nette, il n'aurait pu manquer d'être gêné
par cette observation obstinée. Mais grâce à son
heureux caractère et à l'entière pureté de ses in-
tentions, il n'en ressentit pas la plus légère humeur,
et montra toujours au vieillard un dévouement
si chaleureux que, à la longue, quelque chose de
cette chaleur passa dans le cœur de son hôte.

Un soir, Atlantis et René avaient longtemps
cherché quelle lotion ils pourraient préparer pour
ramener la sensibilité dans ces membres raidis.
Puis René s'était évertué, pendant près d'une
heure, à frictionner le malade dans tous les sens,
quand il eut tout à coup la satisfaction très inattendue de voir s'adoucir les yeux du vieillard.
Son regard se tourna vers Atlantis, et, ouvrant
les lèvres avec difficulté, il dit péniblement mais
distinctement, dans son grec archaïque :

« Cet étranger a pour moi les soins d'un fils !... »
René rougit de plaisir.

« Bravo ! s'écria-t-il, vous pouvez parler !...
Vous vous sentez plus fort ! Vous verrez que nous
allons donner un coup de pied à la maladie ! Mademoiselle Atlantis, je vous félicite du succès de
vos bons soins. Votre père sera sur pied d'ici à
quelques jours, foi de René Caoudal !... »

A la voix de son père, Atlantis s'était dressée

toute rose de joie. Elle se jeta dans ses bras en
égrenant tout un répertoire d'exclamations har-
monieuses et sonores. René trouvait le grec la
plus belle langue du monde, décidément.

Quand le premier émoi fut passé, Chariclès,
dont le front sourcilleux s'était apaisé, tant il est
doux d'être aimé, même à un vieux triton, —
Chariclès leur fit comprendre que, depuis plusieurs
jours déjà il avait senti revenir la faculté d'articuler les mots, mais il avait voulu en être bien
sûr, avant de leur donner une fausse joie. Et
maintenant, ayant étudié à fond son René pendant de longues heures de mutisme, il s'était
convaincu qu'il avait affaire à un digne garçon,
un cœur franc et pur, et, pour prouver sa confiance, il allait lui indiquer un philtre puissant,
qui activerait la cure.

Non sans difficulté, avec bien des pauses et
des lenteurs, en esquissant quelques mouvements de sa droite endolorie, le vieillard indiqua
à René, au milieu de son attirail de fioles et de
cornues, lesquelles il devait prendre pour confectionner un breuvage.

Atlantis, légère comme un oiseau, ranima la
flamme sous le trépied d'or, et René, mélan-
geant, dosant, agitant, finit par composer une
potion de saveur amère et d'odeur indéfinissable,
que le vieillard avala d'un trait, mais non sans

avoir murmuré une invocation, dans une langue qui parut à René plus archaïque encore que celle dont il s'était servi l'instant d'avant pour se faire comprendre.

La potion prise, le vieillard laissa retomber sa tête sur le coussin brodé d'or, et rigide, enveloppé comme d'un suaire de ses longs vêtements blancs, il attendit. Au bout d'une heure environ, il commanda d'un geste, à René attentif, de lui donner une seconde dose de son breuvage.

Pendant toute la nuit que le jeune homme et Atlantis passèrent à son chevet, il continua à demander son philtre, à la grande pitié de René, qui arrivait à en trouver la saveur de plus en plus nauséabonde. Mais, hélas ! le mieux espéré ne se produisit pas. Atlantis n'y comprenait rien. D'abord, quand le vieillard avait formulé son ordonnance, elle avait battu des mains, toute joyeuse.

« La potion des anciens ! avait-elle crié de sa voix fraîche. Elle va te guérir, cher père ! Elle va ranimer tes forces et réveiller en toi le feu de la jeunesse ! »

Convaincue qu'au bout de quelques heures, Chariclès se trouverait guéri, elle était doublement attristée de le voir demeurer inerte, le visage émacié, les sourcils contractés, les yeux caves fixés sur eux d'un air de détresse, tandis que sa respiration haletante soulevait avec peine les boucles soyeuses de sa barbe blanche.

« Il ne va pas mieux ! disait la pauvre ondine désolée en tournant ses beaux yeux clairs vers René.

— Je n'ai sans doute pas le tour de main... répondait René tout déconfit, ou peut-être les drogues étaient éventées et ont perdu leur vertu première... ou peut-être elles ne valurent jamais rien... »

Atlantis secoua la tête :

« Chariclès a bien choisi les éléments de sa potion ; il est savant dans cet art comme dans tous les autres ! Mais, si les dieux ne veulent pas le guérir, aucun philtre n'aura de pouvoir contre le mal... Les immortels aient pitié de moi, sa malheureuse enfant, s'il faut que je le voie expirer sous mes yeux sans pouvoir lui porter secours... »

Et des larmes, pareilles à des diamants, étincelaient dans les yeux d'aigue-marine de la jeune fille, que cette expression de piété filiale embellissait encore au gré de René.

« Fille chérie ! murmurait le vieillard, ne te désole pas, enfant de mon âme ; si les dieux le veulent, je reviendrai à la santé, et remercie-les en tous cas, d'avoir conduit ici ce jeune étranger, digne d'être ton frère par les dons extérieurs aussi bien que par ceux de l'intelligence. Vois son affliction ; il sent ta peine, et voudrait me donner

de sa force. Honneur à celui qui sait respecter la
vieillesse! Peut-être il a un père et croit le reconnaître en moi. Interroge-le, ma fille, sache de
lui sous quel ciel il vit le jour, par quel hasard il
pénétra dans notre demeure. Volontiers je l'écou-
terai, et sans fatigue, ainsi, ouvrant mon entendement à des idées nouvelles, j'attendrai patiemment que mes destins s'accomplissent... »

Atlantis et René s'empressèrent d'arranger la
couche du vieillard plus commodément, de relever sa tête, et, lui ayant humecté le front et les
lèvres de quelques gouttes d'un baume odorant,
contenu dans une buire de forme exquise, Atlantis se posa sur ses coussins auprès de lui; un
main sur la main de son père, l'autre soute-
nant son menton délicat, le coude sur son genou,
elle fixa son beau regard sur René :

« Parle, étranger, dit-elle, explique-nous
d'où tu viens, qui tu es, quelles furent ta race et
tes aventures. Chariclès et sa fille t'écoutent. Et
souviens-toi que ceux qui viennent de loin doivent
veiller sur leurs lèvres, afin qu'elles ne livrent passage qu'à des paroles de vérité!... que l'austère
sincérité t'accompagne! Nous, pauvres reclus,
isolés du monde, nous t'entendrons avec respect.
Puissions-nous tirer de tes discours des enseigne-
ments et des lumières qui nous manquent!... »

On vit se peindre sur le visage de Chariclès la

plus vive approbation du sage discours de sa fille, et René, s'inclinant avec un sourire, commença son récit :

« Vous voyez en moi, dit le jeune officier, un peu confus de se trouver ainsi obligé de mettre sa personnalité au premier plan dans son récit, le fils d'une race inconnue sans doute aux temps dont vous avez ouï parler, car je le présume d'après tout ce que je vois autour de moi, des siècles se sont écoulés sans que ceux de votre nation aient eu le moindre rapport avec le monde extérieur, avec nous autres, enfin?... »

Le vieillard fit de la tête un signe affirmatif...

« Mais, continua René, n'avez-vous pas entendu parler d'une colonie grecque, fondée par vos ancêtres, et qui eut nom Phocée?...

— Je connais Phocée, dit Chariclès; sors-tu de cette ville fameuse, jeune homme? Es-tu notre compatriote? une sorte de cousin éloigné?...

— Compatriote, ce serait aller un peu loin... reprit René en souriant, mais enfin, nous avons, à n'en point douter, des origines non entièrement dissemblables. Il est certain que vous appartenez comme nous à cette grande famille que les savants ont appelée Indo-Européenne. Les nations variées qui sont sorties de cette souche commune viennent d'un seul peuple qui habitait à l'origine sur un plateau élevé de l'Asie centrale.

Je n'ai pas à vous apprendre qu'à une période éloignée, longtemps avant les âges historiques, cette race émigra et s'étendit sur une vaste région de l'Asie et de l'Europe. En Asie demeurèrent les Hindous, qui parlaient sanscrit ; les Mèdes et les Perses, qui parlaient le zend, furent les deux branches principales de ce peuple. En Europe, nous trouvons quatre variétés principales : les Germains, les Pélasges, les Slaves et les Celtes. Vous n'ignorez pas que, dans l'origine des temps, ce pays que nous appelons *Grèce*, après les Romains, et que vous ne connaissez peut-être que sous l'appellation d'*Hellas* (du nom de votre fondateur Hellen), se nommait alors Pélasgie. L'Attique, l'Arcadie surtout, se vantaient de la noblesse de leur origine et s'enorgueillissaient de sortir de souche uniquement pélasgique. Ce sont les Pélasges qui se répandirent en plus grand nombre sur l'Italie, dont le sud, d'après la quantité et l'importance de vos colonies, porta longtemps le nom de Grande-Grèce. La langue pélasge forme ainsi la racine de la langue latine, aussi bien que de la langue grecque. Je m'étends sur ces détails, pour vous montrer que nous avons bien, en effet, des origines communes, et que tous, nous sommes les rejetons d'un même tronc, à des degrés différents de culture.

— Je t'écoute avec intérêt, étranger, dit

Chariclès. La sagesse sort de tes jeunes lèvres. Mais, je t'en prie, parle-moi de la cité phocéenne dont tout à l'heure tu prononças le nom?

— Vous connaissez l'origine de Phocée, fondée par vos aventureux compatriotes, les Phocéens d'Ionie, il y a plus de deux mille cinq cents ans. Vos marchands, se lançant sur leurs frêles barques, avaient vite reconnu le parti qu'on pouvait tirer de notre fertile terre méridionale... Et pourtant, que de dangers, que d'embûches autour d'eux! La colonie phocéenne ne subsista que par miracle. Sur terre, elle était entourée de puissantes tribus gauloises et liguriennes, qui ne la laissaient pas sans combat s'agrandir d'un pouce de terrain. Sur mer, elle rencontrait les énormes flottes carthaginoises ou étrusques, qui massacraient sans pitié tout étranger venant faire le commerce en Sardaigne. Mais vos immortels les protégeaient, sans doute, et tout réussit aux Marseillais (c'est ainsi que nous nommons aujourd'hui les Phocéens), sans qu'ils eussent à tirer l'épée. Les Syracusains détruisirent la marine étrusque, et Rome finit par absorber tous les États commerçants. Carthage, l'Étrurie, la Sicile succombèrent. Volontiers les Phocéens eussent pris la place de Carthage, que semblait leur destiner leur génie économique et mercantile; mais, sans oser aspirer aussi haut, ils se contentèrent de civiliser dans leur voisinage immédiat les *bar-bares*, comme ils appelaient mes ancêtres, et de fonder de nombreux établissements le long de la côte méditerranéenne, depuis les Alpes-Maritimes jusqu'au cap Saint-Martin, c'est-à-dire jusqu'aux premières colonies carthaginoises.

« Si vous me demandez maintenant quel était le peuple qui s'étendait au nord de la colonie phocéenne, et qui est celui dont je descends, je vous le décrirai par la bouche d'un historien antique[1].

« Le caractère commun de la race gallique, dit-il, en substance, d'après le philosophe Posidonius, c'est qu'elle est irritable et folle de guerre, prompte au combat, du reste simple et sans malignité; si l'on irrite les Gaulois, ils marchent ensemble droit à l'ennemi, et l'attaquent de front sans s'occuper d'autre chose. Aussi, par la ruse on en vient aisément à bout; on les attire au combat quand on veut, peu importent les motifs; ils sont toujours prêts, n'eussent-ils d'autres armes que leur force et leur audace. Toutefois, par la persuasion, ils se laissent volontiers amener aux choses utiles; ils sont susceptibles de culture et d'instruction littéraire. Forts de leur haute taille et de leur

1. Strabon.

nombre, ils s'assemblent aisément en grande foule, simples qu'ils sont et spontanés, prenant volontiers en main la cause de celui qu'on opprime...

« Voilà l'un des premiers jugements portés sur ma race par la philosophie...

— Un beau trait, le dernier, dit Chariclès en hochant sa tête vénérable, *prenant volontiers en main la cause de celui qu'on opprime...* c'est là une caractéristique digne d'admiration.

— Et que l'on retrouve tout le long de la glorieuse histoire de ma patrie, dit René, dont les yeux brillèrent d'un feu généreux. Oui, je puis le dire avec fierté, nulle nation, comme la mienne, n'a joué dans le monde le rôle de paladin... Toujours en avant sur le chemin de la lumière et de la liberté, la France est l'éclaireur du monde, et pas d'idée généreuse qui ne trouve un écho chez elle. Elle a remplacé la Grèce dans la mission civilisatrice...

— Remplacé ! interrompit vivement Chariclès. Hellas a-t-elle donc disparu?

— Au point de vue politique, oui, je ne puis vous le cacher. Sa grandeur, qui a rayonné sur toute la civilisation antique, et dont nous-mêmes nous subissons encore l'influence, s'est éteinte sous la domination romaine, environ cent quarante-cinq ans avant notre ère. Mais de quel

éclat incomparable a brillé ce petit peuple! Les
sciences, les arts, la guerre, ces Grecs excellèrent
en tout. Aujourd'hui encore, nous demeurons
confondus d'admiration devant ces chefs-d'œuvre
sortis de leur main, de leur plume, de leur cerveau puissant et affiné. Vous n'avez pas connu
sans doute, Chariclès, les merveilles enfantées
par les fils de votre noble pays? Peut-être ignorez-
vous jusqu'au nom de Phidias et celui d'Euripide? celui de Socrate, d'Aristote ou de Platon?
Eh bien, nous tous, les civilisés du monde moderne, nous formons notre plus chère étude de
ces travaux issus du génie grec. Celui qui les
ignore est réputé sans culture, un homme ignorant, une sorte d'Ilote. Nulle part on ne trouve
de plus belles choses que celles qu'ont créées
dans tous les genres les artistes grecs. On les
copie, on les admire, on les vénère. On les
égalera peut-être, on ne les surpassera jamais,
car en tous les genres, ils ont atteint la perfection.

— Tes paroles sont précieuses, jeune homme,
et me raniment ainsi qu'un vin généreux, s'écria
Chariclès avec feu. Et vois Atlantis!... Elle en
est émue, elle aussi; elle boit ton discours, et se
sent plus fière de sa race.

— Oui, dit la belle Atlantis, il m'est doux de
t'entendre célébrer les vertus de ma nation,

étranger, bien qu'il me soit cruel d'apprendre
qu'elle est tombée... Nous ne connaissons, hélas!
de son antique gloire, que les lointains poèmes
du grand Homère. Dis-moi, les connaît-on encore? Les as-tu jamais lus, tracés sur le papyrus
soyeux; connais-tu le roi des hommes, Aga-
memnon, et Hélène, plus belle qu'Aphrodite, et
le traître Pâris?...

— Et Ajax, et Hector, et Ulysse, et le vieux
Nestor!... les ai-je assez piochés, bon Dieu, sur
les bancs du collège!... s'écria René en riant.
Oui, je les connais, moins que je ne le devrais
sans doute, mais c'est à étudier le divin Homère
que la jeunesse de ma nation passe la majeure
partie de ses années de classe. Nous avons des
savants qui le compulsent leur vie entière, et on
formerait une bibliothèque des livres qui ont été
écrits sur son poème.

—Sans doute vous n'en avez pas, vous autres,
barbares, dit Atlantis avec simplicité.

— Nous en avons certainement, dit René un
peu piqué, et, puisque vous voulez bien m'accepter pour maître de français, je vous les ferai
connaître, belle Atlantis. Mais je vous l'avoue,
nous n'avons pas de poète qui ait égalé Sophocle
ou Euripide, pas plus qu'aucun de nos sculpteurs
n'a surpassé le divin Phidias; et pourtant ce sont
les premiers du monde.

— Et comment en êtes-vous arrivés à ce degré de prééminence? continua Atlantis avec intérêt. Êtes-vous nos héritiers directs? Est-ce par les Phocéens que vous avez appris nos secrets?...

— Ce serait un peu long à vous expliquer, dit René. Cependant, je vais l'essayer. »

Et, se mettant à la portée de ses auditeurs, le jeune officier fit appel à toutes ses connaissances ethnologiques, scientifiques, artistiques et historiques, et, après leur avoir bien expliqué le caractère gaulois, le caractère franc, le caractère breton, et la race romaine, il leur résuma à grands traits l'histoire du monde, depuis le moment où ils semblaient en avoir perdu la trace et qui datait à peu près de la fondation de Phocée, c'est-à-dire six cents ans environ avant notre ère[1]. Ce fut long; curieux, attentifs. les deux solitaires ne voulaient laisser perdre aucun fil de la trame des événements, et leur professeur improvisé eût parlé toute la nuit qu'ils l'eussent écouté avec le même intérêt.

Fatigué enfin de sa longue conférence, René les ayant conduits jusqu'à l'Europe de 189..., s'arrêta hors d'haleine, et un long silence plein de réflexions s'établit entre eux.

Chariclès fut le premier à sortir de sa rêverie.

1. Suprématie d'Athènes, quatre cent cinquante ans avant J.-C., Euripide, Périclès, Phidias, Aristophane, etc.

« Tout ce que tu m'as appris me confond, jeune étranger! dit-il enfin. Que de merveilles! que d'événements, que de vicissitudes!... O mon pays,

si petit par l'espace que tu tiens dans le monde, si grand par la majesté du génie, sois béni! Je mourrai sans avoir jamais pressé mes lèvres sur ton sol sacré; mais, avant de descendre dans

Hades, je bénis les dieux de m'avoir amené cet
étranger qui m'a révélé ta gloire et ta grandeur!... A mon tour, je voudrais te dire l'histoire de ma race, te faire comprendre comment
tu nous trouves ici, au fond des eaux sans
limites... Mais la fatigue m'accable... Mes
membres alourdis, ma langue inerte ne sauraient
plus me servir. Que la blonde Atlantis prenne
ma place et t'instruise, ô jeune étranger; sa
voix harmonieuse te charmera pendant qu'elle
bercera mes dernières heures en ce monde.
Parle, enfant chérie, nous t'écoutons, vénérant
en toi la triple majesté de la beauté, de l'innocence et du savoir! N'oublie rien de ce qui peut
instruire ce jeune homme, et te modelant sur
l'avis que tu lui donnas toi-même, laisse l'austère
vérité au miroir éclatant présider au seuil de ta
bouche! Parle, et que Pallas dicte tes paroles. »

Atlantis s'inclina modestement devant son père,
puis, sans se faire prier :

« Je t'obéis, noble Chariclès, dit-elle. Et toi,
étranger, sois indulgent si mes lèvres encore enfantines défaillent parfois dans mon récit. Chariclès m'apprit le peu que je sais. A lui l'honneur,
si mes paroles savent te plaire et t'intéresser. »

CHAPITRE XV

LE RÉCIT D'ATLANTIS

« Ce que je vais vous redire ici, étranger, et toi, mon père, est une tradition déjà bien antique. Elle remonte, parmi les ans passés, jusqu'à deux ou trois mille lustres.

« Je la tiens en partie des lèvres vénérables de Chariclès, qui lui-même la reçut de celles d'Antigoras, son noble père. A son tour, celui-là la reçut du sien, et ainsi dans la nuit des âges.

« Souvent aussi, dès que ma jeune tête commença à dépasser le genou de Chariclès, il me fit suivre du doigt, épeler sur le papyrus antique la tradition de nos aïeux.

« Au commencement, nos pères vivaient sur terre comme vous autres, et le fond des mers, inconnu aux yeux humains, n'était habité que par les monstres de l'abîme, les tritons et les nymphes marines.

« Notre pays était alors un vaste continent qui s'étendait au delà des colonnes d'Hercule, dans la direction de ces terres nouvellement découvertes, nous as-tu dit, et que vous nommez américaines.

« C'était une de ces colonies helléniques dont tu as entendu parler, jeune homme. Mais combien florissante ! A quel degré de puissance étiez-vous parvenus, ô mes ancêtres, et dans les arts de la guerre et dans ceux de la paix ! Tu parles de Phidias, de Scopas, de Praxitèle. J'ignore ce qu'ils firent. Mais, avant d'avoir vu les chefs-d'œuvre qui sortirent de leur ciseau, je ne saurais avouer qu'ils firent mieux que nos maîtres à nous, que ceux dont nous conservons pieusement le souvenir, et dont le pinceau agile de nos peintres décorateurs a retracé les œuvres maîtresses. Imbus des plus pures traditions de l'art égyptien, — car des savants, venus de l'antique terre d'Isis, avaient pris soin de former leur goût et de guider leur main, — ils créaient chaque jour de nouvelles merveilles. Dans leurs libres cités, s'élevaient des temples magnifiques, consacrés à des dieux qui furent les pères des vôtres.

« La vie s'y écoulait sereine et majestueuse. Cette liberté dont tu nous as parlé comme d'un bien pour lequel ruisselèrent des flots de sang, —

et qui est le seul, mon père me l'apprit dès le berceau, pour lequel doive battre le cœur d'un être bien né, — nous la possédions sans conteste et sans lutte. Le plus humble parmi nous avait ses droits respectés de chacun, comme il respectait ceux des plus grands de sa nation.

« La terre, jeune et féconde, donnait en abondance tous ses fruits à ses heureux enfants. L'air était pur, léger, embaumé. C'est là, ô Chariclès, ce que nous avons souvent envié à ces heureux mortels : la lumière de Phébus, le grand ciel bleu au-dessus de leur tête, les bois profonds, les montagnes neigeuses perdant leur cime dans les nuages... Jamais ni toi ni moi ne connûmes ce délice d'aspirer l'air vivifiant du pays natal... Et pourtant, pouvons-nous nous plaindre?... Quelle merveille que notre existence ici!... Quelle preuve du prodigieux génie de nos ancêtres!...

« Tu vas en juger, étranger.

« Vers le milieu de la vingtième olympiade, sous le principat d'Aclépios, le bonheur des populations d'Atlantide fut soudain troublé par une terrible catastrophe. Un matin Phébus parut, la face trouble, entouré de nuées fulgurantes. Puis, un nuage roussâtre le couvrit tout à coup; un vent impétueux s'éleva et, dans les profondeurs sombres du ciel, on entendit gronder la foudre. Chacun, tendant des mains suppliantes, implora les dieux ; mais la mer, agitée d'un mouvement convulsif, se soulevait dans le port, comme si des monstres inconnus voulaient en sortir. Des bruits sinistres se déchaînèrent sur une montagne voisine. Depuis plusieurs jours, — phénomène effrayant, — son front entr'ouvert vomissait des flots de fumée noirâtre et empestée... Soudain une gerbe de flammes jaillit au dehors et s'élève jusqu'aux nuages... Elle retombe en pluie formidable, et, le long de ses flancs, ruissellent des torrents de lave incandescente, qui brûlent et recouvrent les habitations nichées sur ces pentes verdoyantes... En même temps d'horribles craquéments se produisent dans le sol... sous les pas des malheureux fuyant cette mer de feu. La terre s'ouvre et se dérobe. Des milliers d'hommes disparaissent dans l'abîme creusé ainsi sous leurs pieds. De tous côtés, le sol se fend, les arbres déracinés s'abattent, les temples et les demeures s'écroulent avec fracas, — et du ciel pleuvent des flammes qui incendient les monuments respectés par le cataclysme... Les flots soulevés de l'Océan submergent la côte, l'envahissent et noient ceux qui voulaient fuir par cette voie !... Le fléau dura plusieurs soleils... Enfin les éléments calmèrent leur courroux, et, quand les humains épou-

NOTRE PAYS ÉTAIT ALORS UN VASTE CONTINENT (P. 198)

vantés comptèrent leurs désastres, ils s'aperçurent que l'isthme qui unissait l'Atlantide au continent africain s'était rompu. Un large hiatus, une mer encore agitée de houles convulsives avaient remplacé la digue naturelle. Les eaux enveloppaient désormais de toutes parts ce qui avait été jusque-là une énorme presqu'île.

« Les premiers jours s'écoulèrent. Les absents furent pleurés. Ceux qui avaient trouvé la mort dans le cataclysme, et dont les corps défigurés jonchaient le terrain, furent pieusement réunis. On construisit aux bords nouveaux de la mer un immense bûcher, et, au milieu des lamentations de tout un peuple, leurs restes furent consumés. Chaque famille y avait perdu un des siens. Quelques-unes avaient à jamais disparu. Et au lieu des monuments sublimes, œuvres des ancêtres, des monceaux de ruines noircies par les flammes s'amoncelaient de tous côtés.

« Mais le cœur des Atlantes était trop haut placé pour qu'ils se laissassent aller au découragement. Chacun, homme, femme ou enfant, travailla dans la mesure de ses forces. Au bout d'un temps relativement assez court, les cités d'Atlantide avaient retrouvé leur ancienne splendeur... Les habitants reprenaient courage. La douleur s'était calmée ; l'oubli, cette plante qui fleurit naturellement dans le cœur humain, m'a dit mon père, s'implantait dans le leur, et bientôt le cataclysme épouvantable qui les avait séparés du monde — dont plusieurs, estimant peu désirable le voisinage des hordes barbares de l'Afrique, se réjouissaient volontiers après coup — bientôt, cet événement, dis-je, n'allait plus être qu'un souvenir.

« Mais la colère des dieux, pour un motif resté impénétrable, était éveillée contre les Atlantides.

« Alors qu'ils avaient échappé au feu du ciel, à celui du volcan, au tremblement de la terre et à l'engloutissement dans les flots, un autre phénomène plus terrifiant se produisit.

« On s'aperçut tout à coup que le sol s'affaissait! Lentement, sûrement, d'un mouvement insensible mais incessant, notre île descendait. Hier, la falaise qui s'était produite au moment du déchirement de l'isthme surplombait l'abîme de cent coudées. Aujourd'hui, elle semblait déjà moins hardie; et, dans l'espace de quelques lunes, elle dépassait à peine le niveau des eaux! Des prairies verdoyantes s'étendaient plus bas, caressées par les flots bleus de la mer traîtresse; submergées bientôt, leur sol inondé se dérobait sous les pas du promeneur imprudent. Là où il posait le pied, bouillonnait aussitôt un lac en miniature... On voulut douter d'abord, réagir, nier.

Cependant l'évidence s'imposait, nos rivages disparaissaient peu à peu sous les flots. Par degrés insensibles, l'abaissement était continu. La plus affreuse mort devenait inévitable !...

« Une stupeur, d'abord, terrassa les malheureux Atlantes, quand la vérité fut connue. Des prières publiques furent ordonnées; les sacrifices fumèrent sur les autels. Mais l'invisible fléau n'en continua pas moins à ronger jour à jour la base même de leur patrie.

« Les savants alors se réunirent. Notre pays avait toujours été remarquable pour le génie sagace de ses enfants. Les plus habiles travaillèrent, pendant deux lunes environ, à leurs calculs : ils prirent des observations, établirent des moyennes. Il demeura acquis qu'en dix ou douze ans, au minimum, le sol entier de l'Atlantide serait abîmé sous les eaux.

« Certes, la situation était effroyable, et les plus fiers courages pouvaient se laisser abattre par cette perspective...

« Il n'en fut rien toutefois.

« A peine la nouvelle fut-elle connue, qu'il se forma deux partis dans le pays : les uns voulaient partir, émigrer en masse, aller chercher une patrie nouvelle en y transportant leur civilisation. C'est ce qu'ils firent, dans un exode mémorable, qui est resté le point pivotal de l'histoire d'Atlantide. Ces colons sont ceux qui voguèrent vers la mer intérieure par delà les colonnes d'Hercule. Une tradition conservée parmi nous veut que leurs descendants fussent les fondateurs de Phocée.

« D'autres, plus attachés à leur chère Atlantide, et c'étaient surtout des savants, des artistes, l'élite du pays, résolurent de s'y maintenir coûte que coûte, en luttant contre l'envahissement des eaux. Des digues furent construites, des terrassements, des barrières cyclopéennes opposés à l'Océan. Bien souvent, dans mes jeux d'enfant, j'ai contemplé de loin ces monstrueux blocs de pierre, à travers les murs de cristal de ma prison natale. Je te les montrerai, étranger. Aujourd'hui, recouverts d'algues marines qui leur font un ondoyant manteau, ils témoignent encore, par leur énormité, des travaux gigantesques de mes ancêtres...

« Le progrès des eaux fut retardé, dans une certaine mesure, par la formidable muraille ; mais il ne s'arrêta pas. Au lieu de dix années, on en gagnerait vingt, trente, peut-être... La disparition de la terre sacrée n'était qu'une question de temps.

« Parmi les savants les plus illustres du pays brillait un sage, le pur, le noble Architas. Permets que je lui donne quelques éloges, étranger, il fut notre ancêtre. Chariclès et moi nous sentons couler dans nos veines le sang généreux qui faisait battre son noble cœur. Admiré de tous, il avait, dès sa jeunesse, marqué pour les sciences un goût surprenant. Ce que tu nous as conté d'Archimède m'a fait penser à ce qu'on m'a appris d'Architas. Les problèmes les plus ardus n'étaient qu'un jeu pour lui. Toujours plongé dans l'étude des forces cosmiques, il allait à travers la vie ainsi que dans un rêve, et les incidents les plus ordinaires lui étaient un prétexte à découvertes sublimes, ou aux plus hautes pensées. On ne lui parlait qu'avec respect — et, dans la république atlantique, il occupait à juste titre le rang le plus élevé. Il ne prisait les biens de la fortune, dont le sort l'avait abondamment doté, que parce que sa richesse lui permettait de consacrer à la science des sommes colossales. Simplement vêtu de laine blanche, il couchait sur la dure, se nourrissait de quelques épis de froment, de laitage, ou des fruits de la terre. Semblable au divin Pythagore, dont tu parlas ce soir, il aurait eu horreur de verser pour sa subsistance le sang des créatures innocentes. Nous, ses descendants, nous suivons cet exemple.

« Ce sage chérissait sa patrie d'un ardent amour. A l'idée de la quitter pour toujours, son génie se sentit remué et son orgueil se révolta.

L'homme devait-il donc se laisser vaincre par les forces aveugles de la nature? Jamais! Il lutterait jusqu'au bout et sortirait vainqueur de cet étrange duel! Et alors, devant le peuple étonné, Architas exposa un plan d'une hardiesse inouïe.

« Fort de toutes les ressources de la science la plus raffinée, armé de ses immenses trésors, il avait conçu l'idée d'une Atlantide qui pourrait continuer à vivre sous les flots, et qui serait comme un défi à leur fureur.

« Ce plan, il le réalisa en construisant, à ses frais, une ville sous cloche, un colossal palais de cristal, pourvu de tous les organes nécessaires à la vie sociale, et où cultures, industries, chaleur, lumière, tout serait artificiel, tout serait le produit de l'effort humain.

« Ce palais, cette ville sous-marine, tu les vois de tes yeux, étranger. Tu respires à l'aise l'oxygène, produit de la science de mon grand ancêtre. Jamais, n'est-ce pas? tu n'eusses supposé que cette merveille était due au génie d'un simple mortel?...

« Cela est, pourtant; Architas, mon glorieux ancêtre, la conçut et l'exécuta, seul, pour ainsi dire. Il en régla les plus humbles détails, comme il en dessina le plan d'ensemble, et le peuple, étonné, ne fit que lui obéir.

« Tous se mirent à l'œuvre. Mais ceci ne veut

pas dire que la population entière accepta de s'ensevelir sous les flots. A peine le projet divulgué, un édit ordonna que tous les citoyens d'Atlantide se voueraient au travail pour exécuter le plan d'Architas. Nul ne refusa, et les constructions marchèrent avec rapidité. Mais, chaque jour, une famille nouvelle déclarait qu'elle quitterait le pays avant l'effondrement final. Dès que les plus importants labeurs furent achevés, il y eut un second exode. Admire, étranger, la générosité de ceux qui manquèrent de courage pour plonger dans l'abîme... Ils ne partirent que lorsque leur aide fut devenue inutile. Mais leur noblesse d'âme ne les sauva point. Une tempête, qui se déchaîna pendant leur voyage, les engloutit sous ces flots qu'ils voulaient fuir. C'est ce qui explique, sans doute, que l'étonnante entreprise d'Architas soit demeurée un mystère pour les habitants du reste du globe, — ainsi que tu appelles notre planète, qu'on m'enseigna toujours à considérer comme un disque et non comme une sphère.

« Mais, sans doute, j'ignore bien des choses, et je me plierai docilement à tes leçons, jeune étranger, si tu veux prendre en pitié un enfant dont la vie s'est écoulée dans un milieu d'exception, et pour qui tout le monde extérieur est un mystère...

« Vingt familles, à peine, étaient restées grou-
pées autour d'Architas. L'arche de cristal avait
été dressée sur le point le plus élevé de la ville,
la citadelle. De là, ceux qui restaient avaient
vu décroître chaque jour leur territoire. Avec
une lenteur insidieuse, la mer avait rongé les
côtes. Les falaises avaient disparu ; puis les maisons, les temples s'étaient abîmés sans retour
dans les flots. Une sorte de pic, couronné par
la cloche de cristal, avait fini par demeurer seul
hors des ondes. Il disparut à son tour, et le
suaire océanique s'étendit sur ce qui restait d'Atlantide. La coupole de verre commença de s'en-
foncer sous les eaux. Ses habitants furent envahis
par l'élément liquide ; ils le virent monter lentement, lentement, contre les murs transparents
de leur demeure. Bientôt il n'y eut plus autour
d'eux que la glauque immensité des eaux. Là-
haut, ainsi que du fond d'un puits, ils apercevaient encore le dôme azuré des cieux. Le blond
Phébus dardait sur eux ses derniers rayons ;
enfin, un soir, les eaux fatales se rejoignirent
par-dessus le toit plus élevé.

« Tout fut fini, Atlantide avait à jamais disparu
du monde des vivants.

« Architas soutenait chacun de son courage
et de son exemple ; la lumière électrique dont
il avait le secret et qui, tu le vois, nous éclaire

encore, vint remplacer, éclatante et pure, les rayons du dieu du jour. La ville nouvelle, brillamment éclairée, poursuivit sa descente dans l'abîme. Depuis des siècles, elle est arrêtée là, fixée ainsi qu'une perle au creux de l'huître colossale que forme le fond du vieil Océan ; elle a bravé le temps, ignorée de tous, merveille inconnue, digne de l'admiration de l'univers.

« Les Atlantes s'habituèrent à leur vie nouvelle. Architas s'ingénia à suppléer par des cultures artificielles aux fruits de la terre abandonnée.

« Ils sont bien déchus de leur antique splendeur, ces champs fertiles, issus de la science humaine, cultivés, qu'ils sont maintenant, seulement par un vieillard et une enfant, dont les besoins sont peu de chose, et les forces débiles. — Mais tu as admiré, ainsi que ton hardi serviteur, la beauté de nos serres, de nos étranges céréales, de ce qui suffit jadis à nourrir de nombreuses familles.

« Architas transforma toutes les industries ; comme en se jouant, il inventait chaque jour un perfectionnement nouveau. Tu as admiré le tissu de nos vêtements. Ne dirait-on pas la laine la plus fine de ces agneaux bondissants dont j'ai ouï parler? C'est un tissu de lin transformé par la culture sous-marine au point d'avoir le moel-

leux et le chatoiement de la soie. Archilas disait
que, les éléments de toutes choses étant dans le
sol et dans l'air atmosphérique, il suffit au chimiste de le vouloir pour en extraire tout ce qui
est nécessaire à la vie... Mais le miracle était
précisément de se fabriquer un air artificiel pour
l'appliquer au traitement du sol en des conditions tout extraordinaires. C'est ce miracle qu'Architas a réalisé le premier, et dont notre existence même porte le témoignage...

« Quant à moi, je suis la dernière de ma
race, je puis dire que presque jamais je n'ai
rien regretté des choses du dehors... Il a fallu
ton arrivée ici, étranger, pour me faire songer
au monde extérieur et me donner la pensée
que je suis un être d'exception et une prisonnière de la mer, dans cette cage de verre... »

CHAPITRE XVI

LE CHANT DE LA SIRÈNE

Atlantis s'était arrêtée de conter. Les yeux fixés sur un point vague de la tremblante perspective que faisaient les eaux, au delà des parois transparentes du jardin, elle semblait accablée par la vision qu'elle venait d'évoquer, par la grandeur et la mélancolie de ce passé trop pesant pour sa jeune tête, et dont elle allait peut-être se voir l'héritière unique, la solitaire épave.

Profondément ému, René lisait en quelque sorte sur sa physionomie naïve le fond de sa pensée. Combien il la trouvait touchante dans sa tristesse sans larmes, dans son abandon qu'elle-même n'analysait pas, dont elle ne pouvait mesurer la poignante étrangeté ! Si noble, si belle, si absolument pure de tout contact grossier ou vulgaire, quels hommages n'aurait-elle pas reçus, quels empressements n'aurait-elle pas soulevés

sur son passage, quels soins, quels dévouements,
quelles affections ne l'auraient pas suivie, s'il n'a-
vait plu au Destin capricieux, après l'avoir revêtue
de beauté, formée pour ravir l'œil des vivants, de
cacher cette perle rare au fond de l'Océan!...

Quelle étrange existence avait été la sienne!
Jamais avant René elle n'avait vu un jeune visage. Toutes les paroles qu'elle avait entendues
étaient solennelles et graves. Elle n'avait pas
connu le langage puéril, ce doux babillage de
l'enfance; elle ignorait le délassement de parler
pour ne rien dire... Bien plus, elle ignorait la
plus innocente plaisanterie; toujours on lui avait
tenu de doctes discours, et elle-même usait, en
parlant, de ces amples périodes, de ces méta-
phores fleuries qui sur ses lèvres eussent paru
bizarres, si tous ses actes n'eussent été touchés
de grâce et de simplicité.

« Combien cette jeune vie aurait besoin de
joie et de soleil! se disait-il. Que ne donnerais-
je pas pour lui faire connaître ma mère si bonne,
Hélène, si vive et si aimable! Patrice va accourir
à mon appel, j'en suis sûr. Quand m'a-t-il fait
défaut, le brave cœur?... Mais lui, c'est encore
un homme, et je voudrais tant voir Atlantis au
milieu de ses pareilles, combler cette lacune, la
plus navrante de toutes, dans cette existence si
cruellement sevrée d'affection, d'un amour de

mère, de sœur, d'amie, de servante même, mais
au moins d'une affection féminine!... »

Des paroles de sympathie, d'encouragement,
d'espérance, se pressaient de son cœur à ses
lèvres. Il aurait voulu lui dire que, près de tout
perdre, elle avait trouvé un ami; que, si sa vie
avait été sombre, il voulait la faire brillante.
Mais le respect, la crainte de déplaire au vénérable Chariclès, peut-être celle de n'être pas compris d'Atlantis, lui fermaient la bouche. Car, avec
sa haute culture grecque, la jeune fille était igno-
rante de tant de choses, si étrangère, on le conçoit, à tout un ordre de sentiments qui constitue
l'âme moderne! Avant de l'étonner par des professions d'amitié prématurée, ne valait-il pas
mieux essayer de se bien comprendre réciproquement; de lui révéler, en lui faisant connaître
sa personne morale, ce qu'était en abrégé ce
monde de là-haut, dont une dure loi l'avait séparée?... Ne devait-il pas tâcher surtout de dissiper le noir nuage de cette solennité de
prêtresse qui pesait sur elle comme une chape
de plomb; lui apprendre la gaieté de son âge,
le rire qu'elle ignorait, et, de la majestueuse
isolée, faire sortir la jeune fille simple et douce
qu'elle était au fond? Il serait temps, alors,
d'aborder le chapitre de l'avenir, lui apprendre
que, si elle n'avait pas eu de famille proprement

dite, ni berceau, ni foyer, ni cercle d'amis, des
perspectives plus riantes allaient s'offrir à elle...

Ainsi guidé par la plus délicate prudence, le
jeune homme se défendit d'exprimer les vives
pensées de son cœur. Par des questions adroi-
tes, il s'efforça seulement d'arracher Atlantis à
l'oppression qui pesait sur elle. Des grandes lignes
et des faits écrasants de l'histoire de sa race, il
la ramenait par degrés à des détails plus familiers, plus riants. Il lui fit dire la vie nouvelle
en ce monde submergé : comment on avait subs-
titué en presque toutes choses l'art à la nature ;
à quels perfectionnements la nécessité, mère
d'invention, avait amené les exilés, ainsi qu'en
témoignaient hautement la délicatesse, le fini, le
point exquis des moindres objets qui leur ser-
vaient ; comment la tradition avait été entretenue
pieusement, dévotement, alors que les générations nouvelles avaient grandi, et que, jusqu'au
dernier des anciens ayant disparu, il ne resta plus
un seul habitant d'Atlantide qui eût respiré l'atmosphère commune ou perçu la lumière du jour ;
comment, quelques mois après sa naissance, une
épidémie mystérieuse lui avait enlevé sa mère et
balayé d'un seul coup parents, famille, nourrice
et amis ; comment enfin la race, si longtemps vi-
goureuse et forte, se trouvait aujourd'hui réduite
à ces seuls représentants, Chariclès et Atlantis.

Mais, tout en l'amenant à raconter ces choses, René s'attachait à en écarter le côté sombre, à en faire ressortir l'aspect pittoresque ou heureux. Si quelque détail touchait en lui la corde humoristique, il s'empressait de le commenter plaisamment; et la jeune fille, qui n'avait jusqu'ici connu que le rire tonitruant des rudes guerriers d'Homère, laissait entendre un frais éclat de sa gaieté, aussi étonnée que ravie de pénétrer dans un domaine à elle inconnu, celui du sourire.

Il prenait prétexte de tout pour lui enseigner non seulement quelques mots de français, mais des notions sur notre monde, ses institutions, ses usages, ses modes, ses grandeurs et ses ridicules, et il avait la joie de voir se fondre peu à peu la sévérité de ce visage, le langage prendre un tour plus simple et plus familier, un amusement d'enfant venir se peindre sur ces traits exquis, et même, nouveauté inouïe, une expression spirituelle étinceler parfois au fond de son œil bleu.

« On n'est pas pour rien l'arrière-petite-cousine d'Aristophane! se disait René, ravi de la vivacité de la jeune Grecque. Il aurait été trop fort aussi que, venant de pareille souche, ce trait propre de sa race, le don, consolateur entre tous, de saisir le côté amusant des choses, eût été refusé à une créature si parfaite. Chère Atlantis! que de capacités, que de talents sommeillent

probablement en elle! Puissé-je donner à cette
noble nature le champ qu'elle mérite pour se
développer librement et harmonieusement. Ah!
je ne puis trop me le répéter à moi-même :
combien ma mère et ma cousine feraient de
miracles ici! Avec sa merveilleuse intuition, sa
souplesse tout athénienne, elle saisirait les
choses avant qu'on les lui eût expliquées! Je me
suis dit parfois qu'il serait dommage et presque
impie de draper cette muse antique dans une
toilette de la rue de la Paix, de remplacer sa
sandale par une bottine et ses bandelettes par un
chapeau enrubanné. Pur préjugé! Je suis sûr, je
le comprends maintenant, qu'en une semaine,
en quelques heures de séjour à Paris, elle aurait
pénétré, compris le costume moderne. Il n'y a que
la rusticité qui soit l'ennemie innée de la mode;
et qui, mieux que les Grecs, a compris le culte
du nouveau? Y a-t-il, en fait de vêtement, un
beau absolu? Tout ne dépend-il pas de la grâce
avec laquelle on le porte? Et qui pourrait lutter
de grâce avec elle?... Il en sera de même de tout
le reste. Elle comprendra sans efforts, elle s'assi-
milera tout ce qui est beau et bon; elle deviendra
bien vite la plus accomplie des Françaises!... »

De longues heures passèrent, si intéressantes,
si pleines d'impressions nouvelles, de révélations
réciproques, d'excursions en pays inconnus, où

chacun prenait tour à tour le rôle de guide,
qu'il leur semblait impossible plus tard, en se
remémorant ces journées, de croire qu'elles
n'avaient eu que la mesure ordinaire. Et ils
avaient raison, car les heures, comme les siècles,
sont une mesure conventionnelle, et celles-là
contenaient toute une époque de leur vie.

Cependant, durant le long récit de sa fille,
Chariclès était peu à peu retombé dans son
silence et son immobilité. Attentif d'abord, ses
yeux n'avaient pas tardé à se clore, et bientôt sa
respiration lente et profonde vint leur apprendre
que son inquiétante somnolence l'avait repris.
Atlantis, la pauvre enfant, n'en comprenait pas
la gravité; mais cette torpeur semblait de bien
mauvais augure à l'expérience plus développée
de René. Convaincu qu'il fallait essayer de réveiller le malade, le jeune homme s'efforça de
lui faire avaler quelques gouttes de son élixir;
ou bien il cherchait par des frictions, des fo-
mentations, à ramener la chaleur dans ce corps
qui allait en se refroidissant. Tous ses efforts
furent vains. Si le vieillard donnait quelque
signe de vie, c'était plutôt une faible marque
d'impatience et le désir manifesté qu'on le laissât achever ses jours en paix... Par éclairs
pourtant, il leur parut discerner quelque vestige d'attention sur ce visage de marbre; mêm

une fois une légère contraction, comme une ride imperceptible imprimée par un souffle de vent sur une eau tranquille, passa sur son front. Écoutait-il?... Entendait-il?... Comprenait-il?...

Jamais René et la jeune Atlante n'avaient causé ensemble comme à cette heure. Ils s'étaient auparavant conté leur histoire; maintenant ils se contaient leur être. Dans la parole animée du jeune homme, dans l'ardent intérêt de sa fille, le vieillard avait-il senti passer, à travers les ondes de la mort, le souffle d'une vie dont il s'était volontairement exclu? Au seuil des ténèbres où il allait entrer, un amer regret de tout ce qu'il aurait pu connaître, de ce qu'il allait quitter pour toujours avait-il serré son vieux cœur?

Les deux enfants se penchèrent sur lui, épiant un nouveau signe de réveil ou de conscience, l'appelant affectueusement, le suppliant de dire par un signe s'il désirait quelque chose. Mais non, une immobilité complète. Ils s'étaient trompés sans doute et ils reprirent leur place près de la couche de Chariclès. L'émotion de l'espérance avait fait monter à la joue d'Atlantis une couleur plus vive que la délicate teinte rosée qui s'y voyait d'habitude. Elle était, à ce moment, d'une si incomparable beauté que René ne pouvait détacher les yeux de son visage, et, le regard candide de la jeune Grecque s'étant sans doute onquis de la cause de cette attention persistante :

« Je me demandais, dit-il presque involontairement, comment une pareille fleur de beauté avait
pu s'épanouir sans que les rayons du soleil
l'eussent jamais touchée...

«... Excusez-moi, ajouta-t-il précipitamment
en voyant s'augmenter l'éclat qu'il louait, de
pareilles observations sont impardonnables. Je
vous jure qu'elles n'étaient point préméditées...»

La jeune fille n'avait l'art ni de recevoir ni
d'écarter un compliment. Par une modestie innée
elle avait rougi, mais il n'aurait pu lui venir en
tête de s'offenser des paroles de René.

« Pourquoi, si vous me trouvez belle, ne le
diriez-vous pas? répliqua-t-elle simplement. La
beauté est un présent des dieux, mon père me
l'a enseigné, et je les remercie de m'avoir faite
belle à ses yeux et aux vôtres... D'ailleurs ne
croyez pas que je n'aie jamais vu la lumière du
blond Phébus...

— Que me dites-vous là! s'écria René. Quoi!
la science de ce vieillard sublime serait allée si
loin? Elle aurait su trouver un instrument capable de percer la noire et pesante masse des eaux
et de faire arriver jusqu'à vous la lumière du
jour? En vérité, ceci me confond!

— Non, dit Atlantis, ce n'est pas à l'aide d'ins-
truments d'optique que j'ai pu voir le foyer glo-

:rieux qui vivifie le monde! Certes, la science de mon père, legs de la mystérieuse Égypte augmenté de ses profondes méditations, me paraît laisser bien loin ce que vous me dites des conquêtes modernes dans le domaine des .sciences physiques, mais c'est de mes propres yeux que j'ai vu le soleil!...

— Est-il possible! Vous êtes venue dans notre monde!... Vous serez donc peut-être autorisée à y revenir!... Je crois rêver. De grâce, contez-moi cela. Ah! vous ne savez pas ce que cette révélation me donne de joie!...

— Dans votre monde! répéta Atlantis avec une inconsciente expression de mélancolie, non, — je n'y ai pas abordé... Je n'ai jamais quitté le royaume de Thétis, mon père ne l'eût pas souffert. Jamais même je n'aurais osé lui demander d'enfreindre pour moi la loi sévère sous laquelle nous vivions, en me permettant de monter à la surface de l'eau. Mon père est absolu comme les dieux; il sait ce qui est juste, et ce n'est pas à une faible jeune fille à discuter ses décrets. Mais, lorsque la curiosité à l'humeur inquiète, à l'œil toujours ouvert, a trouvé accès dans votre cœur, lorsqu'elle vous a ravi le sommeil, que peut-on contre elle?...

« Phébus venait d'accomplir pour la quinzième fois sa révolution autour de la terre depuis que j'étais au monde, et mon père, me jugeant digne d'entendre ses confidences, m'avait révélé

l'histoire complète de notre peuple. Jusque-là
j'avais ignoré que les Atlantes eussent jamais
vécu en haut. Que dis-je! j'ignorais même qu'il
y eût un monde extérieur... Ah!... que n'eût-il
gardé ce secret!... A dater de ce jour mon esprit
connut l'inquiétude, l'agitation, le mécontente-
ment. J'avais compris, j'étais prisonnière!... En
vain Chariclès me vantait la grandeur de mes
aïeux, m'apprenait à comprendre l'avantage qu'il
y a à naître d'une race noble et opulente, en me
montrant l'immense majorité de mes frères les
hommes, courbés sous le joug des puissants, avi-
lis et déprimés par un travail excessif, et ne par-
venant même pas toujours, au prix d'un labeur de
toutes les heures, à gagner pour leurs petits le
morceau de pain nécessaire à la plus misérable
existence. Chose étrange! ce parallèle orgueilleux me faisait envier le sort de ces déshérités.
Mon père les appelait esclaves; ah! combien je
l'étais davantage! N'avaient-ils pas le grand air
pour pâture, la voûte céleste pour habitation, le
soleil pour flambeau!... Ces pauvres femmes que
mon père me dépeignait mendiant une aumône,
traînant leurs haillons par les chemins, souvent
chargées d'un enfant qu'elles avaient à peine la
force de soutenir dans leurs bras...

...« Oh! que je leur aurais volontiers abandonné
la richesse de mes vêtements, l'abondance, la dé-

licatesse de notre table, les gloires de mon passé,
la sécurité du présent!... Que j'aurais volontiers
embrassé leur misère pour respirer une bouffée
d'air libre, pour réjouir mes yeux à la vue de
mes semblables, pour entendre la voix des
humains, le bruit tumultueux de la vie!...

« Tout cela, je le gardais secrètement dans
mon cœur; mais l'œil de Chariclès est perçant,
et mon front pâlissait tous les jours sous la pression de cette inexprimable nostalgie de l'air libre.
Un jour mon père me dit :

« — Atlantis, le souci au front pâle, à la joue
creuse, à l'œil hagard, est entré dans ton cœur.

« — Père, répondis-je, pardonnez à une faible
fille qui n'a pas su lui en défendre l'accès. Oui,
je le confesse, le noir souci s'est emparé de mon
âme, il l'étreint de sa serre cruelle...

« — Et tu ne t'es pas confiée à ton père?

« — Le respect, la crainte de vous déplaire
ferment ma bouche.

« — Parle, je t'y autorise.

« Je lui dis alors, moins librement qu'à vous
peut-être, car je craignais qu'il ne vît un reproche
dans cette inquiétude, le besoin de changement,
le grand désir qui était né en mon cœur de voir
cette terre des vivants, ma vraie patrie, d'échapper un instant à cette tombe qui m'écrasait...
Chariclès ne dit pas grand'chose en réponse à

ma confession ; lorsqu'il parle, ce sont des oracles qui tombent de ses lèvres, et, s'il eût eu un mot pour blâmer mes aspirations, la condamnation aurait été sans appel. Mais il fut sans doute touché de ma détresse, quoique ni ses discours ni l'expression de son visage ne m'en eussent rien témoigné. Car bientôt je le vis occupé des préparatifs d'un voyage. Mon père est aussi fin ouvrier qu'il est mécanicien puissant. L'exécution va chez lui de pair avec le plan. De ses nobles mains il construisit une chaloupe hermétiquement close, un bateau aérostat à vessie natatoire de gaz hydrogène, qui devait nous permettre de nous élever jusqu'à la surface de la mer. Ce navire était une merveille de légèreté et d'élégance...

— Ah ! s'écria René, combien j'aimerais de voir ce chef-d'œuvre de Chariclès !...

— J'y pense, en effet, dit la jeune Grecque avec un sourire ; il m'est inutile de vous vanter un prodige que vous avez accompli vous-même. En sens inverse, voilà tout... Hélas, vous ne la verrez pas, cette embarcation qui m'était si chère ! Chariclès l'a détruite de ses propres mains.

— Ciel !... le noble artiste devint-il la proie d'un accès de démence passagère ?...

— Non, reprit Atlantis en secouant la tête, jamais les sombres Furies n'enveloppèrent d'erreur et de ténèbres le clair entendement de Cha-

riclès, ce fut un acte délibéré qu'il accomplit en
faisant ainsi rentrer dans le néant l'œuvre de son
génie. Voici ce qui se passa : tout était prêt pour
l'ascension que j'appelais de mes vœux secrets.
Tremblante d'impatience, j'attendais que mon père
m'autorisât à mettre le pied dans le bateau qui
devait nous emporter d'un élan jusqu'aux régions
tant souhaitées. En ce moment il me prit par la
main, et me parlant avec solennité :

« — Atlantis, me dit-il, le but auquel tu as aspiré
avec une ardeur maladive va être atteint. Avant
que tu voies ces espaces qui attirent ta curiosité,
il est de mon devoir, il est dû à la tradition qui
me guide de t'avertir de ceci... Notre excursion
sera limitée à la plaine liquide ; ni Chariclès ni
Atlantis n'aborderont sur des continents habités
par les barbares. En second lieu, nous éviterons
de nous signaler à l'attention des navires qu'il
pourra nous être donné de rencontrer. Enfin, et
c'est le point sur lequel j'insiste, ces promenades
seront très rares, courtes, et, si jamais je décou-
vrais, Atlantis, que ton cœur y est attaché, que
tu soupires après un autre milieu que celui où
ont vécu tes pères, je n'hésiterais pas à briser
l'instrument qui aurait aidé à te rendre infidèle
à ton foyer !

« Je promis tout ce que voulait mon père. Je
pensais qu'il ne dépendait que de moi de me plier

à sa volonté, et j'étais d'ailleurs si heureuse de partir que c'est à peine, je crois, si je l'entendis. Le bateau quitte son port d'attache, d'un élan prodigieux, et se trouve en quelques secondes à la surface de la mer. Quel spectacle! Phébus, ayant presque fini sa course, allait plonger avec son char flamboyant au bord de l'étendue. Déjà une étoile brillait au ciel. Peu après, le soleil disparu, d'autres étoiles s'allumèrent; il soufflait une brise embaumée, divine... Dieux! quelles merveilles... Comment peut-on jouir tous les jours de tels biens et se dire malheureux? Mon père me nommait les constellations, m'apprenait à m'orienter; je l'entendais comme dans un rêve; il me semblait être au nombre des dieux... Mais bientôt une douleur aiguë vint me frapper au cœur; Chariclès disait : « Prépare-toi à redescendre... » Je fus sur le point de laisser échapper une prière, un mot de supplication; je m'arrêtai à temps. Pour la première fois, je dissimulai, avec une force que je ne me connaissais pas, je me commandai un visage riant et j'acceptai d'un air d'indifférence le signal du retour. Il me fallait à tout prix revoir ces cieux splendides, sentir le balancement des vagues, m'abreuver à cet air béni. Je sus attendre, sans trahir aucune hâte, que mon père décrétât une nouvelle excursion dans ce monde supérieur, mais j'étais dévorée

d'impatience. Enfin, l'instant arriva, celle-ci
dura plus longtemps; mon père, content de moi,
me donnait cette récompense. Ainsi nous recom-
mençâmes, à diverses reprises; je ne vivais plus
que pour ces promenades. Une nuit, il n'y a pas
bien longtemps, nous flottions, poussés par un
zéphyr léger, lorsque apparut à quelque distance
un navire de proportions élégantes. Peu à peu il
se rapprochait; il me semblait distinguer une
forme humaine sur le pont! Ah! jeune étranger,
vous ne pouvez savoir quelles émotions traversè-
rent l'âme de la pauvre Atlantis!... Mon père
était absorbé ou endormi, je ne sais... Il ne paraissait prêter aucune attention à ce qui se
passait autour de lui. Soudain le dieu de l'harmonie s'empara de moi; sans le vouloir, sans le savoir presque, je donne ma voix au sentiment qui
m'oppresse, un chant s'échappe de mes lèvres.
Mon père m'avait soigneusement élevée dans l'art
de la musique, mais ceci n'était point appris.
C'était l'expression douloureuse, irrésistible,
spontanée, de l'aspiration de mon âme... Je me
tus, consolée d'avoir donné une forme à mon angoisse; mais que vous dire de mon émoi, lorsque,
à peu de distance, une voix harmonieuse s'éleva
à son tour sur les eaux?... La mer m'apportait
comme une réponse à mon appel. Les paroles, je
ne pouvais les comprendre, mais j'ai retenu la

mélodie. Jusqu'à mon dernier jour elle retentira dans ma mémoire...

— Atlantis! Atlantis!... s'écria René, qui,

depuis un instant, pouvait à peine contenir son agitation, cette mélodie, j'en suis sûr, je la connais; laissez-moi vous la dire... »

Et, d'une voix que l'émotion n'empêchait nullement d'être pure et vibrante, il dit les premières phrases de l'hymne de Marcello :

Les cieux immenses racontent...

Atlantis, les yeux dilatés, semblait pétrifiée par la surprise. Mais bientôt deux larmes, les premières qu'il eût vues dans ses yeux, dirent sa douce joie.

« C'était vous!... c'était vous!... articula-t-elle enfin d'une voix entrecoupée.

— Oui, c'était moi, c'était vous! répétait René

non moins émerveillé, non moins heureux. Ah !
chère Atlantis, voilà un lien qui vaut bien dix ans
d'amitié. C'était pendant mes sondages autour de
la mer Sargasse, à bord de la *Cinderella*... Il
était minuit, j'étais seul sur le pont quand j'entendis une voix divine monter dans l'air pur.
Que de fois j'ai tenté, mais en vain, de trans-
crire ces stances incomparables !...

— Je ne saurais les redire moi-même, dit Atlantis. Tout ce que j'en sais, c'est qu'elles étaient
sorties de mon cœur comme une prière, et aussi
qu'elles me fermèrent à jamais cette porte ouverte sur l'espace. Au son de cette voix inconnue. Chariclès était sorti soudain de sa rêverie.

« — Malheureuse ! s'écria-t-il, qu'as-tu fait ?...
Pareille aux Sirènes trompeuses, emploies-tu un
don du ciel à enchanter ton propre père, à endormir sa vigilance ?... As-tu oublié tes ser-
ments ?... C'en est fait, Atlantis !... Dis adieu à la
voûte étoilée, au flot mouvant, à l'air séducteur !
jamais tu ne les reverras !...

« Les flancs du bateau se refermèrent sur nous
et nous nous enfonçâmes dans la mer. Un fra-
gment de votre mélodie résonnait encore à mon
oreille ravie. Le lendemain, Chariclès avait détruit
son chef-d'œuvre.

« ... Aucune parole ne peut vous peindre ma
douleur ; j'avais perdu l'espérance... »

CHAPITRE XVII

CHARICLÈS SE MODERNISE

Émus, bouleversés par ce qu'ils venaient de découvrir, tout occupés d'assembler les moindres souvenirs de cette étonnante rencontre, d'en corroborer les détails par leur témoignage simultané, de s'émerveiller de ce prodige, de se redire mille et mille fois qu'il y avait là un fait unique, une indication précise du destin, les deux jeunes gens ne s'apercevaient pas que, depuis un temps assez long, Chariclès avait rouvert les yeux.

« Attention ! » articula soudain la voix du vieillard.

Joyeux, rapides comme l'éclair, ils se trouvèrent en un instant auprès de sa couche. Quel nouveau miracle venait de s'accomplir ? La voix du malade était restée distincte, son œil clair et ses traits assouplis ; mais ce qui les frappa tous deux plus encore que ces signes si bien venus d'un retour à la vie, ce fut l'expression nouvelle de sa physionomie.

Ils n'auraient pu ni l'un ni l'autre expliquer pourquoi; mais il leur semblait être devant un nouvel homme, à eux inconnu jusqu'à ce jour. Ils allaient bientôt comprendre ce qu'ils sentaient confusément; dans cet esprit voué sans retour aux apparences, au culte exclusif du passé, la révélation du présent venait de pénétrer; dans ce cœur inexorable, la pitié avait fait invasion.

« Mes enfants, dit-il, je veux vous parler. Voilà des heures que je vous écoute, que je vous entends, que je vous comprends. Plus d'une fois, j'ai voulu mêler ma voix à la vôtre; mais je n'ai pu, ma langue était enchaînée; il fallait que j'entendisse jusqu'au bout, que les écailles fussent arrachées, l'une après l'autre, de mes yeux, que mon cœur obstiné apprît cette leçon nouvelle apportée par ce jeune étranger : l'humanité, la pitié! Atlantis, il ne convient pas à un vieillard de s'humilier devant la jeunesse, encore moins à un père de s'incliner devant sa fille; mais je ne veux pas aller retrouver les ombres de mes ancêtres sans confesser que j'ai été dur envers toi. Je croyais bien agir... Je suivais la tradition.

— Père, père vénéré, gémit la jeune fille en se jetant à genoux près du lit et en pressant sur ses lèvres la main amaigrie du vieillard. Oh! ne parlez pas ainsi ! Pardonnez.mon audace. Vous seul savez ce que vous devez dire ; mais je ne puis supporter de vous entendre vous accuser à mon sujet, vous si noble et si grand... Non, je ne le puis pas! Vos paroles sont comme un glaive tranchant qui perce ma poitrine !... Malheureuse qui ai pu me plaindre, alors que toute ma destinée était réglée par la sagesse même! Mon père, oubliez les imprudentes paroles qu'un pouvoir ennemi m'a sans doute dictées. Je prends à témoin les dieux protecteurs de notre famille, que mon respect, ma reconnaissance pour vous ne faibliront jamais. »

Des sanglots lui coupèrent la voix, l'empêchant de continuer.

« Calme-toi, ma fille, dit Chariclès, en passant la main tendrement sur sa tête blonde. La promptitude à s'accuser témoigne d'un cœur généreux. Si tu as des torts, ils sont bien légers, et je te les pardonne ; mais il faut que je parle, et tu dois m'écouter !

« Je l'avais entendu dire, reprit-il rêveur, que de la bouche des enfants sort parfois la sagesse. C'est une vérité. Moi, vieillard versé dans les sciences, mûri par les méditations, éclairé par l'histoire et fort de l'expérience, j'ai été instruit par vos jeunes lèvres ; vous m'avez apporté un message. J'ai appris que la sagesse avait revêtu une

forme nouvelle; j'ai salué une conquête plus
belle que toutes celles du passé, cette vertu, ce
sentiment que tu décris, jeune homme, par les
mots sublimes de fraternité, de pitié, de solida-
rité humaine. Je croyais que ma science, étant
plus ancienne, sinon plus grande, que toutes
celles où vous ont amenés d'obscurs tâtonne-
ments, il fallait me tenir dans mon altière réserve,
refuser de frayer avec les barbares, — comme
nos pères grecs ont les premiers appelé tout ce
qui n'était pas eux — affirmer jusqu'au bout notre
essence supérieure. Et j'ai dû m'incliner, reconnaître que le monde avait marché sans nous.
J'avais cru qu'arrivé au plus haut point de perfection, il devait rester stationnaire, sous peine
de descendre; tu m'as démontré mon orgueil-
leuse erreur. Non que tu aies jamais trouvé, pour
vanter les grandes choses accomplies par ta
race, des paroles d'arrogance ou d'exagération.
La modestie règne sur tes lèvres, et la mesure
dans ce sentiment auquel tu donnes un nom nouveau qui me plaît : le *patriotisme*. Bien loin de
vouloir m'éblouir par le tableau d'une civilisation
acquise sans effort, tu m'as montré le pénible
travail des siècles, les lentes conquêtes de l'héré-
dité, le progrès laborieux des idées morales. J'ai
compris ce qui nous a manqué ! Je me suis aperçu
— à la dernière heure ! — que, toute ma vie,

j'avais serré dans mes bras un fantôme, un sque-
lette desséché. A quoi bon une science qui ne
sera pas divulguée? A quoi bon richesses, beauté,
puissance, sans le concert humain?...

« Mais qu'était-ce qu'une erreur n'atteignant
que moi même, comparée au tort bien plus grave
de condamner ma fille à une destinée qui lui était
pesante et cruelle? — Pas un mot, mes enfants,
il faut que vous m'entendiez jusqu'au bout!

« Oui, reprit-il, j'ai été dur et sévère. Mais
qui saura jamais la part de volonté ou d'incon-
science qu'il faut distinguer en de pareilles
erreurs? Je suivais comme un aveugle la tradition
des Atlantes. Mes yeux sont enfin dessillés. Tu
as apporté ici l'esprit de ton temps, jeune étranger. C'est un esprit bienfaisant. Le charme inexprimable qui émane de ton être ardent et généreux m'a vaincu. Depuis le jour où tu as su
m'imposer ta présence, un sourd changement s'o-
pérait en moi à mon insu ; mais c'est surtout en
vous entendant tous deux que la glace de mon
cœur s'est fondue. Tu avais essayé, voyageur, de
me faire saisir ces nuances caractéristiques de
votre monde moderne : sympathie, altruisme,
aménité prévenante, laisser aller sans familiarité,
et surtout courtoisie chevaleresque, part juste
et généreuse faite à la femme dans l'harmonie
familiale. Combien ton exemple était plus fort que

toutes les démonstrations! J'écoutais mon Atlantis, et je croyais entendre un être nouveau, moi qui lui ai donné la vie, qui seul l'ai élevée. C'est que jamais je ne lui avais parlé comme toi! Que de grâces, que de fleurs j'ai froissées, ou négligées sans le savoir, dans cette frêle plante! Jardinier malhabile, je voulais encore, après l'avoir pliée despotiquement à partager, durant ses jeunes années, mon exil volontaire, la vouer pour toujours à habiter cette serre chaude, où elle étouffe et se débat. Mon excuse, je le répète, c'est que j'étais aveugle. Maintenant, j'y vois, Atlantis, je te rends la liberté! Ceux de ta race ont pu errer par l'inflexibilité où l'obstination, jamais la magnanimité ne leur a fait défaut. Tu le reconnais, ma fille, si j'ai tardé à te comprendre, du moins je suis prompt à te donner satisfaction; et, si jamais ton vieux père t'a semblé dur et cruel, sache que, sous le triple airain que l'orgueil, la tradition, l'habitude avaient mis autour de son cœur, brûlait la plus pure affection pour son unique enfant...

« Pars donc, Atlantis; quitte, sur les pas de ce généreux étranger, la maison de tes pères...»

Obéissante aux ordres de Chariclès, la jeune Grecque avait fait effort pour dominer l'émotion poignante que lui causaient ses paroles, pour n'interrompre ni par un signe ni par une exclamation un discours qui à tout moment lui perçait le cœur. Mais ici elle ne fut plus maîtresse de se contenir.

« Père, père! s'écria-t-elle d'une voix entre-coupée de sanglots, voulez-vous donc briser le cœur de votre fille! Moi, vous quitter! Ah! si jamais j'ai osé souhaiter connaître la libre atmos-phère des campagnes ou le bruit des cités popu-leuses, c'est à vos côtés que je voulais être ; sans vous, j'aurais refusé ces joies. Dites que vous le savez, père, et surtout, surtout, ne m'ordonnez plus de vous abandonner!...

— Tu m'as mal compris, ma fille, dit le vieil-lard avec un sourire indulgent· Ce n'est pas toi qui dois partir, c'est moi dont les heures sont comptées... »

Et les sanglots d'Atlantis redoublant:

« Sachons accepter l'inévitable, ma fille, reprit-il, non sans une ombre dé sévérité, et ne troublons pas par de vains gémissements une heure toujours auguste, la dernière!... celle où il nous est donné de jeter sur notre vie un regard rétrospectif, la seule qui nous reste pour nous recueillir et nous résumer...

— Mais ce n'est pas la dernière! s'écria d'une voix impétueuse René. Encore quelques heures, une seule peut-être, noble Chariclès, et j'espère voir arriver l'ami dont je vous ai parlé, un homme profondément versé dans l'art de guérir, et qui

14.

vous rappellera à la santé. Ah! laissez-nous l'espérer, laissez-nous croire que nos soins, notre amour, vous donneront le désir et la force de vivre. Je n'ai jamais connu mon père, Chariclès; accordez-moi le bonheur d'en retrouver un en vous ; permettez aussi que je partage les inquiétudes, les espérances d'Atlantis, et épargnez-moi ces funestes pronostics de mort qui m'affligent comme elle...

— Inutile de se bercer d'illusions, dit le vieillard gardant une affectueuse fermeté. La mort m'a fait signe, il faut la suivre. Tout l'art de ton ami ne pourra que différer un peu la fin. Pendant qu'il en est temps et que les dieux m'ont laissé ma lucidité d'esprit, mieux vaut prendre les mesures nécessaires pour réparer le passé et assurer l'avenir, plutôt que de perdre des moments précieux et s'abandonner à de vaines espérances ! »

Chariclès s'arrêta comme épuisé d'avoir parlé si longtemps. Atlantis avait repris sa main, qu'elle mouillait de larmes silencieuses. René, debout auprès du lit, attendait respectueusement que le noble vieillard eût retrouvé quelque force et lui exprimât sa pensée. Il sentait bien qu'il allait prononcer des paroles décisives. N'avait-il pas dit tout à l'heure à sa fille : « Pars, suis ce généreux étranger. » Et en quelle qualité pourrait-elle le suivre, sinon celle de fiancée ? Évidemment il allait la lui confier, son unique enfant, la dernière fleur de cette tige altière, si intéressante déjà par son étrange destinée et qu'un prochain isolement rendait plus touchante. Ah ! comme il se sentait prêt à réconforter le pauvre mourant, à lui assurer que son testament serait pieusement observé, que le legs précieux tombait en mains sûres, que l'orpheline trouverait une famille, l'étrangère une patrie.

A vrai dire, les événements avaient été plus vite peut-être que s'il leur eût commandé. Lorsque René avait pénétré dans cette forteresse sous-marine, attiré par un invincible aimant, son mobile était sans aucun doute de se faire aimer de Chariclès et de sa fille, de se faire accepter par eux, en définitive, d'en arriver pas à pas au dénouement où il courait à cette heure. Il avait calculé toutes les possibilités, toutes les difficultés de l'entreprise, et l'événement prouvait qu'il avait calculé juste.

... La seule chose qu'il n'eût pas prévue, c'est la rapidité vertigineuse avec laquelle les faits se précipitaient. Non qu'il n'eût hâte, on peut le penser, d'appeler Atlantis sa fiancée ; mais il n'était pas seul en cause ! René avait une mère, une mère justement chérie et vénérée ; il savait quels plans d'avenir Mme Caoudal formait pour lui depuis longtemps, il n'ignorait pas que, même si elle n'eût à cœur de le marier à Hélène, la chère dame aurait instinctivement protesté contre une bru d'origine si extraordinaire.

Certes, il comptait bien vaincre cette opposition présumée ; mais il se réservait d'y mettre tous les égards, tous les ménagements possibles ; de la préparer progressivement à connaître le père et la fille ; de les lui présenter à son heure et, une fois Mme Caoudal et Hélène conquises (comme cela arriverait infailliblement !), de risquer sa pétition. Le tour qu'allaient prendre les choses, au contraire, semblait peu favorable : attendre la dernière heure du vieux Chariclès, lui fermer les yeux, et une fois les suprêmes devoirs accomplis, regagner avec Atlantis la terre ferme, présenter à Mme Caoudal l'intéressante étrangère... où pourrait-il la mener sinon dans les bras de sa mère? Ah ! il la connaissait bien ! elle serait bonne, secourable, hospitalière à l'orpheline, mais l'accepter pour fille ! Non, une pareille entrée en matière serait funeste à jamais à l'harmonie future. Ah ! si Mme Caoudal pouvait la voir dans son milieu, causer avec le noble Chariclès, régler avec lui l'avenir de leurs deux enfants, suivre enfin la bonne vieille coutume française qui laisse aux parents la haute main en ces affaires, la plus grosse difficulté serait levée, il le sentait. Mais à quoi allait-il rêver? Et que servait d'évoquer l'impossible ! Le seul parti à prendre était d'accepter les choses comme elles se présentaient, et de tâcher de s'armer de courage, de patience, de persuasion contre les obstacles à venir.

« Que n'aurais-je pas donné il y a deux mois, pensait-il, pour une faible part des victoires aujourd'hui réalisées? A quel prix n'aurais-je pas acheté la situation telle qu'elle est, avec les épreuves, les luttes qui peut-être m'attendent ? Aucun obstacle ne m'aurait arrêté. Hélas, ce qui me fait trembler, ce n'est pas d'avoir à peiner et à lutter ! Mais, de quel courage s'armer quand c'est contre une mère chérie qu'il faut combattre, et comment soutenir d'un front intrépide des mépris qui frapperont d'abord ma noble Atlantis ! »

Tandis que René tournait en son esprit ces soucis qui venaient ainsi traverser sa grande joie, sans l'altérer d'ailleurs, ou modifier en rien ses résolutions, Chariclès avait retrouvé quelque force et se disposait à renouer le fil interrompu de son discours, à donner à René ses instructions dernières et à lui conférer enfin cette suprême preuve d'estime et de confiance, l'honneur d'épouser sa fille, la perle de l'Océan ! Son beau visage était empreint d'une expression de généreuse grandeur, car il croyait, non

sans raison, offrir à son jeune ami un don inestimable. On aurait bien surpris le pauvre vieillard
si on avait pu lui faire entrevoir les préoccupations, qui, en ce moment même, agitaient l'âme
de son fils d'élection. Lui, Chariclès, d'une si
haute race, accueilli par n'importe quelle famille
avec froideur ou déplaisir? Son alliance tout au
plus acceptée, et non point sollicitée? Atlantis
soufferte et non recherchée!...

Comment aurait-il soupçonné ces choses?
René avait soulevé un coin du voile, il n'avait
pu d'un coup lui révéler les préjugés, les peti-
tesses, les méfiances, qui se cachent dans les
cœurs des meilleurs. Le sujet au surplus était
impossible à aborder.

« Jeune homme, fit Chariclès d'une voix solennelle, approche-toi. »

Il saisit sa main, et la joignant à celle d'Atlantis :

« Je te la donne, dit-il avec noblesse; elle est
digne de toi. Je t'ai bien étudié. Tu es généreux
et tu es fort, l'intelligence rayonne sur ton front,
le courage brille dans tes yeux, et ta bouche ne
connaît pas le mensonge. Ton cœur est allé à ma
fille; garde-le-lui fidèlement. Tu vas être sa seule
famille; sois un père en même temps qu'un époux:
elle te rendra au centuple ce que tu feras pour
elle !...

— Chariclès, dit René d'une voix ferme, je reçois, plein d'amour et de reconnaissance, le glorieux don que vous me faites. Puissent nos soins prolonger vos jours, noble vieillard, mais, quand l'heure sera venue de vous séparer de nous, partez en paix! Votre fille sera servie et protégée comme il convient; je n'ajouterai pas d'autres protestations. Vous l'avez dit mieux que je ne saurais l'exprimer! Mon cœur est allé à elle; ma vie lui appartient; elle sera consacrée à la rendre heureuse. Puissé-je réussir! »

Muette et recueillie, la jeune fille écoutait sans y mêler sa voix ces discours dont elle était le seul objet. Son regard candide exprimait une joie profonde, une confiance absolue. Non plus que son père elle ne pouvait avoir notion des difficultés possibles; et la fière conscience de ce qu'elle valait aurait suffi à bannir toute inquiétude, le cas échéant. Mais elle était bien loin de songer à de pareilles choses. Ce n'est pas pour rien qu'on habite à mille mètres au fond de l'Océan. Il ne vaudrait guère la peine d'avoir été élevée dans une retraite pareille, si on devait apporter au seuil du mariage les soins mesquins, les préoccupations artificielles qui en sont trop uniformément le cortège. Dot, relations, « corbeille » et autres hors-d'œuvre qui y deviennent si souvent le plat principal, n'avaient, comme on peut croire, aucune place dans ses pensées ; pas davantage la question de savoir si elle contractait une belle alliance, et René une médiocre. Plus tard, elle connaîtrait sans doute ces choses, et apprendrait à traiter avec le sérieux qui convient les niaiseries et grimaces qui prennent une si large place dans les actes les plus importants de la vie. Pour le moment, elle les ignorait, et René pouvait avoir l'agréable certitude que l'intérêt qu'il inspirait à sa fiancée n'était balancé par aucune de ces misères. Aux yeux d'Atlantis, il n'y avait que trois êtres : son père, René, et elle-même, et le monde extérieur n'existait pas. Autant que le fit jamais jeune fiancée, elle pouvait donc écouter religieusement les paroles solennelles qui engageaient sa vie.

« Fille chérie, reprit Chariclès d'une voix encore nette, mais qui s'affaiblissait notablement, celui que j'appellerai désormais mon fils m'a appris que chez lui, si un père a gardé le privilège de disposer de sa fille en mariage, ce que son pouvoir avait gardé d'absolu parmi nous s'est tempéré de douceur ; la jeune fille est admise à apporter son avis ! Cet usage m'étonne ; mais par égard pour ta future condition, il ne me répugne pas de m'y conformer. Dis, Atlantis, de quel cœur prends-tu l'époux que je te donne ?

— Mon cœur est joyeux, n'hésita pas à répondre la jeune fille, et il vous bénit, mon père. J'ignore bien des choses, mais il en est une dont je suis certaine, c'est que j'aurais choisi entre tous celui à qui vous m'unissez. Je tiens à le dire, car, à votre insu, René, vous avez plus d'une fois laissé percer un doute. Avouez-le, ajouta-t-elle avec un éclair de malice, vous n'êtes pas sans craindre que mon choix soit l'effet du hasard et que l'affection que je vous donne eût pu tout aussi bien aller à un autre, qui, au lieu de vous, serait venu frapper à notre porte. Détrompez-vous. Comme cette Miranda, dont vous me contiez l'histoire, je n'ai jamais vu personne, il est vrai ; mais mon père n'est-il pas le plus beau, le plus parfait des hommes ? et, si, auprès de lui, vous avez pu soutenir la comparaison, je sens bien que vous devez être supérieur. D'ailleurs, René, il ne peut plus être question entre nous désormais du plus ou moins de valeur relative que nous avons. Qu'il y ait de par le monde des hommes ou des femmes qui vaillent mieux que nous, que nous importe ? Nous sommes unis, cela suffit !

— Ma fille, dit Chariclès charmé, la sagesse et les grâces parlent par ta bouche. Mais est-ce exact, mon fils, cette enfant avait-elle pénétré tes pensées secrètes ?

— Il est parfaitement exact, dit René, surpris et ravi à la fois, que des craintes semblables ont traversé mon esprit. Les perfections de votre fille et mon peu de mérite ne sont-ils pas mon excuse ? Mais croyez-moi, Atlantis, après les paroles que vous venez de dire, j'ai fini de craindre. Moi aussi, Chariclès, je te bénis de m'avoir donné cette fiancée. Jamais homme n'en reçut une plus noble ni plus pure.

— Et moi je bénis les dieux de m'avoir réservé une fin si douce, dit le vieillard, et je les supplie de vous accorder des jours longs et heureux... Mais je m'oublie à contempler votre jeune joie, et je laisse couler mes forces sans avoir mis ordre, comme il sied, aux affaires matérielles. Hâtez-vous, mes enfants, d'écouter mes instructions dernières ! »

Il se recueillit un instant ; puis, d'une voix qui n'était plus qu'un souffle, il reprit :

« Je ne veux pas avoir d'autre tombe que ce lit où je repose, où mes ancêtres ont rendu l'esprit, et où va se fermer la liste glorieuse des habitants d'Atlantide...

« Mon fils René, je te prie d'accepter, au nom de ta femme, les joyaux que tu trouveras dans le coffre d'ivoire à la tête de mon lit. Ils constituent une dot digne de la fille des Atlantes, et pourront être emportés sans vous surcharger... Enfin, aussitôt que j'aurai cessé de vivre, vous partirez, je le veux ainsi... »

La voix de Chariclès s'était tellement affaiblie qu'à peine René et Atlantis pouvaient-ils l'entendre. Il eut comme une courte syncope, puis il reprit avec effort :

« Pour votre sortie, il me reste à vous indiquer... »

Mais ici, sa voix se perdit tout à fait, et son visage se figeant soudain, il tomba dans la plus parfaite immobilité.

Atlantis, penchée au-dessus de lui avec angoisse, cherchait d'une main tremblante la place du cœur. René avait approché une glace de ses lèvres pâles.

« Il n'a pas cessé de respirer ! dit-il avec joie. Voyez cette légère buée ! Espérez ! espérons ! J'attends tout du secours de mon ami... »

CHAPITRE XVIII

PREMIER CARILLON

Atlantis et René, debout auprès de la couche de Chariclès, avaient dû se reconnaître impuissants à le tirer de son inquiétante stupeur. Du moins ils avaient cette consolation de savoir qu'il vivait, de croire que, dans cette sorte de syncope, il retrouverait des forces ; et puis ils avaient tant à penser, à espérer, qu'ils ne pouvaient être tout à fait malheureux.

D'ailleurs Chariclès, en sa manière un peu hautaine de demi-dieu ennemi de ces témoignages démesurés de douleurs ou de joie, si funestes à l'harmonie et à la beauté, ne leur avait-il pas commandé le calme et le courage ? N'avait-il pas fait entendre qu'il ne voulait que paix et sérénité autour de son lit funèbre ? Ils veillaient donc, tantôt se relayant pour aller prendre nourriture ou repos, tantôt renouant cette causerie qui les unissait à tout instant davantage, tantôt retombant dans ces silences sans contrainte qui sont le privilège d'une entente parfaite.

On était parvenu au septième jour après le départ de Kermadec pour les régions supérieures. René avait compté les heures ; en ce qui touchait Kermadec et Patrice, il n'y avait pas à douter : obéissance aveugle d'une part, dévouement absolu de l'autre ; ils seraient là à l'instant prévu, si rien ne se mettait à la traverse ! Mais cette possibilité entrait pour peu de chose dans les calculs du jeune marin. Il était avant tout optimiste, il possédait cette heureuse disposition qui, en croyant tous les miracles possibles, en active la réalisation. Le ton de parfaite certitude qui régnait dans son appel avait agi puissamment sur la résolution d'Étienne ; il ne se doutait guère qu'il devait déterminer aussi celle d'Hélène et de sa mère.

Des heures se sont écoulées ; le timbre se fait entendre !... Atlantis demeure auprès de son père. D'un pas rapide, René se dirige vers la porte d'eau ; avec quelle joie il distingue, à travers l'épaisseur liquide que traverse un jet puissant de lumière électrique, sa *Titania*, son œuvre ! Noire, trapue, compacte, sans aucune des lignes qui font la grâce du navire ordinaire ; toute sa vertu et sa beauté intérieures. Mais combien précieuse par ce qu'elle apporte !

Le cœur battant, René fait jouer la crémaillère qui ouvre les écluses. La porte s'entre-bâille, l'eau pénètre sans violence. Peu à peu la chambre inférieure s'emplit ; la porte est grande ouverte ; le torpilleur est entré, la porte extérieure se referme. René met alors en action la pompe aspirante qui vide la chambre inférieure ; il voit le niveau de l'eau baisser, baisser avec son lourd fardeau, baisser jusqu'à la dernière goutte. C'est fini, *Titania* est à sec sur le sable du bassin. D'une main impatiente, René en ouvre la porte, il court au navire, il en escalade le flanc, il se précipite vers l'escalier, la main tendue pour serrer la main de Patrice, celle de Kermadec...

Il tombe dans les bras de sa mère !...

Des exclamations, des pleurs de joie, des poignées de main, des questions sans réponse, un ravissement général : ce fut d'abord un tumulte à ne pas s'y reconnaître. Les yeux baignés de larmes, Mme Caoudal ne pouvait se lasser de contempler son fils, de l'embrasser. Dans une tempête de paroles incohérentes, elle répétait mille fois qu'elle avait cru ne plus le revoir, que la mer les lui avait tous pris, tous, la cruelle !... Elle le grondait de sa témérité, le louait de son courage, l'accablait de tous les doux noms puérils d'autrefois, oubliés depuis longtemps, ressuscités soudain, sous l'empire d'une émotion puissante.

« Tante Alice, disait Hélène, essayant de réagir contre l'attendrissement universel, si vous nous cédiez un peu votre René?... Nous ne serions pas fâchés, nous non plus, de l'embrasser, ou de lui dire un mot...

— Ah! remercie-la bien! fit Mᵐᵉ Caoudal en se dégageant des bras de son fils, si je suis ici, c'est à cette chère enfant que je le dois... »

Elle s'arrêta soudain, les yeux dilatés, comme frappée d'une vision surhumaine. Kermadec, qui faisait comme elle face à la porte, le béret à la main, se confondait en sourires et courbettes. Tous se retournèrent.

Un cri de surprise et d'admiration leur échappa involontairement.

Atlantis venait de paraître. Attirée par les voix joyeuses, elle s'était approchée ; mais, parvenue au seuil de la chambre, l'étonnement la tenait clouée. Ce qu'elle voyait était si nouveau, si inattendu. Et ce n'était pas ce tumulte de voix, ce nombre de personnes, spectacle certes assez étrange pour la jeune recluse, qui l'avait ainsi frappée de stupeur. Dans ce groupe, qui à ses yeux prenait les proportions d'une foule, ce n'était ni Patrice, ni Kermadec, ni René lui-même qui tenaient son regard attentif et rivé; ce qui la fascinait, c'était Hélène, avec son costume de voyage en drap gris, ses gants, sa beauté brune, toute sa silhouette de femme moderne. Mais ce qui l'attirait, la remuait jusqu'au fond de l'âme, c'était Mme Caoudal. Une mère! De beaux poèmes avaient parlé d'amour maternel à la pauvre orpheline. Chariclès, avec des paroles toujours nobles et relevées avait touché ce sujet; il n'avait pas celé à Atlantis qu'en lui prenant sa mère de si bonne heure, les dieux l'avaient sévèrement traitée. Toutefois, autant par prudence que par réserve naturelle, il n'avait jamais appuyé sur cette matière. La jeune fille avait ignoré jusqu'à présent à quel point elle était déshéritée; elle en avait la révélation!

Elle comprenait à cette heure ce que René avait senti avant elle, combien sa solitude avait été triste! Elle savait pourquoi sa jeune tête se penchait parfois, vaguement inquiète, pourquoi mille puérilités qui montaient à ses lèvres s'arrêtaient figées avant d'avoir trouvé une expression, pourquoi les démonstrations de tendresse si sévèrement condamnées par Chariclès voulaient quand même se faire jour. Ah! ce n'était pas à lui que tout cela devait naturellement aller; c'était à sa mère, à la pâle morte ensevelie depuis si longtemps sous les roches du jardin. Voilà ce qui lui avait été ravi dès le berceau, voilà le bien donné

UN CRI DE SURPRISE ET D'ADMIRATION LEUR ÉCHAPPA (P. 249)

à tous et que des divinités féroces lui avaient à elle seule refusé !

Penchée avidement, une main appuyée au montant de la porte, de l'autre comprimant les battements de son cœur, elle écoutait le torrent de paroles où se répandait la joie maternelle de Mᵐᵉ Caoudal, pénétrée d'une vénération, d'un respect religieux, prête à tomber à genoux, et sans se douter aucunement qu'elle était devenue elle-même l'objet de l'admiration générale.

Sous ses blancs vêtements attachés sans recherche, et dont Phidias aurait aimé à reproduire en marbre les gracieux plis, avec sa pure beauté de camée, elle semblait une immortelle. Et en même temps, sur ses traits impeccables, on lisait une si naïve envie; ils racontaient si ingénument sa détresse, son désir d'être au banquet ouvert sous ses yeux, que tous se sentirent remués et conquis. Mais Hélène fut la plus prompte à deviner, la plus rapide à l'exécution. Déployant une grâce différente de celle de la jeune Grecque, mais non inférieure, elle alla vers elle d'un pas vif, et lui prenant doucement la main :

« Atlantis, lui dit-elle, je vous reconnais ; René m'a tant parlé de vous... Il y a longtemps que je vous aime. »

Deux larmes pareilles à la rosée sur des

violettes mouillèrent les longs cils d'Atlantis.

« Moi aussi, je vous connais et je vous aime, Hélène. »

Puis d'un ton mêlé de respect et de tendresse craintive :

« ... C'est là sa mère? »

Sa voix, ses regards, disaient clairement : « Puisse-t-elle m'aimer aussi! » René ne voulait, n'osait dire un mot. Il attendait, le cœur oppressé d'espoir et de crainte, connaissant les trésors de bonté que renfermait le cœur de Mme Caoudal, mais au fait aussi de ses préjugés ; heureux au delà de toute expression de la saute soudaine qui changeait la face des choses ; appréhendant néanmoins que quelque accroc, quelque malentendu vînt tout gâter.

Il n'avait pas compté en vain sur l'âme généreuse de sa mère. Elle aussi avait fixé un œil de sympathie sur la jeune Grecque, et, sous l'imposante perfection de sa beauté, elle avait vu l'âme d'enfant solitaire qui demandait un appui, qui avait soif de tendresse.

Elle lui tendit les bras.

« Mon enfant, dit-elle, venez m'embrasser. »

Étouffant un cri, la jeune fille courut à elle, et, tombant à genoux, elle voulait prendre sa main, la baiser ; mais Mme Caoudal, la relevant, la pressa tendrement dans ses bras, et toutes deux mêlèrent des larmes dont elles n'auraient pu dire la source mystérieuse.

Hélène et Patrice échangèrent avec René un rapide regard d'attendrissement. Du coup, tous deux étaient devenus complices; quelque chose leur disait d'ailleurs confusément qu'un des nœuds de leur propre destinée venait d'être tranché.

Mais, à la suite de ces mouvements d'émotion intense, une sorte d'embarras était tombé sur les esprits. Le docteur Patrice vint à propos offrir une diversion en demandant qu'on le présentât à Mlle Atlantis, et qu'elle voulût bien le conduire sans tarder auprès de son malade.

En vain, Atlantis, désireuse de remplir les devoirs de l'hospitalité, voulait qu'il s'accordât d'abord un peu de repos. Il déclara qu'il était venu expressément pour voir le seigneur Chariclès et le traiter de son mieux, non pour prendre ses aises. Comme, au fond, la jeune fille ne demandait pas autre chose, elle se mit en devoir de le précéder auprès du lit de son père, après avoir chargé Kermadec d'installer ces dames dans une petite salle de repos et de leur servir une collation. D'un signe Mme Caoudal avait autorisé son fils à suivre le docteur, et, avec un regard de reconnaissance, René s'était empressé de lui obéir.

« Tu comprends, expliqua Mme Caoudal, qui

déjà trouvait qu'elle avait été bien vite en besogne, tandis qu'elle s'installait en compagnie d'Hélène sur les coussins d'un large divan. Tu comprends, ma fille, que, s'il ne convient pas que nous nous introduisions chez le malade avant que le docteur l'ait permis, d'autre part, les convenances exigent que René...

— Oh! tante Alice, les convenances! s'écria Hélène avec un léger rire. Il me semble que nous les avons traitées assez cavalièrement en nous présentant dans cette demeure où personne ne nous invitait.

— Ah! mon Dieu, c'est très vrai! s'écria Mme Caoudal, consternée de la découverte. Mais, dis-moi, Hélène, crois-tu que Mlle Atlantis considère notre venue comme impertinente?

— Elle? dit Hélène vivement, ce front divin loger une pensée mesquine?... Ah! ne voyez-vous pas qu'elle n'a qu'une envie, la chère créature, c'est de nous offrir tout son palais avec tout son cœur!... Ma tante, qu'elle est adorable et que je l'aime!...

— Hélène! tu vas trop vite! dit Mme Caoudal avec une raideur voulue.

— Bah! vous l'aimez déjà, tante Alice. Nous l'aimons tous. On ne peut faire autrement, n'est-ce pas, Kermadec? ajouta-t-elle en s'adressant au brave garçon comme il poussait devant elles une table chargée de fruits qui paraissaient cueillis dans le jardin des fées.

— Bien sûr, mademoiselle Hélène, répondit Kermadec se figeant soudain dans l'attitude réglementaire d'un gabier parlant à ses supérieurs.

— Avoue, Kermadec, qu'elle m'a supplantée dans tes affections?

— Pour ça, non, mademoiselle; sauf votre permission, personne ne passera jamais avant la mère et la sœur de mon officier. Mais à part ça, il n'y a pas à dire, la demoiselle de la mer est bien ce qu'il faut.

— Hélène! dit Mme Caoudal aussitôt que Kermadec se fut retiré, à quoi songes-tu de parler si familièrement à ce matelot?

— Ah! tante Alice! Kermadec n'est pas un matelot, c'est un ami. Et puis, je suis si heureuse!... On est bien ici!... Voyez comme tout est splendide et brillant, et paisible autour de nous. C'est le royaume de beauté, c'est l'Arcadie, c'est le pays idéal! Il n'y a ici rien de laid ou de méchant; plus de rang social, plus de maîtres ou de valets. Nous sommes des naufragés sur un roc isolé; tous les mensonges philistins ont disparu, et la seule supériorité désormais entre nous sera celle de la bonté.

— Que veux-tu dire, ma fille? demanda Mme Caoudal inquiète et émue.

— Ah! vous le savez bien, tante chérie, mais je parlerai sans réserve! Plus heureuse qu'Atlantis; j'ai une mère, moi, et une vraie. Jamais je n'ai dû garder sur le cœur un secret, un poids quelconque; quelque futiles que fussent mes joies ou mes chagrins, je pouvais hardiment vous les dire : pour vous, ils étaient toujours intéressants... Je n'avais jamais senti comme tout à l'heure ce que je vous dois. C'est en voyant le regard de déshéritée qu'attachait sur vous cette royale fille que je l'ai compris. La pauvre enfant! avec toute sa pompe et sa beauté, elle est plus indigente que le dernier des petits bohémiens, battu et rudoyé du matin jusqu'au soir, mais du moins embrassé et chéri par sa mère. Ne vous semble-t-il pas que nous, si comblés d'affections, nous avons une dette à lui payer; que c'est à nous de la réconforter, de la consoler, de l'aimer, de lui rendre la part de bonheur à laquelle elle a tant de droits et qui lui a été injustement refusée?

— Peux-tu douter, mon enfant, dit Mme Caoudal attendrie, mais secrètement embarrassée, peux-tu craindre un instant que je ne sois prête à seconder ton élan généreux. Tout cela est bien surprenant, bien étrange, bien précipité; mais enfin, tu l'as vu, j'ai embrassé cette jeune fille...

— Oui, oui, vous avez été comme toujours exquise de tendresse spontanée. Mais ne vois-je pas

bien que ce que vous estimez votre meilleur jugement vous reproche déjà ce mouvement béni?
Allez, écoutez votre cher cœur; lui seul a raison.
N'attendez pas qu'on vous supplie, qu'on vous
arrache un consentement ; mettez vous-même
dans la main de René la main de cette fiancée...

— Hélène, mon enfant! que me dis-tu? s'écria
Mᵐᵉ Caoudal bouleversée. Sais-tu bien que ce
serait détruire mon espoir le plus cher? Et c'est
toi, toi, ma fille choisie... »

Des larmes s'échappèrent de ses yeux.

« Votre fille, je la suis, dit Hélène en l'entourant de ses bras, je ne saurais l'être davantage,
eussiez-vous cent Renés à me faire épouser. Mais,
renoncez, bonne tante, à un projet qui ne ferait
le bonheur de personne. Disons les choses comme
elles sont : René ne veut pas de moi, et, pardonnez mon impertinence, je ne veux pas de lui!
Voilà déjà, avouez-le, un pauvre commencement.
Ajoutez à cela que tous deux nous avons... Je
veux dire que René a fixé ailleurs son choix,
irrévocablement... Voudriez-vous, pour un projet
chimérique, faire son malheur?

— Son malheur! Dieu m'en garde!... Mon fils
chéri!... Tout ce que je souhaite, c'est de le voir
heureux.

— Donnez-lui donc le consentement qu'il
souhaite, ou plutôt, non, pas de consentement ;

courez au-devant de lui, dites-lui qu'Atlantis est
votre fille...

— Atlantis ma bru !... Une néréide, une ondine,
une sirène, une femme habillée comme la Polym-
nie... gémit la pauvre Mme Caoudal.

— Je lui prêterai une de mes robes, répliqua
tranquillement Hélène.

— Que diront nos amis, que pensera notre entourage ?

— Que jamais fille plus belle, plus noble,
plus intéressante, n'entra chez les Caoudal ; que
vous avez trouvé ici une bru digne de vous.
Qu'est-ce qui vous arrête, en somme ? C'est
qu'Atlantis est étrangère, je ne veux pas dire
étrange, le mot siérait mal à ce pur et paisible
visage. Mais qu'elle soit noble de cœur et de traditions, vous n'en doutez pas plus que moi. Et
ne pensez-vous pas, chère tante, que si son père,
à elle, a accepté René pour fils, il a dû faire
contre son inclination un effort autrement violent
que celui qui vous est demandé et, tout me
dit qu'il l'a fait. Ne vous laissez pas dépasser
en générosité, tante Alice, allez à eux, ils en sont
dignes ; et René vous en saura gré !... »

Hélène poursuivait son plaidoyer, le visage
animé d'une généreuse ardeur ; elle ne s'était pas
aperçue qu'au détour de l'allée, le docteur Patrice
venait de paraître et s'était arrêté pour l'admirer.

« Eh bien, Étienne, quelles nouvelles? dit Mme Caoudal qui le découvrit la première.

— Rien de décisif jusqu'ici, mais je ne suis pas sans espoir — relatif, s'entend, — car, de prolonger longtemps la vie du malade, il n'y a pas à y songer. J'ai fait déjà quelques applications d'électricité que je renouvellerai. Pour le moment, notre belle hôtesse exige que je vienne me rafraîchir et me reposer auprès de vous.

« La vérité, ajouta-t-il, tandis que les deux dames s'empressaient de lui faire place et de le servir, c'est que je n'ai besoin ni de repos ni de nourriture. Jamais je ne me suis senti si frais et si dispos. Quel lieu enchanté, quel séjour délicieux! C'est le propre jardin d'Armide.

— Le malade a-t-il repris ses sens? demanda Mme Caoudal.

— Pas encore, mais cela ne peut tarder.

— Pensez-vous qu'il ne serait pas indiscret de pénétrer dans sa chambre? J'aurais à cœur de me trouver là à son réveil, pour excuser notre venue et lui offrir nos civilités, dit la bonne dame de son ton de cérémonie, et aussi, ajouta-t-elle doucement, je voudrais assister cette pauvre enfant dans sa triste épreuve quoique nous n'ayons, hélas! d'autre consolation à lui offrir que notre sympathie.

— Soyez sûre qu'elle en sera reconnaissante,

s'écria Patrice plein de chaleur, et qu'elle ne pourrait être mieux placée. J'ai vu bien des lits de mort, mais jamais rien qui ressemble à cela. Songez que la couche étroite où expire ce vieillard contient tout l'univers pour cette jeune fille, tout ce qu'elle a connu jusqu'ici. Son attitude est admirable. Que de dignité simple et contenue dans sa douleur, et pourtant quoi de plus navrant que l'abandon où elle va rester!...

— Allons auprès d'elle, dit M\ :sup:`me` Caoudal vivement. Puisque vous nous y autorisez, je me reprocherais de tarder un moment de plus. »

Ils se levèrent tous trois, et, quittant la salle de repos, le docteur les précéda vers l'appartement du malade.

Atlantis et René avaient repris la place si longtemps occupée par eux au chevet de Chariclès. Le vieillard, étendu sur le lit de pourpre, gardait son immobilité de statue, mais son aspect n'avait rien de pénible. Depuis quelques instants, une légère teinte de vie était venue animer le marbre délicat de ses traits ; il était si parfaitement beau ainsi, que les deux visiteuses s'arrêtèrent pénétrées de respect, comme au seuil d'un sanctuaire. Déjà René et Atlantis venaient à elles, les engageaient à s'asseoir ; mais Patrice, habitué par profession à lire dans les cœurs, et toujours ingénieux à faire le bien, comprit que la mère et le fils brûlaient d'avoir un entretien à fond ; que, d'autre part, nulle ne verserait le baume d'une main plus délicate dans le cœur d'Atlantis que sa chère Hélène.

« Avec votre permission, dit-il sans ambages, je désirerais qu'on me laissât pour une heure ou deux en tête à tête avec mon malade. Voici un petit salon (désignant une pièce voisine) où tu peux installer ta mère confortablement, mon cher Caoudal, et rester à portée de m'aider, si besoin est. Quant à vous, mesdemoiselles, je me permets, en ma qualité de docteur, de vous ordonner un tour de promenade. Je n'ai aucun besoin de vous pour le moment, mais votre concours pourra plus tard être nécessaire. Il est donc de votre devoir de prendre des forces, et un peu de distraction est ce qui conviendra le mieux. Je suis sûr que Mlle Atlantis se fera un plaisir de promener sa visiteuse à travers ces admirables jardins...

— Voulez-vous? dit Hélène montrant un sourire irrésistible.

— Ah! oui, je veux! » dit Atlantis, dont le regard d'une inexprimable douceur s'arrêta sur les yeux bruns d'Hélène.

Les deux jeunes filles s'éloignèrent. Pendant quelques minutes, elles ne se dirent rien, occupées qu'elles étaient chacune de leurs pensées.

Au détour d'une allée, Atlanti. parla la première :

« Hélène, dit-elle, je voudrais vous dire ce que j'éprouve, et je ne sais pas l'exprimer... Comment, vous ayant connue, René peut-il m'avoir choisie?

— Je suis la sœur de René, dit Hélène simplement, la vôtre par conséquent.

— Ma sœur!... Vous voulez être ma sœur! Oh! c'est trop de joie en un seul jour!

— Chère Atlantis, dit Hélène l'entourant de son bras, ne voyez-vous pas que c'est moi qui suis favorisée? »

Engagée sur ce ton, la causerie continua. Bien des confidences furent échangées, et lorsque, au bout de deux heures, René vint inviter les deux jeunes filles, de la part du docteur, à revenir auprès du malade, elles étaient amies à jamais.

Patrice les convoquait pour assister au réveil imminent de Chariclès.

Assemblés autour du lit, ils attendaient tous en silence le changement qui s'annonçait depuis quelques minutes par des signes précurseurs. Soudain un phénomène inouï se manifesta.

Le timbre d'appel de la porte d'eau venait de se faire entendre... Deux fois de suite la sonnerie fut réitérée...

Qui pouvait venir frapper à ces profondeurs?

CHAPITRE XIX

SECOND CARILLON

« Faut-il aller ouvrir, mon officier? dit enfin Kermadec.

— Ouvrir... ouvrir... Tu en parles bien à ton aise!... Qui diable peut nous arriver ici?... Ces gens mériteraient qu'on les laissât se morfondre jusqu'au jugement dernier, pour leur apprendre à venir déranger de la sorte un malade... «

Un troisième carillon, pressant, énergique, lui coupa la parole.

« Les gaillards semblent impatients, fit observer Patrice en souriant. Qu'en dit notre charmante hôtesse? Faut-il tolérer que ces intrus supplémentaires envahissent sa demeure?

— Notre solitude est terminée pour toujours, répondit Atlantis avec une dignité douce. Chariclès, j'en suis sûre, permettrait à ces nouveaux venus de pénétrer chez lui. Tenant sa place, je prends sur moi d'en donner l'autorisation. Va, jeune et agile serviteur, poursuivit-elle en s'adressant à Kermadec, va saluer de la part de Chariclès les voyageurs égarés; offre-leur l'eau lustrale, le pain et le sel, et conduis-les en ces lieux, lorsque tu les auras débarrassés de la poussière du voyage...

— La poussière, c'est une façon de parler, pensa Kermadec en se mettant en devoir d'obéir; m'est avis qu'ils doivent plutôt être couverts de coquillages et de varech; mais enfin, allons voir... »

Il sortit, gardant son dandinement faraud de matelot, et quelques minutes s'écoulèrent. Puis on entendit retentir des exclamations de surprise, et soudain Kermadec rouvrit la porte toute grande, et, s'effaçant sur le seuil, annonça à haute voix, la figure épanouie dans un large sourire :

« Son Altesse M. le prince de Monte-Christo, et M. le capitaine Sacripanti, qui désirent présenter leurs devoirs à ces dames et à ces messieurs!... »

René et Patrice eurent un vif mouvement de contrariété. Un froncement de sourcils assombrit le front de Mme Caoudal, qui ramena son châle sur ses épaules, comme pour mettre une barrière entre elle et ces fâcheux. Hélène ne put retenir un sourire malin. Quant à la fille de Chariclès, elle attendit placidement l'entrée des deux visiteurs.

Ils ne se firent pas attendre. Le prince, portant beau à sa coutume, le nez au vent, l'oreille rouge, le chapeau sous le bras, s'avança en vainqueur et salua les dames. Derrière lui Sacripanti, plus pommadé, mieux pourvu que jamais de chaînes de montre, de bagues et d'épingles de cravate, esquissait des révérences qui visaient à être obséquieuses et qui n'étaient que grotesques.

« M. le capitaine Sacripanti a bien voulu m'accompagner en qualité d'interprète, dit le prince, d'un geste majestueux. Toutes les langues anciennes et modernes lui étant également familières, j'ai pensé que ses services me seraient inappréciables pour communiquer mes idées à l'intéressante famille qui a fixé ici sa résidence... Et, à propos, mon cher Caoudal, contentez, de grâce, l'envie qui me dévore, présentez-moi à ce noble vieillard et à son... adorable fille, — car je présume que mademoiselle est bien la fille de monsieur?...

— En effet, dit René d'assez méchante humeur; mais veuillez remarquer que notre hôte, Chariclès, n'est en état, pour le moment, d'accueillir aucune présentation. Expliquez-nous plutôt d'où vous sortez, et comment vous voici

16

en ces lieux; car, sur ma parole, je n'y comprends rien!...

— C'est comme qui dirait un endroit qui devient un peu banal, dit sans façon Kermadec, usant de son franc parler.

— Hein?... quoi?... banal?... fit le prince en s'installant à l'aise dans une chaise d'ivoire qui craqua sous son poids; sache, mon brave, que n'importe quel lieu où se trouve le prince de Monte-Cristo ne saurait être qualifié de banal!... Mais pour répondre à votre question, mon bon Caoudal, je le ferai à la mode irlandaise, par une autre question : N'avais-je pas vu mademoiselle?... Mes faibles yeux n'avaient-ils pas entrevu ce miracle de grâce et de beauté, lors de notre mémorable descente dans le scaphandre de la *Cinderella?*

— Sans doute! dit René impatienté.

— Eh bien!... ai-je besoin de donner une autre explication?... Pour qui connaît Monte-Cristo, la chose ne va-t-elle point toute seule?... Voir cette merveilleuse beauté et être décidé à la revoir ne pouvait faire qu'un pour moi!... »

Et il promena autour de lui un regard empreint de la plus vive satisfaction.

« Te voilà supplantée, ma pauvre Hélène, dit à demi-voix Mme Caoudal, et, certes, tu ne t'en plaindras pas, je crois!...

— Cela ne nous explique toujours pas comment vous êtes descendu ici, reprit René très froid.

— Ah!... ah!... mon cher Caoudal!... avec votre habituelle justesse d'esprit vous mettez le doigt sur la plaie... Le scaphandre étant — vous le savez mieux que personne — absolument hors de service, j'ai pensé d'abord à en fabriquer un autre pour redescendre ici seul, puisque vous m'aviez inopinément quitté... Et puis, ma foi, je me suis dit que le plus simple serait encore de m'informer de vos mouvements et de me modeler sur vous... Mon honorable ami, le capitaine Sacripanti, a bien voulu, en raison de certaines compensations pécuniaires, se charger de ce soin...

— Vous m'avez espionné, en d'autres termes!... dit vivement René.

— Oh!... espionner est un mot trop fort, mon cher ami!.. Vous ne vous cachiez pas, que je sache... Sacripanti ayant appris que vous faisiez construire un bateau sous-marin, visible au public, je n'ai pas eu de peine à présumer le but que vous vous proposiez... Et comme mes coffres princiers ne sont pas encore à sec, j'ai tout bonnement commandé un bateau semblable au vôtre, chez vos constructeurs mêmes, le mien a été terminé peu de jours après la *Titania*. J'ai

pris la mer en compagnie de mon excellent ami...
et me voici!... Je ne m'attendais guère, ajouta
galamment le prince, à trouver en ce royaume
sous-marin si nombreuse et si charmante compagnie...

— Pas plus, certes, qu'on ne s'attendait à vous
y voir, dit brusquement René. Mais, Patrice, je
ne me trompe pas!... notre vénérable hôte paraît
donner quelques signes d'animation !... Ne serait-
il pas à propos de recommencer nos tentatives?...

— Pour lesquelles je me mets, est-il besoin
de le dire, à votre entière disposition, appuya
Monte-Cristo d'un air noble. Les lois de l'hospitalité sont sacrées; je ne croirai pas déroger
en prodiguant mes soins à ce vieillard vénérable,
d'ailleurs — si j'en juge d'après les apparences
— parfaitement bien né... »

René se détourna d'un mouvement d'impatience, et le docteur et lui, secondés par Kermadec, reprirent les applications d'électricité que
la venue du prince avait interrompues. Pendant
qu'ils prodiguaient leurs efforts auprès du vieillard, Monte-Cristo et tante Alice, oubliant les
escarmouches qui avaient jadis signalé leurs relations, redevinrent pour le moment les meilleurs amis du monde.

Hélène et Atlantis causaient à l'écart, s'amusant
des erreurs que commettait la jeune Grecque

dans la langue française, si sommairement enseignée par René au cours des longues causeries qu'ils avaient eues au chevet du malade.

Seul, Sacripanti restait inoccupé ; mais, sans paraître se soucier de l'abandon où chacun le laissait, il allait et venait à travers la vaste salle, furetant, regardant dans tous les coins, et semblait trouver fort à son goût les merveilles qu'il y découvrait.

Enfin, au bout d'une heure environ d'applications électriques, Chariclès, toujours étendu sur sa couche de pourpre, poussa un profond soupir ; il ouvrit les yeux, ses bras s'agitèrent, il fit un mouvement pour se soulever. René le soutint par les épaules ; le vieillard promena autour de lui un long regard.

A l'aspect de tous ces visages inconnus, il parut frappé d'une profonde stupeur :

« Où suis-je ! murmura-t-il. Serais-je déjà au pays des ombres ?... Quels sont ces étrangers auprès de ma couche... ou rêvé-je encore ?...

— Je suis là, mon cher hôte, dit René en lui pressant affectueusement la main.

— Atlantis !... » ajouta-t-il en élevant la voix.

Atlantis accourut, légère comme une ombre, au chevet de son père, et, lui entourant le cou de ses bras charmants, elle le couvrit de baisers et de larmes joyeuses.

16.

Le vieillard la pressait faiblement sur son cœur.

« Chère, chère enfant, poursuivait-il, je te revois, chère Atlantis!... Mais, dis-moi, qui sont ces étrangers?... d'où sortent-ils?.. Existent-ils en réalité, ou ne sont-ils que des fantômes créés par mon cerveau malade?... Quand je m'endormis, je te laissai seule auprès de ma couche avec notre jeune ami, et maintenant je crois vous voir si nombreux... Quelle est cette noble femme, au front majestueux adouci par ses cheveux blancs? Elle ressemble à la mère d'Hector, et ses vêtements noirs font ressortir la blancheur de son visage... Quelle est cette nymphe charmante, qu'on croirait ta sœur, enfant, et qui me rappelle l'image que nous a laissée Homère de la douce Briséis?...

— Elle porte un nom qui ne te paraîtra pas étrange, père; elle se nomme Hélène, dit Atlantis en souriant. Elle est sœur de René.

— Une Hélène innocente et pure, dit le vieillard avec bonté. Approche, jeune fille; laisse mon regard affaibli contempler la jeunesse et la beauté rayonnante sur ton front!... Sans doute cet homme au visage grave, au regard fier, sera bientôt ton époux? Le ciel bénisse votre union! Il paraît le frère de René... »

Cette question inattendue fit monter le rouge

à la joue d'Hélène et à celle du docteur, mais, sans y entendre malice, Chariclès reprit :

« ... Et cet homme d'âge déjà mûr, à l'air infatué, est-il aussi de votre race?... Ton père peut-être, ô René?... »

Et le vieillard déguisait mal l'impression peu favorable que lui produisait Monte-Cristo.

Celui-ci attendait depuis trop longtemps l'occasion de se produire. Il comprit ce que demandait Chariclès à la direction de son regard :

« En effet, Caoudal, vous tardez bien à me présenter, dit-il d'un ton de reproche. Expliquez, je vous prie, à ce vénérable prince qu'il peut traiter avec moi d'égal à égal... que ma race, sans me flatter, peut rivaliser d'antiquité avec la sienne et... qu'enfin... Monte-Cristo est d'assez bonne maison!... »

Il se rengorgea d'un geste de fierté. René, en peu de mots, mit Chariclès au courant de tout ce qui s'était passé pendant son long sommeil. Le vieillard, ranimé par quelques gouttes d'un vin généreux que le docteur lui fit boire, écouta avec le plus vif intérêt tous ces détails; il crut se rappeler vaguement, et comme à travers un songe, le bruit assourdi du timbre à la porte d'eau. Il remercia Patrice d'un ton de noble simplicité de la peine qu'il s'était donnée pour lui, adressa à Mme Caoudal, sur le courage dont elle

avait fait preuve en descendant avec sa fille, des
éloges qui l'auraient rendue toute confuse, s
elle y avait compris un traître mot. Avec le sens
du beau dont un Grec ne pouvait manquer, i
n'eut garde d'oublier les louanges à la beauté
maternelle et douce de la pauvre dame ; il reconnut avec plaisir Kermadec, dont la figure ouverte
et la leste tournure avaient toujours eu son approbation. Seuls, Monte-Cristo et son acolyte
semblèrent lui déplaire, et, s'étant inquiété de
savoir si on n'avait négligé envers eux aucun rite
hospitalier, il ne s'occupa plus de leurs encom-
brantes personnes.

Mais un tel état de choses ne faisait pas
l'affaire du bouillant Monte-Cristo. Après une
conférence agitée avec le capitaine Sacripanti,
dans un coin de la salle, ils reparurent tous deux
près de la couche du malade, Monte-Cristo
doucement ému, Sacripanti de plus en plus pareil à un valet de place maltais.

« Prince Chariclès, bredouilla le Levantin en
mauvais grec, je viens, au nom du prince de
Monte-Cristo, dont on vous a appris la généalo-
gie, vous adresser une requête.

— Parle ! dit Chariclès en fronçant involontairement le sourcil.

— Le prince de Monte-Cristo est resté céli-
bataire, ce qui ne pourra manquer de vous

surprendre, étant donnés son âge et la place qu'il occupe dans le monde, commença pompeusement Sacripanti, pendant que Mᵐᵉ Caoudal se faisait expliquer à mesure ses paroles par René.

«... Pourquoi, continua l'interprète, mon noble ami est-il arrivé à ce milieu du chemin de la vie dont parle le poète, — que dis-je ?... pourquoi l'a-t-il même dépassé déjà?... pourquoi sa race antique a-t-elle risqué jusqu'à ce jour de s'éteindre, faute de rejetons, alors que le premier soin d'un homme de famille illustre semblait devoir être d'assurer la continuité de sa maison... Pourquoi, en un mot, le noble Monte-Cristo n'est-il pas encore marié?...

—Ce n'est toujours pas faute d'avoir demandé la main de chaque jeune fille qu'il rencontrait, nous en savons quelque chose, » murmura à part soi Mᵐᵉ Caoudal énervée.

Sacripanti, ayant posé son problème, s'arrêta un instant et roulant autour de lui des yeux en boules de loto. Chariclès attendait d'un air de résignation courtoise la suite du discours, tandis que le prince hochait la tête en signe de complaisance.

« La raison, je vais vous la dire! cria soudain Sacripanti. C'est que l'illustre prince, le grand seigneur, le très noble et très puissant souverain de l'île de Monte-Cristo n'avait jamais, jusqu'à ce

jour, trouvé chaussure à son pied... je veux dire
une fille d'assez bonne maison pour s'allier à la
sienne!

— Oh! oh!... fit Mme Caoudal, pendant qu'Hélène la tirait doucement par la manche pour la
supplier de se taire.

— Cette fille, il l'a trouvée!... reprit Sacripanti en désignant d'un geste théâtral Atlantis
qui l'écoutait, gracieusement appuyée à l'épaule
d'Hélène, dans une attitude inconsciente qui rappelait celle des cariatides de l'Érechtéion. La
voici, noble prince! Elle est ta fille, et seule
digne, par sa naissance, de devenir la mère des
fils de Monte-Cristo!... J'ai l'honneur, moi indigne, de te demander sa main pour lui!... »

Et Sacripanti balaya le sol de sa casquette,
dans un salut mirifique, tandis que Monte-Cristo,
rouge comme une tomate et les yeux hors de
la tête, s'avançait déjà vers Atlantis étonnée,
pour appliquer sur son front le baiser des fian-
çailles.

« Arrête!... cria Chariclès, devinant son intention. Calme tes transports, comte Monte-Cristo!...
Certes, ma fille est honorée de ta recherche, et
tous deux nous t'en remercions; mais son jeune
cœur s'est déjà donné. Déjà, moi, son père, j'ai
mis sa main dans celle de ce jeune homme, qui,
premier des humains, descendit à cette demeure

et vint y chercher ma fille. Elle ne peut devenir
ta femme, car elle a promis d'être celle de René!

— Ah! ah!... fit à demi-voix Mme Caoudal,
emportée par le désir de remettre l'infortuné
Monte-Cristo à sa place, voilà qui va vous gêner
un peu, mon pauvre monsieur!... A-t-on jamais
vu!... Une jeune fille qu'il vient de voir pour la
première fois il y a vingt minutes!... et quand,
il n'y a pas un mois, il était tout feu, tout flamme
pour... des personnes qui ne sont pas bien loin
d'ici... Je vous demande un peu si cela a le sens
commun!...

— Ma fille et son jeune ami ont obtenu mon
consentement à leur union, continua Chariclès.
Il ne leur reste plus maintenant qu'à solliciter
celui de cette mère admirable qui ne craignit pas,
pour revoir son fils, de braver les terreurs de
l'abîme. Pouvons-nous douter qu'elle l'accorde?...
Que reprocherait-on à mon Atlantis? N'a-t-elle
pas reçu des dieux en abondance les dons les
plus divins?... jeunesse, beauté, innocence, la
lumière la plus pure de l'esprit, la douceur la plus
parfaite du cœur... O Atlantis, enfant bien-aimée,
tu fus le modèle des filles... Ton vieux père
mourra sans regret, puisqu'il te confiera à cette
nouvelle famille, si digne de te recevoir... Appro-
chez, noble femme! que nos mains à tous deux se
joignent à celles de nos enfants. Chariclès, vous

donnant sa fille, fermera en paix ses yeux pour
l'éternel sommeil!... »

Il prit avec majesté la main de sa fille. René,
Hélène, Patrice entouraient Mme Caoudal d'un
air suppliant. Atlantis, un peu effarouchée, fixait
sur elle un regard irrésistible; un dernier coup
d'œil sur le visage gonflé de dépit de Monte-
Cristo acheva de vaincre tante Alice. D'un geste
de tête résolu, elle s'avança jusqu'auprès de
Chariclès, et, saisissant la main de René, elle la
joignit à celle d'Atlantis.

Après quoi elle fondit en larmes; mais Atlantis lui jeta les bras au cou et l'embrassa d'une
façon si filiale, si respectueuse et si naïve que
ses dernières résistances s'évanouirent.

« Allons!... dit la pauvre mère en lui rendant
ses baisers, puisqu'il le faut, renonçons à mon
rêve!... C'est absurde, on n'a jamais vu un mariage pareil; mais il n'y a pas à dire, elle est
charmante!... Et quand nous lui aurons mis une
de tes robes, Hélène (vous êtes à peu près de la
même taille), on ne trouvera pas une jeune fille à
Lorient qui lui aille à la cheville, comme on dit...
Ce brave homme de père m'a tout l'air d'avoir
raison; au fond, ce doit être la meilleure petite
fille du monde, et, une fois qu'il l'aura tirée d'ici,
instruite et civilisée...

— Civilisée!... interrompit René indigné.

Mais, ma mère, regardez-la!... c'est une déesse...
une princesse d'Homère!... Civilisée!...

— Enfin, je m'entends, dit Mᵐᵉ Caoudal un
peu piquée. Je te l'accorde, moi, ton Atlantis, tu
n'as rien à me reprocher... Accorde-moi à ton
tour qu'elle a des façons un peu bien étranges,
et qu'elle ferait un singulier effet à la préfecture
maritime... »

René allait répondre avec trop de vivacité, mais
Patrice vint mettre les belligérants d'accord par
quelques paroles raisonnables, et, Mᵐᵉ Caoudal
ayant entrepris, sur son conseil, d'examiner les
progrès d'Atlantis en français, elles s'installèrent
à côté l'une de l'autre sur une pile de coussins.

La docilité aussi bien que l'intelligence de son
élève ne tardèrent pas à ravir d'aise Mᵐᵉ Caoudal
et à lui suggérer l'espérance de rendre en peu de
temps sa future belle-fille tout à fait « présen-
table ».

Monte-Cristo, grandement offusqué de son
échec, s'était retiré à l'écart. Quant à Sacripanti,
il avait disparu depuis quelques instants, ainsi
que Kermadec, lorsque la porte s'ouvrit en coup
de vent, et l'interprète, éhevelé, hagard, parut
sur le seuil.

« Grand Dieu!... le feu est à la maison!... s'écria
Mᵐᵉ Caoudal en sautant sur ses pieds, oubliant le
lieu où elle se trouvait.

17

— Qu'y a-t-il?... Que se passe-t-il?... » cria-t-on de toutes parts.

Pendant quelques instants, le capitaine Sacripanti resta hors d'état de parler. Roulant des yeux terrifiés, portant tantôt la main à sa tête et ayant l'air de s'arracher les cheveux, tantôt désignant du doigt la direction d'où il venait, il présentait une image, grotesque autant qu'alarmante, de la plus abjecte terreur.

« Mais, enfin, qu'est-ce qu'il y a?... cria René en courant à lui et en le secouant d'importance. Il est devenu fou, je crois!... Parlez donc, imbécile!...

— Là!... là!... fit enfin le capitaine d'une voix étranglée. La porte... *il* est ouverte!...

— Quelle porte?...

— On ne pourra *plous* la refermer!... Nous sommes prisonniers!... *Ahimé!* continua le capitaine, *misero di mè!*... que j'ai *vécou* pour voir ce jour!... qu'on m'a *rovinée* ma carrière [1]!...

— Prisonniers parce qu'une porte est ouverte?... voilà qui paraît bien singulier!... dit Mᵐᵉ Caoudal étonnée.

— Que diable nous chante-t-il là? s'écria Patrice. Prince, votre capitaine semble avoir complètement perdu la tramontane. Comprenez-vous un mot à ce qu'il dit?...

1. Le capitaine Sacripanti traduit librement le verbe italien *rovinare*, ruiner.

— Ma foi, pas grand'chose, dit le prince assez inquiet ; mais à coup sûr il paraît hors de lui !... »

Enfin, à force de questions, on parvint à démêler la cause de l'effroi du Levantin. En furetant de côté et d'autre il était allé se promener vers la porte d'eau ; là il avait rencontré Kermadec, pestant et jurant de son mieux. Le brave garçon avait bien quelque raison de manifester sa colère ! En quittant leur bateau, le prince et Sacripanti l'avaient laissé côte à côte avec celui de René, qui était placé tout juste en dedans de l'entrée, dans la chambre inférieure. Par une fâcheuse malchance, le lourd bateau d'acier s'était couché sur le flanc le long du premier, de manière à poser sur la porte, si bien qu'au moment où elle s'était ouverte, il avait barré le passage. Impossible, étant donné le poids de la machine, de le déplacer, de refermer la porte ; impossible partant de remplir d'eau la chambre, et, par conséquent, de remettre les bateaux à flot !...

Ainsi que l'avait fort bien dit Sacripanti, cette porte ouverte menaçait de les retenir prisonniers jusqu'à la consommation des siècles !...

On juge de la terreur générale quand tout le monde eut compris la situation. Chacun, sauf Chariclès et sa fille, qui considéraient non sans quelque surprise, cette violente agitation, se précipita vers le petit havre pour juger de l'état des choses.

Rien n'était plus vrai que la nouvelle, et, à moins d'un miracle qui vînt dégager la porte, on ne pouvait imaginer par quel moyen on sortirait de cette impasse!... Une stupeur les immobilisa tous au premier abord ; mais bientôt chacun revint à son naturel. Tandis que le prince s'abandonnait à un désespoir quasi aussi bruyant que celui de son capitaine, et qu'ils échangeaient d'amers reproches sur la stupidité dont ils avaient fait preuve en laissant leur bateau en si gênante posture, Mᵐᵉ Caoudal avait pris sa nièce dans ses bras comme pour la protéger de toute sa faible force. Hélène s'efforçait de cacher la crainte qui lui glaçait le cœur, et Patrice, René et Kermadec, sans se laisser abattre, discutaient déjà avec ardeur des moyens à mettre en œuvre pour renflouer le malencontreux bateau...

CHAPITRE XX

Les gémissements lamentables de Sacripanti avaient fini par éveiller la curiosité d'Atlantis. Elle parut. En peu de mots on la mit au courant du désastre.

Bien loin de partager l'agitation générale, la fille de Chariclès accepta l'événement sans perdre de sa sérénité.

« Qu'importe, après tout? dit-elle. Puisque René maintenant a tous les siens auprès de lui, que peut-il craindre ou désirer davantage? Ne sommes-nous point parfaitement heureux et tranquilles en ce séjour? N'y sommes-nous pas ensemble?... Quant à moi, j'y consens, restons-y toujours... Nous continuerons l'histoire des Atlantides, voilà tout... Chariclès vous enseignera les secrets de son art pour cultiver le sol et vivre à l'aise sous mille mètres d'eau. Phébus, m'a-t-on dit, a fait dix-sept fois le tour de la terre depuis que je suis au monde. Pendant presque tout ce long espace de temps j'ai vécu indifférente aux choses du dehors... à vrai dire, la curiosité a fini par s'éveiller en moi, un ardent désir de connaître mes semblables est venu troubler ma tranquillité... Mais maintenant ce désir est satisfait! Je vous vois, je vous chéris déjà comme étant de ma famille. Vivons ici, puisque le sort nous y condamne... et croyez-en mon expérience, on n'y est pas malheureux!...

— Bonté divine!... s'écria Mme Caoudal quand elle comprit le sens du discours de la jeune fille, cette enfant a perdu l'esprit; me voyez-vous changée en sirène et terminant mes jours dans ce gouffre!... Voyez-vous Hélène condamnée à cette geôle!... Non, non, il faut en sortir, fût-ce à la nage... Pour mon compte, je ne pardonnerai jamais à ce malheureux prince d'être venu nous mettre — c'est bien le cas de le dire — des bâtons dans les roues, et nous empêcher de sortir du trou où nous avons eu la sottise de nous fourrer... Cette situation est horrible. Il y a de quoi en perdre la raison!...

— Chère tante, dit Hélène, désolée de l'état d'esprit où elle voyait sa mère adoptive, il y a une consolation dans notre malheur, comme le dit très justement Atlantis; c'est que nous sommes ensemble. Rappelez-vous votre désespoir quand nous ignorions le sort de René!... Quelle différence dans la situation présente! s'il fallait rester des années ici...

— Grand merci! s'écria vivement Mme Caoudal. Comme tu y vas!... Des années! si tu crois que j'en ai autant que cela à perdre!... Et c'est singulier; depuis que je nous sais prisonniers, il me semble que l'air me manque. Positivement on étouffe ici... Ne trouvez-vous pas?

— Simple illusion, je vous l'assure, chère madame, dit Patrice. L'air est des plus respirables. Il est même d'une pureté extraordinaire. A vrai dire, avec une pareille pression sur notre voûte, nous ne risquons guère de le voir se raréfier. Et les appareils à oxygène, que j'étudiais tout à l'heure, sont d'une merveilleuse perfection...

— Tenez, mon cher Patrice, interrompit tante Alice comme poussée à bout, ne venez pas me parler d'appareils à oxygène, ni de toute l'odieuse fantasmagorie où nous vivons... Car vous me faites bouillir... De l'oxygène! quand je pense au bon air pur qu'on respire tout simplement dans mon jardin!... Ah! mon pauvre jardin!... Et ma maison! elle doit être en bon état!... Je suis moralement certaine que Jeannette profite de mon absence pour laisser s'accumuler la poussière dans tous les coins... Hier, elle aurait dû, selon l'habitude, « faire à fond » le grand salon!... Ah! je suis bien sûre qu'elle n'y a pas même touché... ou qu'elle l'a fait pour la forme, sans seulement déplacer les meubles... Ces servantes sont toutes pareilles ; la meilleure ne vaut rien!

— Pourtant, Jeannette vaut son pesant d'or, je vous l'ai souvent entendu dire, tante Alice, reprit Hélène, heureuse de voir les soucis de la ménagère remplacer pour un instant l'effrayante réalité.

— Eh! sans doute! quand je suis là à la surveiller! Mais je te demande un peu ce qu'elle doit faire quand je la quitte pour courir la prétentaine à des cent mille mètres sous l'eau!... Heureusement on ne sait pas où je suis, car, ma parole, j'en aurais honte, s'il fallait l'avouer à aucune de mes connaissances! Pense un peu à ce que dirait Mme Duthil ou Mme Calvert!...

— Il est certain que cela leur ferait un drôle d'effet, s'écria Hélène dans un frais éclat de rire. Mme Calvert a pour principe bien arrêté: « A beau mentir qui vient de loin. » Je le lui ai entendu dire cent fois. Si nous lui contions nos aventures, elle aurait quelque raison de douter, il faut en convenir...

— Aussi nous n'aurons garde d'en souffler mot, si jamais nous avons le bonheur de sortir de ce puits... Mon Dieu, chaque minute qui s'écoule me paraît un siècle!... René, Étienne, quel est votre avis? En sortirons-nous, oui ou non? Dites-le-moi franchement, j'aime mieux savoir à quoi m'en tenir! »

René venait de reparaître suivi de Kermadec; tous deux, dès le premier moment étaient allés visiter la chambre à eau inférieure, restée vide et ouverte.

« Ma chère mère, dit René, je vous crois assez courageuse en effet, pour préférer la vérité à un mensonge rassurant. Eh bien, oui, on parviendra *peut-être* à sortir d'ici; tout dépend de la possibilité de redresser le bateau qui nous barre le passage. Vous ne vous rendez pas probablement compte, ni les uns ni les autres, du poids formidable de ce bateau d'acier, ainsi couché sur bâbord. Nous sommes cinq hommes vigoureux (si je dis cinq, c'est que nous ne pouvons pas compter sur Chariclès, qui est mourant); vous êtes trois femmes qui, à la rigueur, représentent la force d'un homme ordinaire. Eh bien, avec ces forces seules, il est matériellement impossible que nous arrivions à mouvoir l'obstacle d'un centimètre...

— Eh bien, alors? C'est fini, nous voilà enterrés vifs? interrompit vivement Mme Caoudal.

— Non, car s'il est impossible, avec l'unique force de nos bras, d'arriver à relever le bateau,

17.

nous ne pouvons manquer d'y parvenir grâce aux moyens mécaniques puissants qui sont à notre disposition dans cette merveilleuse installation sous-marine. Bien nous en prend d'être tombés chez des gens doués intellectuellement comme les Atlantes!...

— Fort bien! dit Mᵐᵉ Caoudal. Mettons-nous donc à l'œuvre sans retard... Et dans combien de temps sortirons-nous?... J'avoue que chaque minute me paraît un siècle...

— Hélas, chère maman, dit René attristé, armez-vous de courage... Quel chagrin j'ai de penser que c'est pour me chercher que vous êtes descendue dans ce tombeau!...

— Comment! dit Mᵐᵉ Caoudal en pâlissant, ce sera long?...

— Très long.

— Huit jours?... quinze jours?...

— Peut-être des mois, sinon des années, ma pauvre mère... Pensez donc à ce qu'il faudra de temps et d'efforts pour arriver soit à établir les machines nécessaires, soit à construire une nouvelle chambre à eau autour de celle-ci... Nous aurons tout à faire... Et l'espoir seul de réussir soutiendra nos labeurs...

— Des mois, sinon des années!... répétait Mᵐᵉ Caoudal atterrée... Allons, c'est dit, je ne reverrai jamais la France!... Je vous demande pardon à tous d'être si peu courageuse, mais j'avoue que cette perspective me glace le sang dans les veines... Des années!...

— Oh! tante Alice, courage! s'écria Hélène en la serrant entre ses bras. Peut-être réussiront-ils plus tôt... Et puis, enfin, nous sommes ensemble... Cela, rien ne saurait nous l'ôter...

— Rien, que la mort qui ne peut tarder au fond de cette tombe, murmura Mme Caoudal! Te rappelles-tu, Hélène, ajouta-t-elle les lèvres tremblantes, la terreur que j'ai toujours éprouvée à l'idée d'être enterrée vivante?... Oui, depuis ma première enfance, voilà mon cauchemar... je rêve cela, ou que je suis étouffée... Me voilà bien maintenant!...

— Je vous en supplie, ma mère, s'écria René désolé, ne vous abandonnez pas à ces idées lugubres, espérons!... Ne nous laissons pas abattre!... et travaillons avec ardeur! Là est tout le salut pour nous!... »

Mais, en vain René et Patrice s'efforcèrent de ranimer le courage de la pauvre Mme Caoudal; elle semblait plus que démoralisée, anéantie, et la résolution que témoignait Hélène n'avait aucune influence sur elle. Monte-Cristo était d'ailleurs dans un état aussi lamentable. Accablé, affalé sur son siège, les bras pendants, l'œil atone, il ne rappelait plus le fringant cavalier

qu'on avait connu jusque-là. Quant à Sacripanti,
accroupi contre le fatal bateau, il s'épuisait en
efforts impuissants pour le remettre sur sa quille
à coups d'épaule. Il semblait avoir complètement
perdu la tête.

Tout à coup Atlantis, dont les grands yeux
d'aigue-marine avaient suivi sur le visage de ses
compagnons les émotions les plus fugitives,
s'éloigna d'un pas léger et alla retrouver Chariclès. Elle reparut bientôt sur le seuil de la chambre à eau et, élevant sa voix claire :

« René !... Hélène !... dit-elle, accourez tous
rejoindre mon père... je lui ai dit votre douleur
et il vous appelle tous auprès de lui... »

Heureux de cette diversion, René s'empressa
de conduire sa mère devant la couche de Chariclès. Il lui fallut la soutenir, tant le désastre
avait abattu ses forces. Tous se réunirent au
pied du lit de pourpre, entourèrent le siège
qu'Atlantis y avait avancé pour Mᵐᵉ Caoudal.

Le vieux Chariclès, soulevé sur ses coussins
brodés, accueillit ses hôtes avec un franc sourire.
Le calme souverain de son front, le regard impo-
sant de ses yeux creux leur causèrent à tous une
vive impression.

« Vous voilà mieux, mon père, dit involontairement René. En vérité, on dirait que vous allez
revenir à la santé.

« — Ne t'y trompe pas, mon enfant, répondit Chariclès avec sérénité. Mes moments sont comptés; la lampe va s'éteindre, faute d'huile. Cette lueur de vie sera la dernière. Mais, avant de mourir, je veux vous confier un important secret. Atlantis, verse dans ma coupe le cordial des aïeux... J'ai beaucoup à parler, et mes forces pourraient me trahir. »

Atlantis s'élança pour obéir, et après avoir trempé ses lèvres dans la coupe, le vieillard reprit la parole.

« Mon secret, dit-il, j'avais toujours pensé à mourir en l'emportant dans la tombe, le confiant seulement à ma fille, qui, à son tour, plus tard, l'aurait confié à son fils, ainsi que cela s'est pratiqué dans la famille depuis des siècles. Mais, devant le désespoir de ces hôtes amenés ici par le hasard et qui vont me remplacer auprès de mon enfant orpheline, je n'hésite plus. Comme l'a pensé René, il faudrait des années pour remettre à flot le bateau sous-marin, en admettant qu'on y réussît jamais. Heureusement il est un autre moyen de sortir du domaine d'Amphitrite !

« Ce moyen, le voici :

« L'un de mes ancêtres, le sage Oulyssos, avait vécu tous ses jours au fond de l'Atlantide. Jamais il n'aurait souhaité jouir de la vie extérieure,

convaincu, d'après ses lectures, que le bonheur
n'existait pas sur la terre, et que les seuls Atlantides, séparés du monde, en détenaient la formule.
Mais, quand il atteignit ses vingt ans, son père
le maria à la belle Eucharis. Cette jeune fille
avait dès l'enfance été courbée sous le poids d'une
étrange mélancolie. Sujette à des accès de sommeil cataleptique, elle en sortait toujours comme
à regret, plus triste, et levant vers la voûte de
cristal de la prison commune un regard plus
chargé de nostalgie. Quand elle fut mariée à
Oulyssos, elle finit, pressée de questions, par lui
avouer le motif de sa tristesse. Elle se mourait
du désir de connaître la terre, de respirer l'air
pur, de recevoir les vivifiants rayons du soleil.
Dans ses crises de sommeil, elle se croyait trans-
portée là-haut. Elle vivait en simple mortelle,
courant dans les bois, jouant au soleil, cueillant
les fruits et les fleurs de la grande mère commune. Ces visions étaient les seuls instants de
bonheur qu'elle eût jamais goûtés depuis qu'elle
avait appris l'existence du monde extérieur. Chaque jour, disait-elle, les murs qui l'entouraient
pesaient plus lourdement sur ses épaules. Il lui
semblait être accablée sous le poids d'une cape
de plomb... Si Oulyssos ne voulait la voir mourir sous ses yeux, il fallait qu'il trouvât un moyen
de percer ces ténèbres glauques, de la conduire

vers le ciel, vers les étoiles, vers la lumière et vers la liberté!...

« On ne connaissait pas encore de moyens de monter à la surface. Vivement touché du désespoir de sa jeune femme, Oulyssos, ingénieur des plus habiles, entreprit de creuser un tunnel qui aboutît à une terre peu éloignée pour contenter son désir, et lui faire respirer l'air des vivants. Hélas! avant que la vingtième partie n'en fût construite, la triste Eucharis, dévorée de nostalgie, s'endormait pour jamais, sans avoir pu contempler un moment le ciel, objet de tous ses rêves!... Oulyssos la pleura amèrement. Mais, alors même que, obéissant à son père, il eut formé de nouveaux liens avec la charmante Lalagé, il garda le souvenir de la pauvre exilée. Ne voulant pas qu'une autre fille de sa race pérît comme elle de la douleur de n'avoir pas vu la terre, il continua son tunnel sous-marin; après des années de labeur, il conduisit à bien son entreprise. Le tunnel existe encore. Il mène, au bout d'un parcours de trente stades environ, à une des Açores, une petite île nommée Santa-Maria, m'a-t-on dit. Par cette voie, vous pourrez tous sortir d'ici quand vous voudrez... »

On peut imaginer la joie de Mᵐᵉ Caoudal, sans parler des autres, à l'énoncé de cette rassurante nouvelle. Chacun comprit, au poids énorme dont son cœur se trouva soudain soulagé, avec quel plaisir il avait accepté la perspective de rester un temps indéfini au fond de l'eau. Si l'on eût écouté Sacripanti, on serait parti sur l'heure, sans attendre un instant. Mme Caoudal elle-même, malgré son impatience, n'eût pas voulu abandonner le bon vieillard dans l'état où il se trouvait... Elle se contenta de demander, les yeux brillants de joie, qu'on lui indiquât l'entrée du bienheureux tunnel.

« Elle n'est pas bien éloignée, dit Chariclès toujours calme et souriant; c'est derrière la muraille de cette grotte même qu'elle se trouve, sous un massif de fleurs... Vous y entrerez, et vous n'aurez qu'à marcher droit devant vous, après avoir allumé l'étincelle électrique. Le sol est recouvert du sable le plus fin, les murs tapissés de pariétaires charmantes. Vous parcourrez sans fatigue les trente stades du chemin patiemment creusé par mon aïeul; au bout de la route, vous trouverez une porte de cristal, fermée d'une serrure d'or, et masquée par un rocher au fond d'une grotte... Cette grotte est sur le rivage même de Santa-Maria... Ma fille, ajouta Chariclès, donne-moi la cassette de santal qui est placée dans mon coffre : la clé y est enfermée.

Atlantis s'empressa d'ouvrir le grand coffre d'ivoire qui se trouvait au chevet du lit de Chari-

VIII

ELLE SE MOURAIT DU DÉSIR DE CONNAITRE LA TERRE (P. 290)

clés. Elle en sortit une cassette en bois de santal, du plus curieux travail, qu'elle apporta à son père. Le vieillard ouvrit la cassette, il en prit d'abord la clé, et, après avoir fermé les yeux un instant et murmuré quelques paroles qui semblaient une sorte d'invocation, il la remit à sa fille, à qui, dit-il, elle appartenait de droit, comme héritière directe d'Oulyssos. Atlantis la reçut avec respect et l'attacha incontinent à la chaîne d'or fin qui entourait son cou et se perdait sous les plis neigeux de sa tunique. Chariclès, continuant ses recherches dans la cassette, en tira ensuite un rouleau de papyrus chargé de caractères antiques, qu'il offrit à René.

« C'est, dit-il, l'histoire complète de la terre d'Atlantide, depuis les temps les plus reculés. Étudie-la avec respect, mon fils; tu trouveras dans ces pages de nouveaux motifs de vénérer la race d'où est issue ta fiancée.

« ... Et maintenant, ajouta Chariclès, pensons à des choses moins hautes. Voici un objet qui, sous son petit volume, représente, me dit mon père quand il me le légua, une somme fabuleuse. Ce sera la dot de ma fille. J'ai ouï dire que ces perles, ces verrues de l'huître perlière, ont chez vous une grande valeur. Me trompé-je? »

En disant ces mots, Chariclès dénouait un petit sac de peau, au parfum étrange et péné-

trant, et faisait rouler sur ses genoux une poignée de perles merveilleuses. Il y en avait de
toutes les formes et de toutes les grosseurs,
depuis celle d'un pois jusqu'à celle d'une amande.
Leur doux éclat, leur blancheur laiteuse, leur
orient incomparable, firent pousser un cri d'admiration général. Seule, Atlantis regardait avec
indifférence ces joyaux sans pareils, tandis que
Mme Caoudal et Hélène déclaraient n'avoir jamais
rien vu de si splendide. Chariclès, tout heureux
de leur admiration, se fit alors donner par Atlantis une seconde cassette qui se trouvait dans le
coffre d'ivoire, et offrit à ses hôtes, avec une
majestueuse bonne grâce, toute une collection de
bijoux antiques. Sans avoir la valeur étourdis-
sante des perles d'Atlantis, les joyaux étaient précieux aussi, et par la matière seule, et par l'étrangeté de la mise en œuvre.

A Mme Caoudal il présenta une chaîne d'une
finesse inouïe. Malgré sa longueur, elle aurait
presque tenu dans un dé à coudre, si elle n'eût
porté à de courts intervalles, en guise de cou-
lants, de superbes perles noires. Cette chaîne
était formée de ce même métal inconnu que la
bague offerte par Atlantis à René, lors de leur
première entrevue, et qui n'avait jamais quitté son
doigt depuis ce jour... Chariclès pria en outre
Mme Caoudal d'accepter, pour retenir son voile

sur ses cheveux, dit-il, de longues épingles d'or
d'une exécution à la fois barbare et exquise, deux
agrafes de ceinture, et plusieurs de celles qui
servent à fixer le peplum, sur l'épaule ainsi qu'il
l'expliqua à la bonne dame, tout effarouchée à
l'idée de se voir en tragédienne.

Puis, tournant vers Hélène un sourire bien-
veillant, le vieillard se plut à fermer lui-même
autour de ses minces poignets deux lourds bra-
celets d'or; à entourer son cou svelte d'un
collier d'opales, et à placer, enfin sur ses beaux
cheveux, des bandelettes blanches brodées de
perles fines, qui donnèrent soudain à son mutin
visage quelque chose de la gravité aussi bien que
de la beauté antique.

Atlantis, rieuse, jeta vivement sur les épaules
d'Hélène une longue tunique de laine blanche semblable à celle qu'elle portait, et battit des mains
en la voyant ainsi transformée en Grecque, et si
charmante... Il eût été difficile de voir deux
sœurs plus aimables, en effet, que l'ondine et la
jeune terrienne en ce moment...

Patrice et René reçurent chacun une bague.
Kermadec, une coupe formée d'une énorme co-
quille de nacre montée en platine et posant sur
un pied de corail rose.

En outre, Chariclès pria ses hôtes d'accepter un
ballot de merveilleux tapis.

« Le jeune gars, dit-il en désignant Kermadec, se fera un jeu de les transporter là-haut sur ses robustes épaules. »

Retirant alors de l'inépuisable coffre d'ivoire un second sac de peau, beaucoup plus grand et plus lourd que le premier, Chariclès se tourna vers Patrice et le pria, d'un air de noble simplicité, d'en vouloir bien accepter le contenu, à titre d'honoraires pour ses soins. Patrice voulut s'en défendre ; mais le vieillard mit à insister une bonté paternelle.

Quel ne fut pas le battement de cœur du jeune docteur qui était pourtant le désintéressement fait homme, lorsque Chariclès délia le sac et en versa le contenu sur le bord de sa couche ! C'était une collection de monnaies grecques et phéniciennes, qui devaient être, grâce à leur antiquité, d'une valeur considérable... Patrice ne put s'empêcher de jeter un regard éperdu vers Hélène !... Voilà donc cette fortune qui lui manquait et qui était le seul obstacle que sa fierté maintint encore entre elle et lui ! Chariclès avait suivi d'un regard fin le reflet des émotions sur le visage expressif de Patrice.

« Accepte sans scrupules cette offrande de ton malade, jeune disciple d'Esculape, dit-il en souriant. Ce sera toujours un commencement pour entrer en ménage.

— Mais votre fille... René?... balbutia Patrice.

— Ma fille est pourvue au delà de ses besoins, répliqua Chariclès; ne le serait-elle pas, doutes-tu qu'elle aussi ne voulût reconnaître les soins que tu as donnés à son vieux père? Va, elle n'est point ingrate. Jamais, d'ailleurs, elle ne connut l'usage de ce métal, dont vous autres, là-haut, faites tant de cas. Si je te l'offre, c'est que chez vous de tels objets acquièrent de l'importance. Accepte, jeune homme, et laisse Chariclès remercier les dieux, s'il peut, avant de mourir, t'être utile à quelque chose... »

Ainsi pressé, Patrice ne put moins faire que d'accepter avec reconnaissance. Mme Caoudal, déjà ravie de la dot royale attribuée à Atlantis, ne put dissimuler la satisfaction qu'elle éprouva à voir Patrice également bien loti...

En vérité, cette grotte avait du bon, et l'excellente femme commençait à comprendre enfin ce goût des voyages qui l'avait tant tourmentée chez son fils.

CHAPITRE XXI

LE DERNIER ATLANTE

Fière de la libéralité de son père, et heureuse de l'approbation qu'elle lisait dans tous les yeux, Atlantis avait suivi, d'un regard complaisant et charmé, la distribution des présents somptueux ; mais son tact délicat lui dit qu'il restait encore quelque chose à faire.

« Et les autres ? dit-elle. Ils sont aussi nos hôtes, père. Ne leur laisserez-vous aucun souvenir ?

— Où sont-ils ? dit Chariclès ? qu'on me les amène. Si je les ai négligés, c'est que rien ne les rappelait à ma vue. Je te loue, ma fille, continua le vieillard en attachant sur Atlantis un regard de tendre fierté, je te loue de cette pensée. Tu débutes à peine dans la vie sociale et déjà tu sais montrer une aimable prévoyance ; tu cherches à épargner à tes frères des froissements possibles ;

tu songes même à prévenir leurs souhaits... Va, tu peux hardiment affronter la famille humaine; tu n'y seras pas déplacée. Et vous qui l'accueillez à votre foyer, recevez-la avec confiance; elle vous fera honneur. »

Sur ces entrefaites, Kermadec étant allé chercher le prince et son acolyte, qu'il avait trouvés, l'un inscrivant rapidement sur un carnet des notes et des croquis, l'autre furetant vaguement çà et là, Chariclès s'adressa à eux avec courtoisie :

« Je viens de prendre congé de tous mes hôtes, dit-il à Monte-Cristo ; chacun a reçu de moi un témoignage d'affection ou d'estime. Je veux aussi vous laisser un souvenir. Acceptez cet anneau; la matière et le travail en sont le moindre mérite. Ce qui en fait le prix, c'est l'histoire qui s'y rattache. Il y a plus de vingt-quatre siècles qu'on le garde dans notre maison comme une preuve de l'inexorable fatalité du sort.

« Polycrate, prince arrogant et cruel, avait vu, malgré ses forfaits, un succès inouï favoriser toutes ses entreprises. Craignant qu'une telle prospérité lui fût fatale, que les dieux, jaloux du bonheur des mortels, ne lui fissent expier chèrement sa fortune, il résolut de leur offrir un sacrifice propitiatoire, et ayant choisi cet anneau comme un présent digne de Neptune, il le jeta à la mer en suppliant le dieu puissant d'avoir son

18

hommage pour agréable. A quelques jours de là, ayant ouvert un turbot que son cuisinier venait de placer devant lui, le prince trouva son anneau dans le ventre du poisson! Il sut ainsi que le dieu avait refusé son offrande. Peu de temps après, il périt, en effet, massacré au milieu d'une émeute de son peuple révolté.

« Un des nôtres épousa une femme de sa race, qui lui apporta dans son écrin l'anneau du tyran. Accepte-le, prince de Monte-Cristo, et si jamais les fumées du succès obscurcissaient ton cœur ou ton entendement, rappelle-toi l'histoire de Polycrate. »

Peu soucieux de la péroraison, le prince reçut son anneau avec une joie mal déguisée.

« Ah! ah! voici un document, » murmurait-il. Dévoré du désir d'étonner les masses, à son retour, par le récit des choses merveilleuses qu'il avait vues, il était déjà tourmenté de la crainte de trouver des sceptiques, ce fléau des Gascons; mais voici une preuve, ou il fallait renoncer à rien prouver!

Cependant, Chariclès venait de remettre à Sacripanti quelque autre joyau précieux qui avait fait passer dans les yeux convergents du personnage, connaisseur en pierres fines, un éclair de triomphe et de plaisir.

« Sacripanti, mon ami, se disait-il, te voilà

enfin hors d'affaire ! O voyage béni ! O chance inespérée !.... C'en est fait, je renonce au métier d'interprète..., je me mets en boutique... Cette plaque d'émeraudes vaut cinquante mille francs comme un sou. A peine arrivé à Paris, j'achète un fonds de marchandises d'Orient, je loue aux alentours du Palais-Royal, je m'établis Turc !... Mon rêve !... O chance inespérée, ô vieillard surprenant !... mais comment peut-on ainsi dissiper son bien, voilà ce qui me passe !... »

Jubilant, saluant jusqu'à terre, le capitaine sortit à reculons. Monte-Cristo le suivit bientôt, et, après un dernier regard de regret, Mᵐᵉ Caoudal et sa nièce se retirèrent, ainsi que Patrice, dans la chambre voisine, craignant que leur présence fatiguât le mourant, et voulant, en tous cas, le laisser libre pour ses adieux suprêmes à sa fille.

Pendant un assez long intervalle, Chariclès ne dit rien. Il ne dormait pas ; son œil vif et profond témoignait de l'éveil de toutes ses facultés. Il méditait profondément, et, respectueux de son silence, Atlantis et René se gardaient de le rompre par un signe ou par un mouvement.

« Je crois, dit-il enfin, n'avoir rien oublié... Mes instructions touchant le tunnel ont été bien comprises ?

— Parfaitement, dit René.

— Vous partirez une heure après ma mort,
qui ne peut tarder ?

— Nous vous obéirons.

— Père, dit Atlantis d'une voix suppliante,
souffrez que votre fille vous adresse une
prière...

— Parle, ma fille.

— Pourquoi vouloir attendre ? Pourquoi ne
pas venir avec nous ? Ne vaudrait-il pas mieux
que nous vous emportions ?... Peut-être l'air
de la terre vous donnerait-il la vie !...

— Non, ma fille, dit Chariclès, mon voyage
est accompli et doit se terminer ici. Je veux y
dormir mon dernier sommeil, y être enseveli
sous les eaux de cette mer protectrice où j'ai
vécu une vie simple et calme... Je ne blâme pas
ta prière, mais je ne saurais y souscrire. Ma
volonté est que, une heure après ma mort, — une
heure, pas davantage, — vous partiez par la
route que je vous ai révélée. A mi-chemin, vous
trouverez une salle de halte où vous prendrez un
repas léger avant de vous remettre en route.
Une fois à la porte de cristal, vous l'ouvrirez aisément, et tout aussitôt, vous m'entendez bien, *tout
aussitôt*, vous sortirez au jour, *sans attendre ce
qui se produira dans le tunnel...* »

Comme il disait ces mots, un sourire énigmatique passa sur les traits émaciés du vieillard ;

ils reprirent presque aussitôt leur noble sérénité coutumière.

« Tout est dit ! ajouta-t-il. Je ne parlerai plus. Atlantis, va visiter encore une fois la demeure où tu t'es éveillée à la vie, qui a abrité ton enfance et vu se développer les grâces de ta jeunesse. Va dans ce jardin où chaque jour nous nous sommes promenés ensemble ; emmène ta nouvelle sœur, sœur elle-même des Grâces, cueillir les fleurs dont ta main pieuse aimera à orner ma couche funèbre. De nouveau, je te bénis, je vous bénis toutes deux. Laissez-moi maintenant en communion avec moi-même. Je ne parlerai plus... »

Stricte observatrice des ordres paternels, Atlantis, ayant déposé un baiser sur le front du vieillard, se disposa à passer au jardin, après avoir communiqué à Hélène la triste et gracieuse mission qui lui était donnée ; et Hélène, tout heureuse d'avoir été nommée dans un moment si solennel, se mit en devoir de l'aider de son mieux à choisir la moisson fleurie. René, Patrice, Mᵐᵉ Caoudal et Kermadec faisaient leurs préparatifs, non sans veiller à ce que le mourant eût toujours quelqu'un à portée de l'entendre, mais en respectant la solitude dont il lui plaisait d'envelopper sa dernière heure.

Avant de se rendre au jardin, les deux jeunes

filles, voulant suivre l'ordre indiqué par Chariclès, commencèrent par dire adieu successivement aux divers appartements du palais. Et ce
pieux pèlerinage fut un enchantement pour
Hélène.

« Quoi, se disait-elle, tandis que la jeune
Grecque la faisait passer de sa propre chambre,
exquis écrin digne de cette perle, tout de nacre
et de draperies diaphanes, aux autres pièces de
la somptueuse demeure, salles de travail, salles
de repos, salles à manger, salles de pur orne-
ment; puis, de là aux régions de service, salles
de cuisine, offices variés, bains, ateliers divers,
etc. Quoi! se répétait Hélène éblouie, nous par-
lons de civiliser ces raffinés, nous croyons avoir
quelque chose à leur enseigner?... Mais c'est
nous qui avons tout à apprendre d'eux! En
vérité, c'est elle qui pourra trouver rudimen-
taires nos arrangements intérieurs. Heureusement que tante Alice est une maîtresse femme,
que le bon ordre et la propreté règnent en sou-
verains chez nous, et que nous pouvons sans
rougir montrer nos offices et nos ustensiles...
Sans cela je serais humiliée, positivement, à
l'idée du tour du propriétaire... Du reste, me
voilà bien avec mes préoccupations de rivalité
bourgeoise. Est-ce qu'Atlantis, ce poème vivant,
va s'amuser à dénigrer ce qu'elle trouvera sous

notre toit?... Chère enfant, elle ne verra, j'en
suis sûre, que le beau côté des choses, et tous
ses jugements seront indulgents et adorables
comme elle !... »

Arrivée à ce point de ses réflexions, Mlle Rieux
sauta au cou de sa compagne qui, certes, n'avait
pas la moindre idée du motif de ces tendresses
soudaines, mais qui les accepta sans en chercher
la raison, et ne se fit pas scrupule de les rendre
avec usure.

Les jeunes filles étaient parvenues sous un
péristyle de marbre rose, qu'Hélène ignorait encore et qui ouvrait sur le jardin particulier
d'Atlantis. Mlle Rieux s'arrêta émerveillée. Cela
dépassait toutes les gloires, toutes les splendeurs
déjà vues. Retrait embaumé qui avait appartenu
à sa mère, et avant elle à son aïeule, à toute une
série d'Atlantides, cet enclos privilégié était vraiment un jardin enchanté. Dès l'entrée, et faisant
face au portique, une large avenue de rosiers
géants s'ouvrait et déroulait au loin l'infinie
variété de ses fleurs. Sur les pelouses, des corbeilles de roses. Les allées latérales menaient à
des massifs de roses; plates-bandes, parterres,
grottes, bosquets, sièges rustiques, voûtes
ombreuses, tout était planté, enveloppé, submergé de roses. Mais point de bariolage violent.
Du rose à peine ébauché à la pourpre la plus

éclatante, et du sombre velours incarnat au blanc
pur de la rose mousseuse, l'œil était conduit par
degrés insensibles. Aucune combinaison bizarre
ou criarde n'affligeait le regard, et si parfois, rare-
ment, par contraste habile, au pied d'un buisson
flambant d'églantines rouges, la rose-thé courbait
son front pâle, on sentait, sous cet arrangement
capricieux, la main d'un artiste ou d'un poète.

« Asseyons-nous ici, dit Atlantis. C'était le jardin
de ma mère. Bien souvent, m'a rapporté Chariclès, elle y venait méditer mélancolique, et comme
frappée du pressentiment de sa fin prochaine:...

— Vous l'avez perdue toute jeune ? demanda
Hélène timidement.

— Je ne l'ai jamais connue.

— Moi non plus, dit Hélène, dont les yeux se
mouillèrent, je n'ai jamais connu ma mère... et
moins heureuse que vous, Atlantis, j'ai perdu mon
père quand j'étais encore au berceau. Mais tante
Alice a su me rendre tout ce que j'avais perdu.
Elle sera aussi votre mère. Elle est si bonne !

— Oui, dit la jeune Grecque, je me sens
puissamment attirée vers elle. Mais ne nous
attardons pas. Cueillons les fleurs du jardin qui
doivent orner la couche funèbre de mon père ;
c'est lui qui l'a ainsi ordonné. »

Longtemps elles parcoururent massifs et bosquets, cherchant les plus belles roses, coupant

avec des ciseaux d'or celles qui paraissaient

dignes d'être choisies, n'emportant rien qui ne fût exquis et sans défaut.

Bientôt les brassées de fleurs furent trop pesantes à leurs bras délicats; il fallut aller les déposer sur un banc de mousse, et enfin, leur moisson terminée, appeler René et Étienne pour l'emporter.

« Il était temps, dit le docteur tout bas à Hélène. Je viens de m'approcher de Chariclès. Il s'éteint peu à peu. On ne saurait voir une fin plus paisible et plus auguste, mais elle ne peut tarder.

— Courage, chère Atlantis, disait René à sa fiancée. Une cruelle séparation vous attend, mais rappelez-vous que je partage chacune de vos peines, que je voudrais pouvoir les prendre toutes...

— J'aurai du courage, je vous le promets, répondit la jeune fille avec sa simple droiture. Vous l'avez vu, René, dans ces suprêmes heures, si pleines pour moi d'émotions poignantes, deux ou trois fois j'ai faibli, je me suis répandue en pleurs, en gémissements. La chose a déplu à mon père; il m'en a doucement réprimandée. Je saurai mieux lui obéir; je ne troublerai pas l'heure solennelle par les éclats de ma douleur... »

On était parvenu auprès du lit du mourant. Les fleurs avaient été placées sur une table basse. Sans perdre de temps, Atlantis commença à les disposer autour de lui d'une main légère, Hélène les lui passait à mesure. De temps en

temps, elle s'arrêtait pour donner un regard
d'amour à ce beau visage de demi-dieu au repos;
ce visage, le seul qu'elle eût connu pendant si
longtemps et qu'elle allait perdre pour toujours.
Alors une larme se détachait de ses yeux et allait
se placer comme une goutte de rosée au cœur
de quelque rose; mais pas une contraction ne
déformait ses traits, aucun sanglot ne soulevait
sa poitrine. La beauté, la paix, l'harmonie étaient
seules admises aux funérailles de Chariclès.

Bientôt les apprêts funèbres furent terminés.
Lorsqu'il ne resta plus une fleur à déposer sur la
couche, Hélène se retira un peu en arrière auprès
de la bonne Mme Caoudal, qui, la figure dans son
mouchoir, fondait discrètement en larmes. René
s'était rapproché d'Atlantis, debout à la droite de
Chariclès; le docteur avait pris la main du mourant et cherchait les dernières pulsations de la
vie qui s'éteignait...

Soudain Chariclès ouvrit les yeux; son regard
trouva celui de sa fille attaché avec intensité sur
son visage; il eut un sourire paisible, puis ses
paupières retombèrent.

« Tout est fini! » dit le docteur d'une voix op-
pressée.

Quelques minutes s'écoulèrent dans un silence
religieux; chacun était en proie à la mystérieuse
horreur qui suit le passage de la terrible visi-

teuse... Atlantis fut la première à secouer cette torpeur. Dégageant sa main de celle de René, qui lui disait sa pitié par une fraternelle étreinte, elle quitta le bord de la couche, et, détachant du mur une harpe d'or, elle vint se placer en face du lit mortuaire.

Pendant un instant, elle demeura ainsi la tête penchée, rassemblant sans doute ses idées, dans une attitude d'une grâce inexprimable. Puis ses doigts délicats commencèrent à errer sur les cordes, en tirèrent des accords incertains; enfin elle releva le front, et sa voix pure se mêla à la phrase musicale maintenant définie et formée.

En paroles simples et graves, elle dit les grandeurs de sa maison, les gloires, les hauts faits de cette antique lignée; elle dit la longue prospérité des Atlantides, ensuite le fléau s'abattant sur eux, sa mère moissonnée dans sa fleur, son berceau déserté, le vieillard et l'enfant restés seuls de cette race illustre. Puis elle dit l'histoire de Chariclès, son savoir, ses vertus, sa puissance. Enfin, sa mort auguste et noble comme sa vie.

« Voilà donc qu'il les avait quittés!... Son esprit errait déjà sur les bords mystérieux du royaume des ombres. Déjà, sans doute, ses ancêtres l'avaient reconnu et salué, avaient accueilli parmi eux le dernier rejeton de l'honneur de leur race... Pour elle, fleur détachée de cet arbre antique, une autre destinée lui était échue. Désormais elle connaîtrait d'autres rites; d'autres lois seraient les siennes, elle aurait une autre patrie... Mais elle les embrasserait avec joie, car c'était pour suivre son époux, et son père l'avait ordonné... »

Tout cela avait été chanté sur un ton de douce mélopée, véritable *mélodie infinie*, et qui, loin d'être la musique de l'avenir, est proprement celle du passé.

Atlantis tira un accord final de sa lyre, et, l'ayant laissée retomber, elle se tut. Les derniers devoirs étaient remplis. Chariclès avait été obéi de point en point. L'heure était venue de s'éloigner. S'entendant d'un coup d'œil, Étienne et René résolurent de brusquer le départ.

Perdue dans sa contemplation, la jeune Grecque semblait ne rien voir de ce qui se passait autour d'elle. René prit doucement sa lyre d'or, la suspendit au mur, et, menant la jeune fille près de la couche de Chariclès, il lui permit de baiser encore sa main pâle. Après quoi, il saisit avec autorité le bras de sa fiancée, et, le passant sous le sien, se dirigea avec elle vers le chemin de sortie. Elle obéit sans résistance.

Exactement une heure après que le vénérable Chariclès eut rendu le dernier soupir, les voyageurs s'engageaient dans le tunnel.

19

CHAPITRE XXII

RETOUR A LA LUMIÈRE. — CONCLUSION

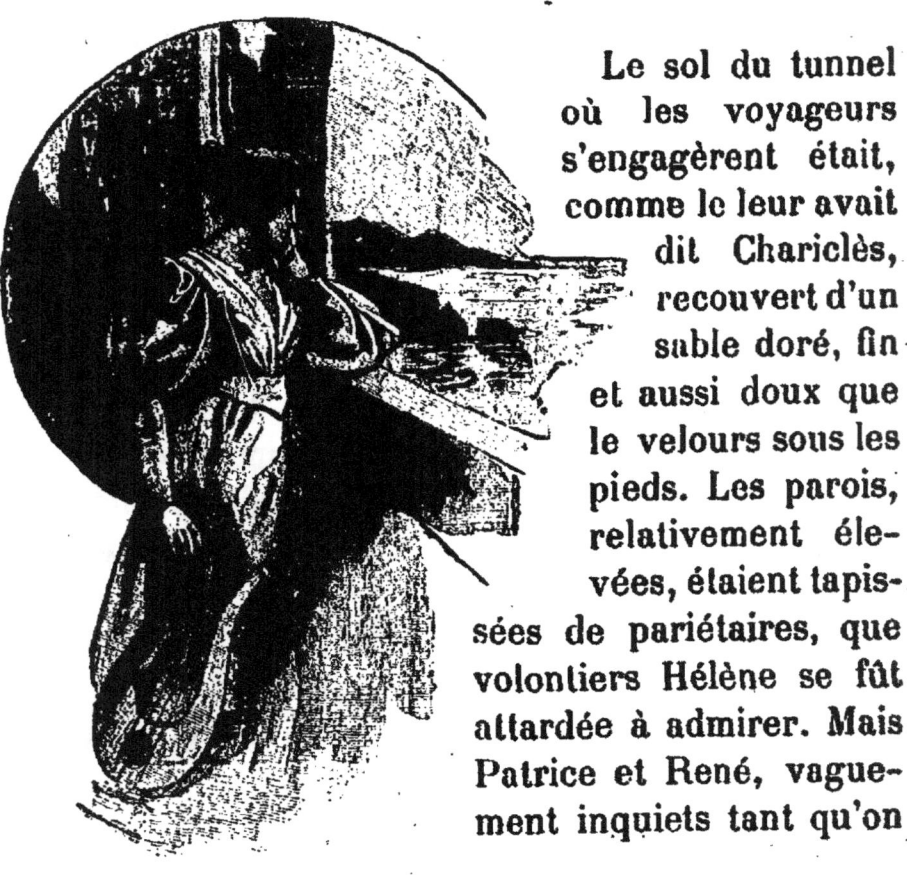

Le sol du tunnel où les voyageurs s'engagèrent était, comme le leur avait dit Chariclès, recouvert d'un sable doré, fin et aussi doux que le velours sous les pieds. Les parois, relativement élevées, étaient tapissées de pariétaires, que volontiers Hélène se fût attardée à admirer. Mais Patrice et René, vaguement inquiets tant qu'on ne serait pas sorti du gouffre, ne permettaient pas qu'on perdît une minute. Selon les instructions du vieillard on avait, avant d'entrer dans le tunnel, fait jouer la lumière électrique, qui éclairait brillamment le souterrain à perte de vue.

La route s'accomplit tout d'abord en silence. Chacun demeurait sous l'influence des scènes funèbres qui venaient de se dérouler. L'image imposante du vieillard couché pour l'éternité sur son lit de pourpre solitaire restait imprimée dans leurs yeux et semblait encore les accompagner. Atlantis marchait, muette, de son pas léger de jeune déesse, son front charmant voilé d'un nuage de tristesse; ses grands yeux profonds, ne regardant rien autour d'elle, semblaient fixés sur une vision intérieure. Sans doute se ranimaient dans l'esprit de la jeune Grecque les jours de sa vie passée, à jamais close. Elle revoyait ce père, dont l'austère tendresse avait veillé sur ses pas, et qu'elle venait de quitter à jamais. Au seuil de cette vie nouvelle, et si étrange, la pauvre recluse se recueillait, et disait un adieu éternel à tout ce qu'elle avait connu et aimé jusque-là. Son cœur innocent formait le vœu ardent de gagner l'affection de sa nouvelle famille, de devenir en réalité la sœur d'Hélène et la fille de Mme Caoudal. Hélène, respectant sa douleur silencieuse, marchait à côté d'elle ; les bras enlacés, les deux jeunes filles se comprenaient sans qu'un mot fût prononcé et, lorsque les larmes, lentement amassées sous les paupières d'Atlantis, débordaient et obscurcissaient sa vue, Hélène, par une tendre pression du bras, lui faisait sentir que, si elle avait perdu un père, elle avait trouvé une sœur... Atlantis, alors, tournait vers elle son pur regard aimant, et chaque instant de communication muette rendait plus vive l'affection que, par le privilège heureux de leur âge, elles avaient conçue à première vue l'une pour l'autre.

Mme Caoudal les suivait, entre Patrice et René, et derrière eux venait majestueusement Monte-Cristo, escorté de Sacripanti. Kermadec fermait la marche, en sifflotant tout bas un vieil air breton et en pensant qu'il en aurait long à conter à ses « pays » quand il se retrouverait sur le pont d'un navire.

On marcha ainsi sans s'arrêter, et presque en silence, pendant deux heures environ ; Patrice jugeait qu'on avait parcouru la moitié du chemin. Ce qui confirma cette pensée, c'est que la voûte, s'élevant brusquement, forma soudain comme une sorte de rotonde, dans laquelle des quartiers de roches tapissés de mousse et rangés autour d'une table de pierre semblaient indiquer un lieu de halte.

Mme Caoudal, malgré son ardent désir de se retrouver au grand soleil, commençait à donner des signes de lassitude. On décida qu'on pouvait en toute conscience consacrer quelques instants au repos, et qu'on se remettrait plus gaillardement en route après avoir repris des forces.

En un clin d'œil Kermadec eut étendu sur les sièges de pierre le plus moelleux de ses tapis et engagea les dames à bien vouloir s'y asseoir.

Mme Caoudal ne se fit pas prier pour accepter ; on la vit même, chose rare, appuyer son dos fatigué contre le roc. — Car Mme Caoudal, élevée par une mère rigide, avait l'habitude de se tenir droite comme un I sur son siège et déplorait souvent la mollesse et le laisser aller modernes. Rien, pensait-elle, n'est de plus mauvais ton qu'un jeune homme ou une jeune fille se carrant dans un fauteuil. Elle avait en horreur les meubles capitonnés, — trop confortables, à son avis, — et elle disait souvent, en redressant sa taille mince, que si sa mère et sa grand'mère, toutes deux mortes à plus de quatre-vingts ans, avaient jusqu'à la fin « gardé leur taille », c'était grâce à leurs bonnes habitudes de tenue. A vrai dire, l'inconsciente majesté des attitudes d'Atlantis l'avait dès le premier moment prévenue en sa faveur, et il est certain qu'une Océanide qui aurait mal porté son col sur des épaules voûtées, ou

qui aurait reçu sa visiteuse avec trop d. sans-
gêne, aurait eu fort peu de chance de trouver
grâce à ses yeux!...

« On n'est vraiment pas mal ici, dit Mme Caoudal ne cachant pas sa satisfaction, mais j'avoue
que je commence à sentir un certain appétit. Et
même, je goûterais, je crois... chose que je ne
fais jamais pourtant, car on ne devrait sous aucun prétexte manger entre ses repas.

— Minute, madame, cria allégrement Kermadec. Vous pensez bien que ce n'est pas le fils
de mon père qui s'est embarqué sans biscuits!...
L'office était bien garnie là-bas, et voilà, on en
a profité ! »

En disant ces mots, Kermadec se débarrassait
lestement de la musette de toile passée en ban-
doulière sur lui, et qui, prodigieusement gonflée,
offrait des bosses hétéroclites de tous côtés. Il
en tira l'une après l'autre trois bouteilles de vin
antique, l'un couleur de miel, l'autre couleur de
rose, le dernier couleur d'encre, des petits pains
dorés, d'une forme étrange, des confitures sèches,
des fruits embaumés, et plusieurs tablettes d'une
substance inconnue ressemblant au cacao, et que
les Atlantides, paraît-il, avaient découverte longtemps avant les Espagnols.

« Ma foi ! fit le brave garçon ; j'ai pris le meilleur que j'ai trouvé.

— Et le meilleur est excellent, dit Mme Caoudal en savourant un fruit exquis ressemblant à la pêche. Vraiment on accepterait volontiers d'être végétarien, si on avait toujours à manger des choses comme celles-ci...

— Ma foi, madame, sauf vot'respect, j'aimerais mieux un simple bifteck, dit Kermadec. Mais ceci se laisse manger tout de même.

— Allons, allons, tu préfères ça à « l'endaubage », dit René, connaissant l'horreur qu'inspire aux matelots de la flotte le bœuf de conserve, qui forme le fond de leur menu quotidien.

— L'endaubage, pouah !... N'en faut pas ! cria Kermadec avec dégoût. Ah ! bien oui, je préfère ceci ! »

Et, pour appuyer son dire, il engouffra un petit pain tout entier, abondamment recouvert de plusieurs couches de confitures.

Pressée par Hélène, Atlantis, quoique, d'habitude, elle ne bût que de l'eau, trempa ses lèvres dans un gobelet de vin et égrena délicatement un magnifique raisin aux énormes grains veloutés, d'un noir bleu ; mais sobre comme un petit oiseau, elle eut vite fini sa collation. Hélène aussi eut bientôt fait, et, la voyant inoccupée, Patrice se leva et, se dirigeant vers le fond de la rotonde :

« Hélène, dit ce madré docteur, venez donc voir cette curieuse plante... »

Hélène s'approcha docilement.

Mme Caoudal et René s'occupaient d'Atlantis, qu'ils cherchaient à distraire de ses douloureuses impressions. Monte-Cristo, Sacripanti et Kermadec « faisaient un sort », selon l'expression du matelot, aux trois bouteilles qui se vidaient rapidement; personne ne prenait garde à eux.

« Voilà donc René fiancé ! commença Patrice dès qu'ils furent éloignés. Qu'il est heureux !...

— Vous êtes jaloux ? fit Mlle Rieux non sans malice. Pauvre Étienne !... Est-ce que vous aviez déjà des vues sur Atlantis, comme notre cher prince?

— Sur Atlantis !... Le croyez-vous, Hélène?

— Est-ce que je sais, moi !... fit la jeune fille en riant pour dissimuler une pointe d'embarras. Ces plantes sont en effet bien curieuses. Ne pourrions-nous pas en emporter quelques échantillons là-haut?

— Peu importent les plantes, Hélène, dit Patrice en lui prenant soudain les deux mains et en les serrant dans les siennes. Ce n'est pas pour cela que je vous ai appelée ici.

— Eh ! grand Dieu! pourquoi donc !...

— Pour vous adresser une question d'où dépendra le bonheur de toute ma vie !... A savoir s'il me vaut mieux de rester enseveli ici que de remonter à l'air des vivants, si je dois y végéter sans vous !... Pour vous demander, Hélène, si vous me portez assez d'affection pour devenir ma femme !... »

Hélène leva sur son ami son pur regard, sérieux maintenant et embelli par cette expression loyale et grave.

« Oui, Patrice, répondit-elle simplement, je serai votre femme quand vous voudrez... »

Et, comme Patrice, vivement ému, les yeux humides, pressait de ses lèvres les deux mains de la jeune fille...

« Je ne vous ferai qu'un reproche, continua-t-elle en souriant, c'est d'avoir attendu Chariclès pour me parler... Oh ! que c'est mal !... que c'est mal !... Croyez-vous vraiment que j'eusse besoin de sa collection de monnaies antiques afin de vous accepter avec joie ?

— *Vous*, certes, non ! s'écria le jeune docteur très ému. Pourtant, jamais je ne me serais décidé, Hélène, si ce cher vieillard n'avait aplani l'obstacle... Pardonnez-moi, mais, avant d'avoir au moins l'aisance, je n'aurais pu me résoudre à me présenter....

— Savez-vous que ce n'est pas flatteur, cela ? dit la maligne jeune fille. Je suis donc bien laide ou bien désagréable, qu'il faille supposer que c'est ma misérable fortune qui m'attire les hommages ?

— Méchante !... Ah ! si j'avais pu vous ruiner

tout d'un coup!... Vous réduire à la mendicité!...
faire de vous une chère petite mendiante!...

— Merci!... Quels souhaits affectueux!...
s'écria Hélène en riant de tout son cœur. Alors,
si vous aviez été riche, et moi pauvre, vous ne
m'auriez pas méprisée?

— Ne dites pas un mot pareil, même en riant!

— Pourquoi donc, alors, me supposer des sentiments plus vils que les vôtres!... s'écria Hélène
triomphante. Non, non, il faut que je vous
gronde!... Il y a trop longtemps aussi que je
ronge mon frein en silence!... Si vous saviez le
nombre de fois que j'ai failli vous le dire!... Je
voyais bien que... que je ne vous étais pas absolument odieuse... et, à cause de ce maudit argent, il fallait vous voir me fuir!... c'est exact,
me fuir!... Non, les conventions mondaines sont
parfois par trop stupides!

— Écoutez, Hélène, interrompit vivement Patrice, pas si stupides après tout!... Que moi, un
homme dans la force de l'âge, cent fois mieux
armé, cent fois plus instruit que vous, pauvre
petite fille...

— Encore merci, monsieur! reprit Hélène
rieuse en esquissant une petite révérence.

— Oui, je m'entends, et vous m'entendez
aussi!... Que moi, dis-je, j'acceptasse une place
d'invité dans votre maison, — car il n'y a pas

à dire, vous n'auriez pas pu vivre dans l'abondance et moi dans la pauvreté, n'est-ce pas?... Eh bien, non, ce n'était pas admissible, et vous ne l'auriez pas admis plus que moi!...

— Il est certain que je vous approuve entièrement tel que vous êtes, confessa Hélène avec un regard très doux. Mais... enfin, vous m'avez fait enrager très souvent... »

On entendit tout à coup s'élever la voix de Mᵐᵉ Caoudal :

« Bon Dieu, René, où est donc ta cousine? disait-elle.

— Pas bien loin, mère; Patrice prend soin d'elle, répondit René d'un air ingénu.

— Au fait, s'écria Patrice, j'ai agi fort inconsidérément! Allons de ce pas prier votre chère tante de m'accepter pour neveu », et il prit la main d'Hélène qu'il passa fièrement sous son bras.

« Croyez-vous, continua-t-il à demi-voix, que sans Chariclès, je me fusse offert d'un cœur aussi léger? Je sais qu'à votre avis ces choses n'ont aucune importance. Mais, quand ce ne serait que pour cette bonne et excellente femme, j'ai le cœur plein d'actions de grâces à l'intention de ce brave patriarche, — d'actions de grâces qui ne finiront jamais!... »

Rien qu'à voir Hélène s'avancer au bras de

Patrice, à lire l'expression de leurs physiono-
mies, Mme Caoudal comprit de quoi il s'agissait.
Et, en somme, puisqu'il avait fallu renoncer au
rêve caressé si longtemps d'unir son fils à sa
fille adoptive, quel meilleur mari souhaiter à
Hélène, surtout pourvu comme Patrice l'était désormais?...

En quelques mots rapides, tout fut convenu,
et c'est de la meilleure grâce du monde et en
étouffant le plus petit de tous les soupirs que
Mme Caoudal embrassa les fiancés.

Cependant, tandis que ces intéressantes affaires
se réglaient entre eux, une sorte de dispute s'éle-
vait entre les trois buveurs, le noble prince,
Sacripanti et Kermadec. Le vin aidant, le prince
avait senti se dissiper ses soucis matrimoniaux;
Sacripanti, la terreur qui avait failli lui faire
perdre la raison. Tous deux avaient émis l'idée
lumineuse de revenir prendre possession des
trésors accumulés dans la grotte, maintenant
qu'on connaissait un chemin si commode. A quoi
Kermadec, frappant violemment de son poing sur
la table, avait opposé son *veto* le plus absolu.

« En voilà un imbécile! s'écria Monte-Cristo
revenu de sa première surprise. Qu'est-ce que
cela peut te faire?... Tu n'as qu'à revenir avec
nous, si tu veux, ta fortune sera faite.

— Non, monsieur le prince, sauf vot' respect,

vous n'y reviendrez point! répétait Kermadec avec l'entêtement de sa race.

— Et pourquoi, s'il te plaît, maître sot?

— Parce qu'on ne doit point y revenir sans la permission de mon officier, et qu'il ne la donnera pas!

— Je voudrais bien savoir quel droit il a sur la grotte?

— Il a le droit qu'il l'a découverte et qu'il épouse l'héritière du vieux monsieur.

— Et s'il veut y revenir lui-même?

— M. René ne voudra point y revenir, vu que le défunt a quasiment usé son dernier souffle à dire qu'il voulait dormir tranquille dans sa grotte jusqu'au jour du jugement. Et les volontés des morts, faut pas badiner avec, mon bon monsieur, prince ou non prince!... »

Monte-Cristo suffoquait de colère; puis, haussant les épaules d'un mouvement rageur:

« Et qui m'empêchera d'y revenir, si cela me plaît? s'écria-t-il, les yeux hors de la tête.

— Moi, Yvon Kermadec, de mon nom! répondit résolument le jeune matelot. Vous n'êtes point mon officier, monsieur le prince, et je ne regarderai pas à vous casser la tête, plutôt que de vous laisser rentrer là-haut sans l'assentiment de M. René! »

En vain le prince et Sacripanti, estomaqués de

ces prétentions inattendues, élevèrent la voix et accablèrent d'injures le Breton. Il était ancré à son idée, et rien ne l'en pouvait faire démordre. La querelle menaçait de s'envenimer, quand René donna l'ordre de se remettre en marche.

Cela créa une diversion. On reprit le chemin de la terre. Kermadec, emboîtant le pas derrière Monte-Cristo, semblait le garder à vue pour l'empêcher de mettre à exécution son dessein sacrilège. Le prince eut beau s'insurger contre cet ordre de marche, Kermadec ne voulut rien entendre, et le voyage continua au milieu du bruit étouffé de leurs discussions.

Enfin, après une heure et demie de marche environ, on atteignit la porte de cristal.

Depuis quelques minutes on la voyait de loin au bout du chemin souterrain. Magnifiquement éclairée par la lumière électrique, elle semblait vraiment une porte féerique donnant accès à un monde nouveau.

Atlantis, tout émue, s'était arrêtée, joignant les mains, à la vue de cette barrière étincelante, qui l'avait si longtemps séparée de la liberté tant rêvée.

Puis elle s'était élancée, légère comme Diane, et, la première, elle avait atteint la porte de cristal. Debout, sa clef d'or à la main, son visage tourné vers ses compagnons, elle semblait, en ses blanches draperies, quelque jeune sœur de ces Victoires aptères créées par le ciseau de ses grands ancêtres grecs.

Lorsque tous furent arrivés auprès d'elle, la jeune fille regarda une dernière fois vers la route libératrice, joignant ses deux mains d'un geste inspiré de prêtresse. Le front pâle, les yeux profonds, elle éleva sa voix cristalline, qui résonna et se perdit au loin sous la voûte :

« Chariclès!... Atlantide!... Adieu!... » répéta-t-elle par trois fois.

Elle attendit que l'écho de sa voix se fût perdu au loin, puis, se tournant d'un geste résolu, elle plaça la clef d'or dans la serrure, fit jouer le pêne, ouvrit la porte toute grande...

Aussitôt un bruit formidable éclata dans les entrailles de la terre, au loin, derrière les voyageurs...

Un instant ils demeurèrent interdits, ne comprenant pas...

Cinq minutes ne s'étaient pas écoulées qu'avec un bruit de cataracte, ils virent déboucher en mugissant sous le tunnel d'énormes vagues, qui vinrent mourir à leurs pieds en les couvrant d'écume.

Ils n'eurent que le temps de s'élancer hors de la grotte ; la mer, semblant les y poursuivre,

jaillit derrière eux noyant à jamais la route sou-
terraine... On comprit alors ce qu'avait fait Chariclès.

Déterminé à ensevelir à jamais Atlantide avec
lui, il avait mis en action un mécanisme qui fonc-
tionnait à volonté lorsqu'on ouvrait la porte
secrète.

Pour toujours, maintenant, il reposait en paix
sur sa couche funéraire. La mer, si longtemps
tenue en respect par la seule volonté humaine,
avait repris son empire. Les eaux avaient détruit
le berceau d'Atlantis, et les algues marines allaient recouvrir à jamais les trésors fabuleux
amoncelés par les ancêtres.

Sous l'impression de la catastrophe, les voyageurs étaient restés immobiles, frappés d'épou-
vante, au seuil de la grotte, écoutant se briser
contre les parois de granit les vagues furieuses.

Longtemps ils restèrent ainsi. Kermadec fut
le premier à se reprendre.

« Tout de même, monsieur le prince, vous n'y
rentrerez point!... » cria-t-il d'un ton de triomphe.

Monte-Cristo eut un haut-le-corps de colère à
se voir bafoué par le matelot et oublia comme
par miracle la terreur sacrée qui venait de passer sur lui, comme un souffle du monde inconnu. Hélène, entourant de ses bras la taille
d'Atlantis, qui semblait changée en statue de

HÉLÈNE ENTOURANT DE SES BRAS LA TAILLE D'ATLANTIS (P. 324)

marbre, l'entraîna hors de la grotte, et tous, marchant sur leurs pas, se trouvèrent bientôt en plein air auprès d'elles.

Une petite plage de sable blanc, descendant en pente douce vers la mer, étincelait aux derniers rayons du soleil.

En arrière s'élevaient les sombres rochers qui avaient caché si longtemps la porte secrète, formant en face de la mer comme le fronton d'un temple mystérieux. A droite et à gauche les roches s'abaissaient doucement, laissant le regard se poser sur des plaines riantes. Un promontoire, s'avançant hardiment au milieu des vagues, portait des arbres centenaires dont les branches, chargées de lianes grimpantes, trempaient dans l'eau transparente. Des milliers d'oiseaux, gazouillant à pleine gorge, saluaient de leur chant vespéral le coucher du soleil.

Toute cette scène respirait le calme, le bonheur et la paix.

Atlantis, soutenue par Hélène et sortant enfin de sa stupeur, posa sa main au-dessus de ses yeux. Elle promena autour d'elle un long regard.

« Enfin... enfin... murmura-t-elle, te voilà donc, soleil!... O terre, désormais je suis ta fille... La mer traîtresse ne me reprendra plus! »

Elle se laissa tomber à genoux avec cette

majesté inconsciente de toutes ses attitudes et pressa pieusement ses lèvres sur le sol.

Mme Caoudal eût peut-être été choquée de cette action. Mais tout était si naturel, en même temps si noble, chez la jeune Grecque, qu'elle ne songea pas même à la blâmer. D'ailleurs Kermadec vint distraire son attention.

« La demoiselle étrangère a raison, fit à part soi le brave garçon, et nous pouvons bien la baiser, notre vieille maman la terre, car nous avons bien failli ne pas la revoir! »

Et se jetant à genoux, lui aussi, il ôta son bonnet et donna dévotement un grand baiser à la grève.

« Allons, en marche, ordonna enfin Patrice, secouant la rêverie qui les avait tous envahis. Cherchons un gîte qui nous abrite jusqu'à ce que nous trouvions un moyen de sortir de ce pays pour rentrer chez nous. »

Les voyageurs, abandonnant les rochers, s'engagèrent alors dans les prairies qui avoisinaient la mer. Ils ne tardèrent pas à découvrir les toitures basses d'un pauvre village de pêcheurs s'élevant non loin de la grève. Patrice et René s'avancèrent en éclaireurs, puis revinrent bientôt chercher le gros de la troupe afin de la conduire dans la plus belle maison du pays, que son maître avait mise à la disposition des étrangers.

On peut juger de la surprise d'Atlantis en voyant pour la première fois, — elle qui avait vécu jusqu'à ce jour comme une princesse des contes de fées, — les merveilles de la civilisation représentées par l'humble cabane d'un pêcheur des Açores! lorsqu'il lui fallut se servir, au lieu de l'or et de la nacre, qu'elle avait toujours vu employer aux plus vils usages, de quelques rudes et primitives poteries allant à peine sur le feu!... Mais, dans sa joie de voir des êtres humains, des enfants, des jeunes filles, des vieillards, et même, ô joie, une vache et un gros chien de garde, elle oublia tout le reste!... Les pêcheurs acceptèrent facilement le récit des voyageurs, qui leur dirent en toute vérité avoir perdu en mer leur bateau sous-marin. A leur tour ils expliquèrent qu'un paquebot américain passerait dans une huitaine de jours. Les « naufragés » pourraient en profiter pour rentrer dans leur pays.

Ces huit jours s'écoulèrent bien vite. Le premier soin de Mme Caoudal fut de confectionner, d'une grossière serge noire du pays, un costume « civilisé » pour Atlantis. Et, vraiment, lorsqu'elle parut, souriante et un peu gênée dans ses nouveaux atours, avec sa longue jupe unie, sa veste aux manches bouffantes, sur sa tête un grand chapeau de paille tressé par Hélène, ses

petits pieds chaussés des souliers du dimanche
d'une jeune fille du pays, il n'y eut qu'un cri
d'admiration, tant elle était charmante.

Mᵐᵉ Caoudal souriait, fière de son œuvre. Quant
à Hélène, elle plia en soupirant les beaux vêtements antiques de son amie.

« Je les emporterai, dit-elle, et toujours je les
garderai. Oui, elle est délicieuse là dedans ; mais,
enfin, ce n'est plus qu'une beauté comme une
autre, tandis qu'auparavant c'était une déesse !

— Bah !... bah ! disait allégrement Mᵐᵉ Caoudal, elle est beaucoup mieux ainsi ; d'abord elle
aurait eu froid, bras et pieds nus telle qu'elle
était... Et puis, la vois-tu s'embarquant dans cet
attirail sur le paquebot américain ?... Les déesses,
c'est très joli sous l'eau, mais, pour ma part,
j'aime mieux la voir en jeune fille « comme il faut ».

Les voyageurs rentrèrent en France.

Deux mois ne s'étaient pas écoulés qu'un double mariage fut célébré à Paris, afin d'écarter les
curiosités indiscrètes de la province. Mᵐᵉ Caoudal, tout à fait réconciliée avec le nouvel état de
choses, raffolait d'Atlantis presque autant que
d'Hélène.

Au bout de six mois la jeune Grecque parlait
le français aussi bien qu'une Parisienne. Elle
s'habillait avec un goût exquis, et le seul reproche que pouvait lui faire sa belle-mère était que

sa trop grande beauté ameutait les gens dans la
rue... René ne s'en plaignait pas ; chaque jour
il découvrait dans le cœur et l'esprit de sa jeune
Océanide des perfections nouvelles... Quant à
Patrice et Hélène, leur opinion l'un sur l'autre
était arrêtée depuis trop longtemps pour qu'ils
eussent rien à y changer; chacun trouvait l'autre
parfait... Tout était donc pour le mieux dans le
meilleur des mondes.

Le seul nuage dans ce ciel riant fut l'attitude
de Monte-Cristo. René l'avait très sérieusement
prié de ne rien révéler de leur fantastique voyage,
ne tenant pas à donner en pâture à la curiosité des
badauds l'histoire de sa femme et son origine
sous-océanique. Mais le prince n'entendit pas de
cette oreille. Bien qu'il consentît, par pure courtoisie, à ne donner aucun détail précis sur Chariclès et sur sa fille, il n'en persista pas moins dans
le projet qu'il avait, dès le premier instant, conçu, de présenter à l'Académie des sciences un
mémoire de sa façon. C'est ce qu'il fit après
d'assez longs labeurs. Malheureusement, la
faconde et l'imagination de l'auteur se mettant
de la partie, il produisit un récit qui enchéris-
sait à ce point sur des faits suffisamment extra-
ordinaires en eux-mêmes que personne ne voulut en croire un mot.

En vain le prince se démena, tempêta, prit à

partie chacun de ses savants confrères ; le sentiment inné qu'il avait des convenances l'empêchant d'invoquer le témoignage de ses compagnons, il eut beau faire et beau dire, il passa et passera toujours pour un émule de Tartarin.

Sacripanti, qui seul l'eût secondé dans ses assertions, mais dont le témoignage, à vrai dire, aurait eu une valeur médiocre, avait disparu d'une façon qui serait restée inexplicable si René n'avait constaté, peu après, l'absence d'une des plus magnifiques perles d'Atlantis. Monte-Cristo, furieux, voulait poursuivre le voleur. Mais, d'un commun accord, on décida de le laisser tranquille, et on perdit complètement sa trace.

René Caoudal, à peine rentré de sa dernière croisière, adressa sa démission au ministre de la marine, se réservant, bien entendu, de reprendre le service actif si jamais son pays avait besoin de lui.

Atlantis se trouvait parfaitement heureuse au sein de sa nouvelle famille, et, dans son cœur aimant, sa mère, son mari, son frère Patrice et sa sœur Hélène avaient pris (sans le faire oublier) la place laissée vide par le vieillard augustequ'on avait enseveli là-bas... Mais, avant longtemps, René remarqua un nuage de mélancolie sur ce front charmant. Souvent il entendit Atlantis soupirer en regardant la mer. Par moments elle semblait atteinte d'une mystérieuse nostalgie.

Prompte à s'alarmer, la tendresse de René perça facilement le secret de cette tristesse. La pauvre enfant regrettait son océan, le silence enchanté du fond des mers, les merveilles au milieu desquelles elle avait grandi.

Alors, sans rien dire, René vendit quelques-unes des perles données par le vénérable Chariclès, puis il mit tous ses soins et toute sa science à faire construire pour Atlantis, au fond du golfe Juan, une délicieuse villa sous-marine desservie par une chaloupe submersible.

Quelle joie pour la jeune Océanide le jour où son mari, sous prétexte de promenade en mer, l'amena tout à coup au seuil de sa nouvelle demeure, image modeste du féerique pays natal!

Du coup Atlantis n'eut plus rien à désirer.

Elle et son mari passent dans leur retraite un bon tiers de leur vie ; Hélène et Patrice les accompagnent parfois en leur villégiature.

Au sein de cette solitude enchantée, oublieux des humains, des petites laideurs ambiantes, servis seulement par le fidèle Kermadec, qui a fini son temps dans la flotte et s'est voué pour la vie à son officier, ils mènent une existence digne d'envie.

Quant à Mme Caoudal, elle a refusé de jamais redescendre sous l'eau. Elle a bien trop peur,

20

allègue-t-elle, que Monte-Cristo ne tombe par hasard chez ses enfants et ne vienne de nouveau les faire prisonniers avec leurs hôtes, et pour tout de bon, cette fois!

TABLE

Paris. — Typ. Chamerot et Renouard, 19, rue des Saints-Pères. — 32957.

CATALOGUE
DE LA
COLLECTION HETZEL

Librairie spéciale de la Jeunesse et de l'Enfance

Bibliothèque d'Éducation et de Récréation

à l'usage des *Lycées, Collèges*
et Maisons d'Éducation, des Bibliothèques
scolaires et populaires, etc., etc.

▼▼▼

Livres de Prix — Livres d'Étrennes

Bibliothèque des Professions

Industrielles, Commerciales, Agricoles et Libérales

Magasin illustré d'Éducation et de Récréation

Librairie Générale

Poésies — Romans — Voyages — Histoire — Sciences

Œuvres complètes de Victor Hugo
J. Verne, Erckmann-Chatrian, P.-J. Stahl, etc.

▼▼▼

J. Hetzel et Cie

18, RUE JACOB — PARIS

PRINCIPALES ŒUVRES

contenues dans la première Série du

Magasin illustré d'Éducation et de Récréation

Tomes I à LX, années 1864 à 1894

Jules VERNE : Les Aventures du Capitaine Hatteras, Les Enfants du Capitaine Grant, Vingt mille lieues sous les mers, Aventures de 3 Russes et de 3 Anglais, Le Pays des Fourrures, L'Ile mystérieuse, Michel Strogoff, Hector Servadac, Les 500 millions de la Bégum, Un Capitaine de quinze ans, La Maison à vapeur, La Jangada, L'École des Robinsons, Kéraban-le-Têtu, L'Étoile du Sud, Un Billet de Loterie, Nord contre Sud, Deux ans de vacances, Famille sans nom, César Cascabel, Mistress Branican, Le Château des Carpathes, P'tit Bonhomme, les Aventures de Maître Antifer. — Jules VERNE et André LAURIE : L'Épave du Cynthia. — P.-J. STAHL : La Morale familière, Les Contes anglais, La Famille Chester, Histoire d'un Ane et de deux jeunes Filles, Une Affaire difficile à arranger, Maroussia, Les Quatre filles du docteur Marsch, La première cause de l'avocat Juliette, Jack et Jane, La Petite Rose. — André LAURIE : La Vie de collège dans tous les pays, L'Héritier de Robinson, De New-York à Brest, Le Secret du Mage, Le Rubis du grand Lama. — Jules SANDEAU : La Roche aux Mouettes. — STAHL et MULLER : Le Nouveau Robinson Suisse. — Hector MALOT : Romain Kalbris. — VIOLLET-LE-DUC : Histoire d'une Maison. — Jean MACÉ : Les Serviteurs de l'Estomac, La Grammaire de Mlle Lili, Les Soirées de Tante Rosy, etc. — E. LEGOUVÉ : Le Denier de la France, La Chasse, Le Travail et la Douleur, La Fée Béquillette, Un premier symptôme, Sur la Politesse, Lettre à Mlle Lili, Leçons de lecture, Une Élève de seize ans, Ce que La Fontaine doit aux autres, etc. — V. de LAPRADE : Le Livre d'un Père. — MULLER : La Jeunesse des Hommes célèbres. — Lucien BIART : Aventures d'un jeune Naturaliste, Entre Frères et Sœurs, Voyages de deux enfants dans un parc, Les Voyages involontaires. — Maurice BLOCK : Causeries d'Économie pratique. — Dr CANDÈZE : Les Aventures d'un Grillon, La Gileppe, Périnette. — Gustave DROZ : Vieux Souvenirs, Bébé aime le rouge, etc. — LACOME : La Musique au foyer. — S. BLANDY : Le Petit Roi, Les Pupilles de l'Oncle Philibert. — A. DEGUET : Histoire de mon Oncle et de ma Tante. — Ch. DICKENS : L'Embranchement de Mugby, Histoire de Bebelle, Septante fois sept. — BENTZON : Geneviève Delmas. — GENNEVRAYE : Le Théâtre de famille, La petite Louisette, Marchand d'Allumettes, Un Château où l'on s'amuse. — J. LERMONT : Les jeunes Filles de Quinnebasset, L'Ainée, Kitty et Bo. — RIDER HAGGARD : Les Mines de Salomon. — PERRAULT : Les Lunettes de grand'maman, Pas pressé, Les Exploits de Mario. — E. DIÉNY : La Patrie avant tout. — H. De NOUSSANNE : Jasmin Robba.

Nombreuses séries de scènes enfantines dessinées par FRŒLICH, FROMENT, DETAILLE, CHAM, GEOFFROY, etc., etc., avec textes de P.-J. STAHL, UN PAPA, etc.

COLLECTION COMPLÈTE DES 60 VOLUMES PARUS

Brochés : 426 fr.; cartonnés toile, tr. dor. : 600 fr.; reliés, tr. dor. : 720 fr.

JULES VERNE

Œuvres complètes parues, 35 volumes :

Brochés... **313 fr.** — Toile.... **413 fr.** — Reliés.... **489 fr.**

Voyages Extraordinaires

Couronnés par l'Académie française

TRÈS BELLE ÉDITION GRAND IN-8 ILLUSTRÉE

	Broché	Cartonné toile	Relié
Cinq Semaines en Ballon, 80 dessins, dont 4 planches en chromotypographie par Riou. 1 volume *※	4 50	6 »	» »
Voyage au Centre de la Terre, 56 dessins, dont 4 planches en chromotypographie par Riou. 1 volume *※	4 50	6 »	» »
Ces deux ouvrages réunis en un seul volume	9 »	12 »	14 »
Les Aventures du capitaine Hatteras, 261 dessins, dont 6 planches en chromotypographie par Riou. 1 vol. *※	9 »	12 »	14 »
Vingt mille lieues sous les Mers, 111 dessins, dont 6 planches en chromotypographie par De Neuville. 1 vol. *※.	9 »	12 »	14 »
Les Enfants du capitaine Grant (Voyage autour du monde), 177 dessins par Riou. 1 volume *※	10 »	13 »	15 »
L'Ile mystérieuse, 154 dessins par Férat. 1 volume *※	10 »	13 »	15 »
De la Terre à la Lune, 43 dessins par De Montaut. 1 volume *※.	4 50	6 »	» »
Autour de la Lune (suite de De la Terre a la Lune), 45 dessins, dont 4 planches en chromotypographie par Emile Bayard et De Neuville. 1 vol. *..	4 50	6 »	» »
Ces deux ouvrages réunis en un seul volume	9 »	12 »	14 »
Aventures de 3 Russes et de 3 Anglais, 52 dessins par Férat. 1 vol. *※.	4 50	6 »	» »
Une Ville flottante, suivie des Forceurs de Blocus. 44 dessins, dont 3 pl. en chromotypographie par Férat. 1 vol. *※	4 50	6 »	» »
Ces deux ouvrages réunis en un seul volume.	9 »	12 »	14 »
Le Pays des Fourrures, 105 dessins par Férat et De Beaurepaire. 1 vol. *※.	9 »	12 »	14 »
Les Indes-Noires, 45 dessins par Férat. 1 volume *※	4 50	6 »	» »

※ Ouvrages honorés de souscriptions du *Ministère de l'Instruction publique*, ou choisis pour faire partie des catalogues des bibliothèques scolaires ou populaires.

JULES VERNE (suite)	Broché	Cartonné toile	Relié
Le Chancellor, 58 dessins par Riou et Férat. 1 volume*✷	4 50	6 »	» »
Ces deux ouvrages réunis en un seul volume.	9 »	12 »	14 »
Le Tour du Monde en 80 jours, 80 dessins, dont 3 planches en chromotypographie par de Neuville et L. Benett. 1 volume*✷	4 50	6 »	» »
Le Docteur Ox, 58 dessins, dont 4 planches en chromotypographie par Schuler, Bayard, Frœlich, Marie. 1 vol.✷ . . .	4 50	6 »	» »
Ces deux ouvrages réunis en un seul volume.	9 »	12 »	14 »
Michel Strogoff, 95 dessins, dont 8 planches en chromotypographie par Férat. 1 volume*✷	9 »	12 »	14 »
Hector Servadac (voyages et aventures à travers le monde solaire). 100 dessins par Philippoteaux. 1 volume.*	9 »	12 »	14 »
Un Capitaine de 15 ans, 93 dessins par Meyer. 1 volume*✷	9 »	12 »	14 »
Les Cinq cents millions de la Bégum, 48 dessins par Benett. 1 volume*. . . .	4 50	6 »	» »
Les Tribulations d'un Chinois en Chine, 52 dessins par Benett. 1 vol.*✷	4 50	6 »	» »
Ces deux ouvrages réunis en un seul volume.	9 »	12 »	14 »
La Maison à vapeur, 101 dessins par Benett. 1 volume*✷.	9 »	12 »	14 »
La Jangada (800 lieues sur l'Amazone), 95 dessins par Benett. 1 volume*. . .	9 »	12 »	14 »
L'École des Robinsons, 51 dessins par Benett. 1 volume	4 50	6 »	» »
Le Rayon vert, 44 dessins par Benett. 1 volume*.	4 50	6 »	» »
Ces deux ouvrages réunis en un seul volume.	9 »	12 »	14 »
Kéraban-le-Têtu, 101 dessins par Benett. 1 volume*	9 »	12 »	14 »
L'Étoile du Sud (Voyage au pays des Diamants), 63 dessins par Benett. 1 volume*	4 50	6 »	» »
L'Archipel en feu, 51 dessins par Benett. 1 volume*	4 50	6 »	» »
Ces deux ouvrages réunis en un seul volume.	9 »	12 »	14 »
Mathias Sandorf, 113 dessins par Benett. 1 volume*.	10 »	13 »	15 »
Le Billet de Loterie, 42 dessins par Roux. 1 volume*.	4 50	6 »	» »
Robur-le-Conquérant, 45 dessins par Benett. 1 volume	4 50	6 »	» »
Ces deux ouvrages réunis en un seul volume.	9 »	12 »	14 »
Nord contre Sud, 86 dessins, dont 12 planches en couleurs par Benett. 1 vol.*✷.	9 »	12 »	14 »

JULES VERNE (suite)

	Broché	Cartonné toile	Relié
	—	—	—
Deux ans de Vacances, 90 dessins, dont 8 planches en chromotypographie de BENETT. 1 volume*	9 »	12 »	14 »
Le Chemin de France, 42 dessins, dont 6 planches en couleurs par ROUX. 1 vol.*	4 50	6 »	» »
Sans dessus dessous, 36 dessins, dont 7 planches en couleurs par ROUX, 1 vol.*	4 50	6 »	» »
Ces deux ouvrages réunis en un seul volume	9 »	12 »	14 »
Famille sans Nom, 82 dessins, dont 12 planches en couleurs par TIRET-BOGNET. 1 volume*	9 »	12 »	14 »
César Cascabel, 85 dessins, dont 12 planches en chromotypographie par G. ROUX. 1 volume*✳	9 »	12 »	14 »
Mistress Branican, 83 dessins, dont 12 planches en chromotypographie par BENETT. 1 volume✳	9 »	12 »	14 »
Le Château des Carpathes, 40 dessins, dont 6 planches en chromotypographie par L. BENETT. 1 volume✳	4 50	6 »	» »
Claudius Bombarnac (CARNET D'UN REPORTER), 55 dessins, dont 6 planches en chromotypographie par L. BENETT. 1 volume*✳	4 50	6 »	» »
Ces deux ouvrages réunis en un seul volume	9 »	12 »	14 »
P'tit Bonhomme, 85 dessins, dont 12 planches en chromotypographie par L. BENETT. 1 volume✳	9 »	12 »	14 »
Mirifiques Aventures de Maître Antifer, 77 dessins, dont 12 planches en chromotypographie par G. ROUX. 1 v.*	9 »	12 »	14 »
†**L'Ile à Hélice**, 81 dessins, dont 12 planches en chromotypographie par G. ROUX. 1 volume*	9 »	12 »	14 »

LA DÉCOUVERTE DE LA TERRE :

	Broché	Cartonné toile	Relié
Les premiers Explorateurs, 117 dessins et cartes par PHILIPPOTEAUX, BENETT. 1 volume *✳	7 »	10 »	12 »
Les grands Navigateurs du XVIIIᵉ siècle, 116 dessins et cartes par P. PHILIPPOTEAUX et MATTHIS. 1 vol. *✳	7 »	10 »	12 »
Les Voyageurs du XIXᵉ siècle, 108 dessins et cartes par BENETT. 1 vol.*✳	7 »	10 »	12 »
Ces trois ouvrages réunis en un seul volume	» »	25 »	30 »

J. VERNE ET TH. LAVALLÉE. Géographie de la France et de ses Colonies. Edition revue par DUBAIL. 108 gravures par CLERGET et RIOU, et 100 cartes. 1 vol.*✳ — 10 » | 13 » | 15 »

---

† Nouveautés de l'année.

COLLECTION HETZEL

Chaque ouvrage forme un volume

VOLUMES GRAND IN-8 ILLUSTRÉS
(Formats Jésus et Colombier)

Brochés, **10** *fr.* — *Cartonnés toile, tranches dorées,* **13** *fr.*
Reliés 1/2 chagrin, tranches dorées, **15** *fr.*

BIART (LUCIEN).... **Don Quichotte,** édition spéciale à la jeunesse, illustré de 316 dessins par TONY JOHANNOT.

CLÉMENT (CH.).... *✳**Michel-Ange, Raphaël, Léonard de Vinci,** illustré de 167 dessins d'après les grands maîtres.

LA FONTAINE...... **Fables,** illustré de 115 grandes compositions d'EUGÈNE LAMBERT.

LAURIE (ANDRÉ)... *✳**Les Exilés de la Terre** (*Selene Company L^d*), illustré de 79 dessins par G. ROUX.

MAYNE-REID, *Œuvres choisies pour la Jeunesse:*
*✳**Aventures de Terre et de Mer,** 200 illustrations.
*✳**Aventures de Chasses et de Voyages,** 200 illustrations.

MALOT (HECTOR)... ✿*✳**Sans Famille,** illustré de 109 dessins par Emile BAYARD.

MOLIÈRE......... *✳**Œuvres complètes,** préfa:) de SAINTE-BEUVE, illustré de 630 dessins par TONY JOHANNOT.

RAMBAUD (ALFR.) ✿*✳**L'Anneau de César,** illustré de 80 dessins par G. ROUX.

Brochés, **9** *fr.* — *Cartonnés toile, tranches dorées,* **12** *fr.*
Reliés 1/2 chagrin, tranches dorées, **14** *fr.*

BIART (LUCIEN).... *✳**Les Voyages involontaires** (*Monsieur Pinson. — Le Secret de José. — La Frontière indienne. — Lucia*), illustré de 104 dessins par MEYER.

BIART (LUCIEN).... *✳**Aventures d'un jeune Naturaliste,** illustré de 156 dessins par BENETT.

BLANDY (S.)....... **Les Épreuves de Norbert** (*Voyage en Chine*), illustré par A. BORGET et BENETT.

FLAMMARION (C.).. *✳**Histoire du Ciel.**

STAHL ET MULLER. *✳**Le nouveau Robinson Suisse,** illustré de 150 dessins par YAN'DARGENT.

✿ Ouvrages couronnés par l'Académie française.

VOLUMES IN-8 RAISIN ILLUSTRÉS

CHAQUE OUVRAGE FORME UN VOLUME

Brochés, **7** *fr. — Cartonnés toile, tranches dorées,* **10** *fr.*
Reliés 1/2 chagrin, tranches dorées, **11** *fr.*

BADIN (ADOLPHE).. *Jean Casteyras, Aventures de trois enfants en Algérie,* illustré par BANETT.

BARBIER (Mme M.) :

Les Contes blancs, illustrés par GEOFFROY, ROUX et DESTEZ, et accompagnés de 10 mélodies inédites par C. GOUNOD, E. GUIRAUD, H. MARÉCHAL, J. MASSENET, G. NADAUD, E. REYER, RUBINSTEIN, SAINT-SAENS, H. SALOMON, A. THOMAS.

Bempt (Nouveaux Contes blancs), illustré par DESTEZ et TIRET-BOGNET et accompagné de 3 mélodies inédites par E. BOULANGER, TH. DUBOIS, V. JONCIÈRES.

BENTZON (TH.) :

*Contes de tous les Pays, illustré par GEOFFROY, DELORT, etc.

*Geneviève Delmas, illustré par G. ROUX.

BOISSONNAS (Mme B.) *Une Famille pendant la guerre 1870-71, illustré par P. PHILIPPOTEAUX.

BRÉHAT (A. DE)....*Les Aventures d'un petit Parisien, illustré par MORIN.

BRUNETIÈRE (EDITION) *Chefs-d'œuvre de Corneille (*Le Cid, Horace, Cinna, Polyeucte*), avec préface et notes de F. BRUNETIÈRE, *de l'Académie française,* illustré par J. DUBOUCHET.

DAUDET (ALPHONSE) :

*Histoire d'un Enfant, *le Petit Chose* (*édition spéciale à l'usage de la jeunesse*), illustré par P. PHILIPPOTEAUX.

Contes choisis : *La Famille Joyeuse, Les Vieux, Le Secret de Maître Cornille, La Chèvre de M. Seguin, Le Sous-Préfet aux champs, Chez le Médecin, Les trois Corbeaux, Salvette et Bernadou, Les Étoiles, Les Sauterelles, Les Douaniers, Le Photographe, Marche de nuit, La dernière Classe, L'Enfant espion, Le Porte-Drapeau, Les Mères, Le Siège de Berlin, Les Émotions d'un Perdreau rouge, Les petits Pâtés, Le Tambourinaire, Tartarin de Tarascon,* etc. (*Édition spéciale à l'usage de la jeunesse*), illustrés par Émile BAYARD et A. MARIE.

DESNOYERS (LOUIS). *Aventures de Jean-Paul Choppart, illustré par GIACOMELLI et CHAM.

COLLECTION HETZEL

DUBOIS (FÉLIX)..... *✳La Vie au Continent noir, illustré par RIOU, d'après les dessins et croquis d'Adrien MARIE et les photographies de M. G. WARENHORST.

DUPIN DE ST-ANDRÉ.* Ce qu'on dit à la Maison, illustré par GEOFFROY.

FAUQUEZ .... Les Adoptés du Boisvallon, illustré par PHILIPPOTEAUX.

GRIMARD (ED.).... *Le Jardin-d'Acclimatation (*Le Tour du Monde d'un naturaliste*), illustré par BENETT, LALLEMAND, etc.

HUGO (VICTOR)....*✳Le Livre des Mères (*les Enfants*), poésies de Victor Hugo ayant trait à l'enfance, illustré de nombreuses gravures et vignettes par FROMENT.

LAPRADE (VICTOR DE), de l'Académie française :

✳Le Livre d'un Père, illustré par FROMENT.

LAURIE (ANDRÉ), *La Vie de Collège dans tous les Pays* :

*✳Mémoires d'un Collégien, illustré par GEOFFROY.

*✳La Vie de collège en Angleterre, illustré par PHILIPPOTEAUX.

*✳Une Année de collège à Paris, illustré par GEOFFROY.

*✳Histoire d'un Ecolier hanovrien, illustré par MAILLARD.

*✳Tito le Florentin, illustré par G. ROUX.

*✳Autour d'un Lycée japonais, illustré par FÉLIX RÉGAMEY.

*✳Le Bachelier de Séville, illustré par ATALAYA.

*✳Mémoires d'un Collégien russe, illustré par G. ROUX.

*✳Axel Ebersen (*Le Gradué d'Upsala*), illustré par G. ROUX.

LAURIE (ANDRÉ), *Les Romans d'Aventures* :

*✳Le Capitaine Trafalgar, illustré par G. ROUX.

*De New-York à Brest en 7 heures, illustré par RIOU.

Le Secret du Mage, illustré par BENETT.

*Le Rubis du Grand Lama, illustré par RIOU

†Atlantis, illustré par Georges ROUX.

LEGOUVÉ (ERNEST), de l'Académie française :

La Lecture en famille, illustré par BENETT, GEOFFROY.

*✳Nos Filles et nos Fils, *Scènes et études de famille,* illustré par PHILIPPOTEAUX.

✳Une Élève de seize ans, illustré par A. MARIE, ROUX, JANKOWSKI, etc.

*Épis et Bleuets, *Souvenirs biographiques, études littéraires et dramatiques, scènes de famille,* illustré par P. DESTEZ, DESVALLIÈRES, GEOFFROY, MONTÉGUT, etc., etc.

COLLECTION HETZEL

MACÉ (JEAN)......*✕**Histoire d'une Bouchée de pain**, illustré par FROELICH.

MALOT (HECTOR)... ***Romain Kalbris**, illustré par E. BAYARD.

NEUKOMM (EDMOND).†***Les Dompteurs de la Mer**, *Les Normands en Amérique depuis le x⁰ jusqu'au xv⁰ siècle*, illustré par G. ROUX et BENETT.

NOUSSANNE (H. DE). ***Jasmin Robba**, suivi de *Pierrefond dans l'Histoire*, illustré par G. ROUX.

RATISBONNE (L.). ◎ ✕**La Comédie enfantine**, illustré par FROMENT et DE GOBERT.

RIDER-HAGGARD....*✕**Découverte des Mines du Roi Salomon**, adaptation par C. LEMAIRE, avec préface et postface de TH. BENTZON, illustré par RIOU.

SANDEAU (JULES), de l'Académie française :

*✕**La Roche aux Mouettes**, illustré par BAYARD et FÉRAT.

◎✕**Madeleine** (*édition spéciale à l'usage de la jeunesse*), illustré par BAYARD.

✕**Mademoiselle de la Seiglière**, illustré par BAYARD.

La Petite Fée du Village (*édition de* CATHERINE *spéciale à la jeunesse*), illustré par ROUX.

SAUVAGE (ÉLIE).... **La petite Bohémienne**, illustré par FROELICH.

STAHL (P.-J.), *Œuvres pour la Jeunesse* :

◎*✕**Contes et Récits de Morale familière**, *Leçons pratiques de la Vie*, illustré par divers.

◎✕**Histoire d'un Ane et de deux jeunes Filles**, illustré par TH. SCHULER.

◎*✕**Les Patins d'argent** (*Histoire d'une famille hollandaise et d'une bande d'écoliers*), d'après Mⁿ MARY MAPES DODGE, illustré par TH. SCHULER.

◎*✕**Maroussia**, d'après une légende de MARKOWOVZOK, illustré par TH. SCHULER.

*✕**Les quatre Filles du docteur Marsch**, d'après ALCOTT, illustré par A. MARIE.

◎***Les quatre Peurs de notre général**, illustré par BAYARD et A. MARIE.

✕**Les Contes de l'Oncle Jacques**, 50 illustrations par A. MARIE, J. GEOFFROY, HENRIOT, G. ROUX, TH. SCHULER, etc., etc.

◎ *Ouvrages couronnés par l'Académie française.*

TOLSTOI (COMTE L.) ✳Enfance et Adolescence, adaptation par Michel Delines, illustré par Benett.

ULBACH (LOUIS).... Le Parrain de Cendrillon, illustré par Émile Bayard.

VADIER (B.)....... Théâtre à la Maison et à la Pension, illustré par Geoffroy.

VALDÈS (ANDRÉ)... Le Roi des Pampas, illustré par Achet et Félix Régamey.

VERNE (J.) & A. LAURIE. *L'Épave du Cynthia, illustré par Roux.

VERNE (J.) & D'ENNERY. Les Voyages au Théâtre (*Le Tour du Monde en 80 jours, Michel Strogoff, Les Enfants du Capitaine Grant*), illustré de 65 dessins par Benett et Meyer.

VIOLLET-LE-DUC (Texte et dessins) :

  *✳Histoire d'une Forteresse.

  *✳Histoire de l'Habitation humaine, depuis les temps préhistoriques jusqu'à nos jours.

  *✳Histoire d'un Hôtel de ville et d'une Cathédrale.

VOLUMES IN-8 CAVALIER ILLUSTRÉS

Brochés, 4 fr. 50. Cartonnés toile, tranches dorées, 6 fr.

ANCEAU.......... Blanchette et Capitaine.

BENTZON........ ✳Pierre Casse-Cou.

BERR DE TURIQUE. La petite Chanteuse.

BIART (LUCIEN).... *✳Voyages et Aventures de deux enfants dans un parc.

— ..... Deux Amis.

— .....*✳Monsieur Pinson.

BUSNACH (W.)..... ⓣLe Petit Gosse.

CHAZEL (PROSPER).. *Le Chalet des Sapins.

CRETIN-LEMAIRE... Les Expériences de la petite Madeleine.

DEQUET (A.)....... *Histoire de mon Oncle et de ma Tante.

DUMAS (ALEXANDRE) Histoire d'un Casse-noisette.

COLLECTION HETZEL

ERCKMANN-CHATRIAN	*Les Vieux de la Vieille (*Lucien et Justine*).
—	Pour les Enfants.
FATH	Un drôle de Voyage.
GENNEVRAYE	Un château où l'on s'amuse.
—	Théâtre de famille.
—	*❋La petite Louisette.
—	❶❋Marchand d'Allumettes.
—	†Les Petits Robinsons de Roc-Fermé.
LERMONT (J.)	L'Aînée, d'après S. COOLIDGE.
—	Histoire de deux bébés (*Kitty et Bo*).
—	Un heureux Malheur.
—	*❋Les jeunes Filles de Quinnebasset, d'après Sophie MAY.
MACÉ (JEAN)	*❋Les Contes du Petit Château.
—	❋Le Théâtre du Petit Château.
—	*❋Histoire de deux petits Marchands de pommes.
—	*❋Les Serviteurs de l'Estomac.
MULLER	*❋La Jeunesse des Hommes célèbres.
NICOLE	†Contes et Légendes d'Égypte.
PERRAULT (P.)	Pas-Pressé.
RECLUS (ELISÉE)	*❋Histoire d'une Montagne.
—	*❋Histoire d'un Ruisseau.
SAINTINE	❋Picciola.
SILVA (DE)	Le Livre de Maurice.
STAHL ET LERMONT.	*La Petite Rose, ses six tantes et ses sept cousins, d'après ALCOTT.
STAHL ET DE WAILLY.	❋Les Vacances de Riquet et Madeleine.
—	†Mary Bell, William et Lafaine.
STEVENSON (R. L.)	*❋L'Île au Trésor, adaptation par André LAURIE.
VADIER (B.)	Rose et Rosette.
VALLERY-RADOT	❶*❋Journal d'un Volontaire d'un an.
VIOLLET-LE-DUC	*❋Histoire d'une Maison.
—	*❋Histoire d'un Dessinateur, *Comment on apprend à dessiner*.

* Ouvrages honorés de souscriptions ou choisis par la *Ville de Paris* pour ses distributions de prix ou ses bibliothèques municipales.

Petite Bibliothèque Blanche

VOLUMES ILLUSTRÉS GRAND IN-16

Brochés, 1 fr. 50. *Cartonnés toile rouge, tranches dorées,* 2 fr.

ALDRICH (TH.-B.)..*※Un Écolier américain (traduit et adapté par Th. BENTZON).

AUSTIN (S.)........ Boulotte.

BEAULIEU (DE).... Les Mémoires d'un Passereau.

BENTZON (TH.).... *Yette (Histoire d'une jeune Créole).

BERTIN (M.)...... Les deux côtés du mur.

— ...... *Voyage au pays des défauts.

— ...... Les Douze.

BIGNON........... Un singulier petit homme.

DE LA BÉDOLLIÈRE. *Histoire de la Mère Michel et de son Chat.

CHATEAU-VERDUN (DE) *Monsieur Roro.

CHERVILLE........ ※Histoire d'un trop bon Chien.

CRETIN-LEMAIRE... Le Livre de Trotty.

DICKENS (CH.)..... L'Embranchement de Mugby.

DIENY............ *La Patrie avant tout.

DUMAS (ALEXᵈʳᵉ).... La Bouillie de la Comtesse Berthe.

FEUILLET (OCTAVE). *La Vie de Polichinelle.

GÉNIN (M.)........ *Un petit Héros.

— Les Grottes de Plémont.

GIRON (AIMÉ) ..... +*La Famille de la Marjolaine.

LEMONNIER (C.) ... Bébés et Joujoux.

— ...... *Histoire de huit Bêtes et d'une Poupée.

— ...... Les Joujoux parlants.

LERMONT (J.)..... Mes Frères et Moi.

LOCKROY (S.)...... Les Fées de la Famille.

MARSHALLS....... +*Le Petit Jack.

MAYNE-REID ...... *Les Exploits des Jeunes Boërs.

MULLER.......... Récits enfantins.

MUSSET (P. DE)... M. le Vent et Mᵐᵉ la Pluie.

NODIER (CHARLES).. Trésor des fèves et fleur des pois.

OURLIAC (E.)...... Le Prince Coqueluche.

PERRAULT........ *Les Lunettes de grand'maman.

— Les Exploits de Mario.

SAND (GEORGE).... Histoire du véritable Gribouille.

SPARK........... *Fabliaux et Paraboles.

STAHL (P.-J.).... *Les Aventures de Tom Pouce.

— .... *Les Contes de Tante Judith.

— .... *Le Sultan de Tanguik.

VERNE (JULES) ....*※Un Hivernage dans les glaces.

PRIX — ÉTRENNES — BIBLIOTHÈQUES

BIBLIOTHÈQUE d'ÉDUCATION et de RÉCRÉATION

VOLUMES IN-18 ILLUSTRÉS

Brochés, 3 fr.
Cartonnés toile, tranches dorées, 4 fr.

ALDRICH	※Un Écolier américain (*adapté par Bentzon*).	1 v.
ALONE.	Autour d'un Lapin blanc.	1 v.
ASTON (G.).	※ L'Ami Kips .	1 v.
BADIN.	※ Jean Casteyras .	1 v.
BENEDICT.	※La Madone de Guido-Reni.	1 v.
BENTZON	※Pierre Casse-Cou .	1 v.
—	※ Yette.	1 v.
—	※Contes de tous les Pays.	1 v.
—	※Geneviève Delmas.	1 v.
BERTRAND (Alex.)	※Lettres sur les révolutions du globe.	1 v.
	※Les Fondateurs de l'Astronomie.	1 v.
BIART (Lucien)	※Aventures d'un jeune Naturaliste.	1 v.
—	※Entre Frères et Sœurs .	1 v

Les Voyages involontaires :

—	※Monsieur Pinson.	1 v.
—	※ La Frontière indienne.	1 v.
—	※Le Secret de José .	1 v.
—	※ Lucia Avila .	1 v.
—	※Aventures de deux enfants dans un parc.	1 v.
BLANDY (S.).	※L'Oncle Philibert.	1 v.
—	※ Fils de Veuve.	1 v.
BOISSONNAS (Mme B.).	※Une Famille pendant la guerre 1870-71 (*couronné par l'Académie française*)	2 v.
—	※Un Vaincu.	1 v.
BRÉHAT (de)	※Aventures d'un petit Parisien.	1 v.
—	※Aventures de Charlot .	1 v.

Contes et Récits de l'Histoire naturelle :

CANDÈZE (Dr)	※ Aventures d'un Grillon.	1 v.
—	※ La Gileppe .	1 v.
—	※ Périnette.	1 v.
CHAZEL (Prosper).	※ Le Chalet des Sapins.	1 v.
CLÉMENT (Ch.).	※Michel-Ange, Raphaël, Léonard de Vinci.	1 v.
DESNOYERS (Louis).	※ Mésaventures de Jean-Paul Choppart.	1 v.

※ Ouvrages honorés de souscriptions du *Ministère de l'Instruction publique*, ou choisis pour faire partie des catalogues des bibliothèques scolaires ou populaires.

BIBLIOTHÈQUE D'ÉDUCATION ET DE RÉCRÉATION

Dubois (Félix)	✳La Vie au Continent noir	1 v.
Dupin de Saint-André.*	Ce qu'on dit à la maison	1 v.
Erckmann-Chatrian.	*✳Le fou Yégof ou l'Invasion	1 v.
—	*✳Madame Thérèse	1 v.
— *Histoire*	✳Les États généraux (1789)	1 v.
— *d'un*	✳La Patrie en danger (1792)	1 v.
— *Paysan :*	✳L'An I de la République (1793)	1 v.
—	✳Le Citoyen Bonaparte (1794-1815)	1 v.
Faraday (M.)	*✳Histoire d'une Chandelle	1 v.
Font-Réaulx (de)	*✳Les Canaux	1 v.
Fougou	* Histoire du Travail	1 v.
Gennevraye	Théâtre de Famille	1 v.
—	*✳La Petite Louisette	1 v.
—	*✳Marchand d'Allumettes (*couronné par l'Académie française*)	1 v.
—	Un Château où l'on s'amuse	1 v.
Gouzy	*✳Voyage d'une Fillette au pays des Étoiles	1 v.
—	*✳Promenade d'une Fillette autour d'un Laboratoire	1 v.
Gratiolet (P.)	*De la Physionomie	1 v.
Grimard	* Histoire d'une Goutte de sève	1 v.
Hirtz (Mlle)	*✳Méthode de Coupe et de Confection des vêtements de femmes et d'enfants, 154 grav.	1 v.
Hugo (Victor)	*✳Les Enfants (Le Livre des Mères)	1 v.
Immermann	La Blonde Lisbeth	1 v.
Laprade (V. de)	✳Le Livre d'un Père	1 v.

Laurie (André). *La Vie de Collège dans tous les Pays :*

*✳La Vie de collège en Angleterre	1 v.		*✳Autour d'un Lycée japonais.	1 v.
*✳Mémoires d'un Collégien	1 v.		*✳Le Bachelier de Séville	1 v.
*✳Une année de collège à Paris	1 v.		*✳Mémoires d'un Collégien russe	1 v.
*✳Un Écolier hanovrien	1 v.		*✳Axel Ebersen (Le gradué	
*✳Tito le Florentin	1 v.		d'Upsala)	1 v.

Laurie (André). *Les Romans d'Aventures :*

*✳L'Héritier de Robinson.	1 v.		*Selene Company limited*	
*✳Le Capitaine Trafalgar.	1 v.		*Le Nain de Rhadamèh.	1 v.
* De New-York à Brest en 7 heures	1 v.		*Les Naufragés de l'espace.	1 v.
Le Secret du Mage.	1 v.		*Le Rubis du Grand Lama.	1 v.

Lavallée (Th.)	* Les Frontières de la France (*couronné par l'Académie française*)	1 v.
Legouvé (Ernest)	*✳Les Pères et les Enfants au XIXe siècle :	
	Enfance et Adolescence	1 v.
	La Jeunesse	1 v.
—	*✳Nos Filles et nos Fils	1 v.
—	*✳L'Art de la lecture	1 v.
—	*✳La Lecture en action	1 v.
—	*✳Une Élève de seize ans	1 v.
—	* Épis et Bleuets	1 v.
Lermont	*✳Les jeunes Filles de Quinnebasset	1 v.
—	✳Un heureux Malheur	1 v.
Lockroy (Mme)	Contes à mes nièces	1 v.
Macé (Jean)	*✳Arithmétique du Grand-Papa	1 v.
—	✳Contes du Petit Château	1 v.
—	*✳Histoire d'une Bouchée de Pain	1 v.
—	✳Les Serviteurs de l'estomac	1 v.
—	* Les Soirées de ma tante Rosy	1 v.
—	*✳Le Théâtre du Petit Château	1 v.
	(2 fr. broché, 3 fr. cartonné.)	

* Ouvrages honorés de souscriptions ou choisis par la *Ville de Paris* pour ses distributions de prix ou ses bibliothèques municipales.

J. HETZEL ET Cⁱᵉ, 18, RUE JACOB

MAYNE-REID. *Œuvres choisies pour la Jeunesse :*

*✳William le Mousse	1 v.	*✳Les deux Filles du Squatter.	1 v.
* Les jeunes Esclaves.	1 v.	* Les jeunes Voyageurs.	1 v.
*✳Le Désert d'eau	1 v.	*✳Les Robinsons de Terre ferme	1 v.
* Les Exploits des jeunes Boërs.	1 v.	* Les Chasseurs de Chevelures.	1 v.
*✳Les Chasseurs de Girafes.	1 v.	*✳Le petit Loup de mer	1 v.
* Les Naufragés de l'île de Bornéo.	1 v.	* La Terre de Feu.	1 v.
*✳La Sœur perdue.	1 v.	Les Émigrants du Transvaal.	1 v.
*✳Les Planteurs de la Jamaïque	1 v.		

MULLER (Eugène).	✳Jeunesse des Hommes célèbres.	1 v.
—	✳Morale en action par l'histoire.	1 v.
—	✳Les Animaux célèbres.	1 v.
NODIER (Ch.).	Contes choisis.	2 v.
NOEL (Eugène).	✳La Vie des Fleurs.	1 v.
NOUSSANNE (H. de).	† Jasmin Robba.	1 v.
PARVILLE (de).	Un Habitant de la planète Mars.	1 v.
RATISBONNE (Louis).	✳La Comédie enfantine (*ouvrage couronné par l'Académie française*).	1 v.
RECLUS (Élisée).	✳Histoire d'un Ruisseau	1 v.
—	✳Histoire d'une Montagne	1 v.
RENARD.	✳Le Fond de la mer.	1 v.
RIDER-HAGGARD.	✳Découverte des Mines du Roi Salomon.	1 v.
SANDEAU (Jules).	✳La Roche aux Mouettes	1 v.
SIEBECKER (Édouard).	✳Histoire de l'Alsace.	1 v.
SIMONIN.	✳Histoire de la Terre.	1 v.
STAHL (P.-J.).	✳Contes et Récits de Morale familière	1 v.
	(*Ouvrage couronné par l'Académie française*, adopté par les conférences cantonales d'instituteurs et les commissions départementales, et compris dans la circulaire ministérielle du 17 novembre 1883.)	
—	✳Les Patins d'argent (*ouvrage couronné par l'Académie française*).	1 v.
—	* La Famille Chester, *adaptation*	1 v.
—	✳Histoire d'un Ane et de deux jeunes Filles (*ouvrage couronné par l'Académie française*)	1 v.
—	✳Maroussia (*ouvrage couronné par l'Académie française*)	1 v.
—	* Les quatre Peurs de notre général.	1 v.
—	✳Les quatre Filles du Dʳ Marsch.	1 v.
—	✳Mon premier Voyage en Mer, *adaptation*.	1 v.
—	Contes de l'Oncle Jacques.	1 v.
STAHL et LERMONT	* La petite Rose, ses six Tantes et ses sept Cousins.	1 v.
—	✳Jack et Jane.	1 v.
STAHL et MULLER.	✳Le nouveau Robinson suisse.	1 v.
STEVENSON.	*✳L'Ile au Trésor.	1 v.
TOLSTOÏ (le comte L.).	*✳Enfance et Adolescence.	1 v.
TYNDALL.	✳Dans les Montagnes.	1 v.
VADIER.	Blanchette	1 v.
VALLERY-RADOT (R.).	✳Journal d'un Volontaire d'un an (*ouvrage couronné par l'Académie française*).	1 v.
VAN BRUYSSEL	✳Scènes de la Vie des Champs et des Forêts aux États-Unis.	1 v.
J. VERNE et A. LAURIE.	* L'Épave du Cynthia.	1 v.
ZURCHER et MARGOLLÉ	✳Histoire de la Navigation.	1 v.

VERNE (Jules). VOYAGES EXTRAORDINAIRES

(couronnés par l'Académie française)

Aventures du capitaine Hatteras :
- **✻✻Les Anglais au pôle Nord. 1 v.**
- **✻Le Désert de Glace** . . . . 1 v.

- **✻Le Chancellor** . . . . 1 v.
- **✻Cinq semaines en ballon (couronné)** . . . . 1 v.
- **✻Voyage au centre de la Terre (couronné)** . . . . 1 v.
- **✻De la Terre à la Lune (couronné)** . . . . 1 v.
- **• Autour de la Lune (couronné)** . . . . 1 v.
- **✻Le docteur Ox** . . . . . 1 v.

Les Enfants du capitaine Grant :
- **✻✻L'Amérique du Sud** . . . . 1 v.
- **✻✻L'Australie** . . . . 1 v.
- **✻✻L'Océan Pacifique** . . . . . 1 v.

L'Ile Mystérieuse :
- **✻✻Les Naufragés de l'air** . . . 1 v.
- **✻✻L'Abandonné** . . . . . . 1 v.
- **✻✻Le Secret de l'île** . . . . . 1 v.

- **✻✻Le Pays des Fourrures** . . . 2 v.
- **✻Vingt mille lieues sous les Mers (couronné)** . . . . 2 v.
- **✻✻Le Tour du Monde en 80 Jours** . . . . 1 v.
- **✻Aventures de trois Russes et de trois Anglais** . . . . 1 v.
- **✻✻Une Ville flottante** . . . . 1 v.

- **✻✻Michel Strogoff** . . . . . . 2 v.
- **✻✻Les Indes-Noires** . . . . . 1 v.
- **•Hector Servadac** . . . . . 2 v.
- **•Un Capitaine de quinze ans** . 2 v.
- **• Les cinq cents Millions de la Bégum** . . . . 1 v.
- **✻✻Les Tribulations d'un Chinois en Chine** . . . . . 1 v.
- **✻✻La Maison à vapeur** . . . . 2 v.
- **•La Jangada** . . . . 2 v.
- **L'École des Robinsons** . . 1 v.
- **• Le Rayon-Vert** . . . . . . 1 v.
- **• Kéraban-le-Têtu** . . . . . 2 v.
- **• L'Archipel en feu** . . . . 1 v.
- **• L'Étoile du Sud** . . . . . 1 v.
- **• Mathias Sandorf** . . . . . 3 v.
- **Robur-le-Conquérant** . . . 1 v.
- **Un Billet de Loterie** . . . 1 v.
- **✻✻Nord contre Sud** . . . . 2 v.
- **• Le Chemin de France** . . . 1 v.
- **• Deux Ans de Vacances** . . 2 v.
- **• Famille sans Nom** . . . . 2 v.
- **• Sans dessus dessous** . . . 1 v.
- **✻✻César Cascabel** . . . . . 2 v.
- **✻Mistress Branican** . . . . 2 v.
- **✻Le Château des Carpathes** . 1 v.
- **✻Claudius Bombarnac** . . . 1 v.
- **✻P'tit Bonhomme** . . . . 2 v.
- **•Mirifiques aventures de Maître Antifer** . . . . . 2 v.
- **†•L'Ile à hélice** . . . . . . 2 v.

VERNE (Jules). *Histoire des grands voyages et des grands voyageurs*

La découverte de la Terre {
- **✻✻Les premiers Explorateurs** . . . . 2 v.
- **✻✻Les Navigateurs du XVIII° siècle** . . . . . 2 v.
- **✻✻Les Voyageurs du XIX° siècle** . . . . 2 v.

VOLUMES IN-18

Broché, 3 fr. — Cartonnés toile, tranches dorées, 4 fr.

ANDERSEN	Nouveaux Contes suédois	1 v.
EGGER	✻Histoire du Livre	1 v.
FRANKLIN (J.)	✻Vie des Animaux	6 v.
LAVALLÉE (Th.)	✻Histoire de la Turquie	2 v.
LEGOUVÉ (E.)	Conférences parisiennes	1 v.
MACAULAY	✻Histoire et Critique	1 v.
ORDINAIRE	Rhétorique nouvelle	1 v.
SUSANE (général)	Histoire de la Cavalerie	3 v.
	Histoire de l'Artillerie	1 v.
THIERS	✻Histoire de Law	1 v.

---

* Ouvrages honorés de souscriptions ou choisis par la *Ville de Paris* pour ses
distributions de prix ou ses bibliothèques municipales.

Livres Classiques

Adoptés par le Ministère de l'Instruction publique

VOLUMES IN-18

Brachet (A.) ❶*✗Grammaire historique de la langue française. Préface par Littré	3 fr.	»
(Bradel, 3 fr. 25. Cartonné toile, 4 fr.)		
— ❶*✗Dictionnaire étymologique de la langue française. Préface par Egger	8 fr.	»
(Bradel, 8 fr. 50. Cartonné toile, 9 fr.)		
Dubail ✗Géographie de l'Alsace-Lorraine	1 fr.	»
Egger *✗Histoire du Livre	3 fr.	»
(Cartonné toile, 4 fr.)		
Gaillard (Ed.).*✗La Botanique à la campagne	4 fr.	»
(Cartonné toile, 5 fr.)		
Hippeau *✗Cours d'Économie domestique	3 fr.	»
(Cartonné toile, 4 fr.)		
Hugo (Victor)*✗Les Enfants (Le Livre des Mères)	3 fr.	»
(Bradel, 3 fr. 25. Cartonné toile, 4 fr.)		
— *✗Œuvres. Extraits. Édition des Écoles	2 fr.	»
(Cartonné toile, 3 fr.)		
Legouvé (E.).*✗L'Art de la lecture	3 fr.	»
(Cartonné toile, 4 fr.)		
— ✗Petit Traité de lecture à haute voix	1 fr.	»
(Cartonné bradel, 1 fr. 20)		
Muller (Eug.).*✗La Morale en action par l'Histoire	3 fr.	»
(Cartonné toile, 4 fr.)		
Petit (Arsène)*✗La Grammaire de la Lecture à haute voix	3 fr.	»
✗La Grammaire de la Ponctuation	3 fr.	»
— Extrait de la Grammaire de la Ponctuation	0 fr.	50
Stahl (P.-J.)❶*✗La Morale familière	3 fr.	»
(Cartonné toile, 4 fr.)		

Dubail Cours classique de Géographie	3 fr.	»
Durand *Les Grands Poètes	2 fr.	»
(Cartonné toile, 3 fr.)		
*Les Grands Prosateurs	2 fr.	»
(Cartonné toile, 3 fr.)		
Gramont (F.de) ❶Les Vers français et leur prosodie	3 fr.	»
(Cartonné toile, 4 fr.)		
Macé (Jean). Arithmétique élémentaire. 1re partie. Cartonné bradel	0 fr.	75
— Arithmétique élémentaire. 2e partie. Cartonné bradel	0 fr.	75
Petit (Arsène) La Grammaire de l'Art d'écrire	3 fr.	»
Rey Le Monde des Microbes	4 fr.	»
Souviron *Dictionnaire des termes techniques	6 fr.	»
Vadier (B.). Théâtre à la maison et à la pension. 21 comédies et proverbes pour jeunes filles et jeunes garçons, formant 10 fascicules illustrés à	0 fr.	30

❶ Ouvrages couronnés par l'Académie française.

BIBLIOTHÈQUE DES JEUNES FRANÇAIS

VOLUMES GRAND IN-16

BROCHÉS, 1 FR. 50. — CARTONNÉS TOILE, TRANCHES JASPÉES, 2 FR.

BLOCK (Maurice) ... *✗Petit Manuel d'Économie pratique (ouvrage couranné par l'Académie française).

— La France............................. 1 v.
✗✗Entretiens — Le Département...................... 1 v.
familiers — La Commune........................ 1 v.
(Ouvrages adoptés par les conférences cantonales d'instituteurs et les commissions départementales, et compris dans la circulaire ministérielle du 17 novembre 189..)
sur Paris, Organisation municipale 1 vol. — Paris,
l'administra- Institution administrative, 1 vol.
tion de Le Budget, 1 vol. — L'Impôt, 1 vol.
notre pays L'Industrie, 1 vol. — L'Agriculture, 1 vol. — Le Commerce, 1 vol.

ERCKMANN-CHATRIAN. ✗✗Avant 89 (illustré).
LECOMTE (Maxime). . * La Vocation d'Albert.
MACÉ (Jean). . . . . . * La France avant les Francs (illustré).
PONTIS........... ✗✗Petite Grammaire de la prononciation.
TRIGANT-GENESTE . . ✗✗Le Budget communal.

Cahiers d'une Élève de Saint-Denis

Cours d'études complet et gradué d'éducation pour jeunes filles et jeunes garçons, à suivre en six années soit dans la pension, soit dans la famille

Par deux anciennes Élèves de la Légion d'Honneur

Et LOUIS BAUDE, ancien professeur au Collège Stanislas

La Collection complète : Brochée, 59 fr. — Cartonnée, 63 fr. 25

Tomes		Broché	Cart.	Tomes			Broché	Cart.
	1er Cours de lecture........	3 »	3 25	3. 2e année 1er sem.			2 50	2 75
	2e Instruction élémentaire......	3 »	3 25	4. — 2e —			2 50	2 75
	3e Instruction élémentaire......	3 »	3 25	5. 3e — 1er —			3 »	3 25
	4e Cours d'écriture......	4 »	4 50	6. — 2e —			3 50	3 75
1. 1re année 1er sem.		1 50	1 75	7. 4e — 1er —			3 50	3 75
2. — 2e —		2 50	2 75	8. — 2e —			3 50	3 75
				9. 5e — 1er —			3 50	3 75
				10. — 2e —			4 »	4 25
				11. 6e — 1er —			4 50	4 75
				12. — 2e —			4 50	4 75

Atlas classique de Géographie universelle

Par M. DUBAIL, ex-professeur à l'école de Saint-Cyr........ 6 fr.

✗✗Études d'après les Grands Maîtres
Dessins et Lithographies

Par A. COLIN, professeur de dessin à l'École polytechnique

Ouvrage adopté par le Ministère de l'Instruction publique à l'usage des Lycées et des Écoles

Album in-folio : 20 planches. Prix : cart. bradel, 20 fr. — Cart. toile, 22 fr.

✗✗ Ouvrages honorés de souscriptions du Ministère de l'Instruction publique, ou choisis pour faire partie des catalogues des bibliothèques scolaires ou populaires.

J. HETZEL ET Cie, 18, RUE JACOB

VICTOR HUGO

ŒUVRES COMPLÈTES ne varietur in-8°

ÉDITION DÉFINITIVE SUR LES MANUSCRITS ORIGINAUX

48 VOLUMES IN-8° IMPRIMÉS AVEC LE PLUS GRAND LUXE SUR PAPIER SPÉCIAL.

Prix de chaque volume : 7 fr. 50 broché ; 10 fr. relié amateur.

POÉSIE : 16 volumes.

Odes et Ballades (Préface inédite). 1 vol. — *Les Orientales, les Feuilles d'automne.* 1 vol. — *Chants du Crépuscule, Voix intérieures, Rayons et Ombres.* 1 vol. — *Les Châtiments.* 1 vol. — *Les Contemplations.* 2 vol. — *La Légende des Siècles.* 4 vol. — *Chansons des Rues et des Bois.* 1 vol. — *L'Année Terrible.* 1 vol. — *L'Art d'être grand-père.* 1 vol. — *Le Pape, La Pitié suprême, Religions et Religion, L'Âne.* 1 vol. — *Les Quatre Vents de l'Esprit.* 2 vol.

PHILOSOPHIE : 2 volumes.

Littérature et Philosophie mêlées. 1 vol. — *William Shakespeare.* 1 vol.

VOYAGES

Le Rhin. 2 vol.

DRAME : 5 volumes.

Cromwell. 1 vol. — *Hernani, Marion de Lorme, Le Roi s'amuse.* 1 vol. —

Lucrèce Borgia, Marie Tudor, Angelo (1 acte inédit). 1 vol. — *Ruy-Blas, La Esmeralda, Les Burgraves.* 1 vol. — *Torquemada, Les Jumeaux, Amy Robsart.* 1 vol.

ROMAN : 14 volumes.

Han d'Islande. 1 vol. — *Bug-Jargal, Dernier jour d'un condamné, Claude Gueux.* 1 vol. — *Notre-Dame de Paris.* 2 vol. — *Les Misérables.* 5 vol. — *Les Travailleurs de la Mer* (précédé de *l'Archipel de la Manche*). 2 vol. *L'Homme qui rit.* 2 vol. — *Quatrevingt-treize.* 1 vol.

HISTOIRE : 3 volumes.

Napoléon le Petit. 1 vol. — *Histoire d'un crime.* 2 vol.

ACTES ET PAROLES : 4 volumes.

Avant l'exil. 1 vol. — *Pendant l'exil.* 1 vol. — *Depuis l'exil.* 2 vol.

VICTOR HUGO raconté. 2 vol.

ŒUVRES INÉDITES POSTHUMES

Prix de chaque volume in-8° : 7 fr. 50 broché.

Le Théâtre en liberté. 1 vol.
La Fin de Satan. 1 vol.
Choses vues. 1 vol.
Toute la Lyre. 2 vol.
Toute la Lyre, dernière série. 1 vol.
Les Jumeaux. — Amy Robsart. 1 vol. . . . . 6 francs.

Dieu. 1 vol.
En Voyage : Les Alpes, Les Pyrénées. 1 vol.
En Voyage : France et Belgique. 1 vol.

Volumes in-8° divers à 7 fr. 50 brochés.

BERTRAND (J.)	*Les Fondateurs de l'astronomie moderne, suivi de Arago et sa vie scientifique.	1 vol.
—	*L'Académie et les Académiciens	1 vol.
BOUCHET (Eugène) . .	Précis des Littératures étrangères. . .	1 vol.
BLANC et ARTOM . . .	Œuvre parlementaire du comte de Cavour	1 vol.
DELAHANTE	Une famille de finance au XVIIIe siècle	2 vol.
DIPLOMATE (Un) . . .	L'affaire du Tonkin	1 vol.
LEGOUVÉ (E.) . . .	*Soixante ans de souvenirs	2 vol.
MORTIMER D'OCAGNE .	*Les grandes Écoles de France	1 vol.
TROCHU (Général) . . .	L'Empire et la défense de Paris. . . .	1 vol.

Ouvrages honorés de souscriptions du Ministère de l'Instruction publique, ou choisis pour faire partie des catalogues des bibliothèques scolaires ou populaires.

Éditions populaires grand in-8°, illustrées

Afred RAMBAUD

*✳ L'ANNEAU DE CÉSAR

Souvenirs d'un Soldat de Vercingétorix

Ouvrage couronné par l'Académie française

Nouvelle édition gr. in-8°, illustrée de 80 dessins de Georges ROUX

PUBLIÉE EN 20 SÉRIES A O FR. 50

L'ouvrage complet :

Broché, **10** fr.; toile, tr. dorées, **13** fr.; relié, tr. dorées, **15** fr.

MAYNE-REID

ŒUVRES CHOISIES

*✳AVENTURES DE TERRE ET DE MER

Le Chef au bracelet d'or	Les deux Filles du Squatter
La Sœur perdue	Le Désert d'eau
Les Émigrants du Transvaal	Le petit Loup de mer
Les Planteurs de la Jamaïque	La Montagne perdue

Chaque ouvrage illustré de 25 gravures, **1** *fr.* **25** *broché*

RÉUNIS EN UN BEAU VOLUME

GRAND IN-8° ILLUSTRÉ DE 200 DESSINS DE BENETT, RIOU, FÉRAT, DAVIS :

broché, **10** fr.; toile, tr. dorées, **13** fr.; relié, tr. dorées, **15** fr.

---

*✳AVENTURES DE CHASSES ET DE VOYAGES

Les Chasseurs de Chevelures	William le Mousse
La Terre de Feu	Les jeunes Esclaves
Les Robinsons de Terre ferme	Les jeunes Voyageurs
Les Exploits des Jeunes Boërs	Les Naufragés de Bornéo

Chaque ouvrage illustré de 25 gravures, **1** *fr.* **25** *broché*

RÉUNIS EN UN BEAU VOLUME GRAND IN-8°

ILLUSTRÉ DE 200 DESSINS PAR RIOU, FÉRAT, MEYER, PHILIPPOTEAUX, DAVIS :

broché, **10** fr.; toile, tr. dorées, **13** fr.; relié, tr. dorées, **15** fr.

---

* Ouvrages honorés de souscriptions ou choisis par la *Ville de Paris* pour ses distributions de prix ou ses bibliothèques municipales.

HISTOIRE, POÉSIE, VOYAGES, ROMANS
LITTÉRATURE FRANÇAISE ET ÉTRANGÈRE

VOLUMES IN-18 A 3 FR.

ARAGO (E.)....... L'Hôtel de Ville et le Gouvernement du 4 septembre (1870-71)................ 1 v.

AUDEVAL........ Les Demi-Dots, 1 vol. — La Dernière... 1 v.

BARBERET........ La Bohème du travail............. 1 v.

BIBLIOTHÈQUE FRANCO-ÉTRANGÈRE :

Le Roman de la femme mé-decin, suivi de Récits de la Nouvelle-Angle-terre, par Sarah Orne Jewett, préface de Th. Bentzon............ 1 v.

Nouvelles Mille et une Nuits, par R.-L. Stevenson, pré-face de Th. Bentzon... 1 v.

✳La Sœur de miss Ludington,

par Edward Bellamy, tra-duction de R. fasant, pré-cédé d'une étude sur la littérature américaine, par Th. Bentzon...... 1 v.

La Fille à Lowrie, par F.-H. Burnett, traduction de R. de Cerizy, suivi d'une étude sur F.-H. Burnett, par Th. Bentzon...... 1 v.

CERVANTES....... Don Quichotte (Traduction nouvelle par L. Biart). 4 v.

CHAMFORT........ Pensées, maximes, anecdotes (précédé de l'histoire de Chamfort par P.-J. Stahl). 1 v.

CRÉMIEUX........ Autographes. (Collection Crémieux.).... 1 v.

DARYL (Philippe). — *La Vie partout* :

✳La Vie publique en Angleterre 1 v.
Signe Meltroë........ 1 v.
En Yacht.......... 1 v.
✳Le Monde chinois...... 1 v.
Lettres de Gordon à sa sœur 1 v.

Wassili Samarin........ 1 v.
La petite Lambton..... 1 v.
✳A Londres........ 1 v.
✳Les Anglais en Irlande... 1 v.
✳Renaissance physique.... 1 v.

DESCHANEL (Paul).. Questions actuelles........ 1 v.

DURANDE (Amédée) . Carl, Joseph et Horace Vernet........ 1 v.

ERCKMANN (Émile). . †Alsaciens et Vosgiens d'autrefois...... 1 v.

ERCKMANN-CHATRIAN. — *Œuvres complètes* :

✳Le Blocus........ 1 v.
✳Le Brigadier Frédéric... 1 v.
Une Campagne en Kabylie. 1 v.
Joueur de clarinette.... 1 v.
Contes de la montagne.. 1 v.
Contes des bords du Rhin. 1 v.
Contes populaires..... 1 v.
Contes vosgiens....... 1 v.
✳Le Fou Yégof....... 1 v.
• La Guerre....... 1 v.
✳Hre d'un Conscrit de 1813. 1 v.
• Hre d'un Homme du peuple. 1 v.
✳Histoire d'un Paysan... 4 v.
✳Histoire d'un Sous-Maître. 1 v.
L'illustre docteur Mathéus 1 v.
✳Madame Thérèse..... 1 v.

✳Maître Gaspard Fix... 1 v.
Le Grand-Père Lebigre.. 1 v.
La Maison forestière... 1 v.
• Maître Daniel Rock... 1 v.
• Waterloo........ 1 v.
✳Histoire du Plébiscite... 1 v.
✳Les deux Frères..... 1 v.
Souvenirs d'un Chef de chantier....... 1 v.
✳L'Ami Fritz, pièce.... 1 v.
✳Alsace......... 1 v.
• Les Vieux de la Vieille .. 1 v.
• Le Banni........ 1 v.
L'Art et les Gds Idéalistes. 1 v.
Quelques mots sur l'esprit humain (nlle édition)... 1 v.

FORVIELLE (W. de). Le Siège de Paris vu à vol d'oiseau 1 v.

GENNEVRAY...... Une Cause secrète........ 1 v.

GORDON (Lady).... Lettres d'Égypte........ 1 v.

JANIN (Jules)...... Variétés littéraires...... 1 v.

JAUBERT........ Souvenirs de Madame Jaubert...... 1 v.

LEGOUVÉ (Ernest). ✳Soixante ans de souvenirs...... 4 v.
✳Histoire morale des femmes (nlle édition). 1 v.

OFFICIER EN RETRAITE. L'Armée française en 1879......... 1 v.

J. HETZEL ET Cie, LIBRAIRIE GÉNÉRALE

PIGNAT (Laurent)...	Gaston. 1 vol. — Les Poètes de combat. .	1 v.
"	Le Secret de Polichinelle	1 v.
QUATRELLES.....	Les 1001 Nuits matrimoniales........	1 v.
—	Voyage autour du grand monde	1 v.
—	La Vie à grand orchestre	1 v.
—	Sans Queue ni Tête. 1 vol. — L'Arc-en-Ciel.	1 v.
—	Petit Manuel du parfait Causeur parisien	1 v.
—	Casse-Cou. 1 vol. — Tout feu tout flamme.	1 v.
—	Les Amours extravagantes de la princesse	
	Djalavann. 1 vol. — Mon petit dernier.	1 v.
ROBERT (Adrien)...	Le Nouveau Roman comique	1 v.
ROLLAND (A.)	Lettres inédites de Mendelssohn.......	1 v.
SOURDEVAL (DE). .	Le Cheval à côté de l'Homme et un l'histoire.	1 v.
STAHL (P.-J.).....	LES BONNES FORTUNES PARISIENNES:	
—	Les Amours d'un Pierrot.......	1 v.
—	Les Amours d'un Notaire	1 v.
—	Histoire d'un homme enrhumé.......	1 v.
	Voyage d'un Étudiant	
—	Histoire d'un Prince et d'une Princesse.	1 v.
	Voyage où il vous plaira..........	
—	L'Esprit des femmes et les Femmes d'esprit.	1 v.
—	Théorie de l'Amour et de la Jalousie....	

TOUROUÉNEFF (Ivan). — Œuvres principales:

Dimitri Roudine......	1 v.	Les Reliques vivantes...	1 v.
• Fumée (préface de Méri-mée)...........	1 v	• Terres vierges.......	1 v.
Une Nichée de gentils-hommes (traduit par le cte Sollohoud et A. de Calonne).........	1 v.	Souvenirs d'Enfance (La Caille. — 30 petits poè-mes en prose. — Mé-moires d'un Nihiliste)..	1 v.
Nouvelles moscovites (tra-duit par l'auteur et P. Mérimée).........	1 v.	Œuvres dernières avec une étude sur Tourgueneff, sa Vie et son Œuvre, par le vte E. M. de Vogüé.	1 v.
Étranges histoires......	1 v.	Un Bulgare (traduit par Halpérine).......	1 v.
Les Eaux printanières ..	1 v.		

TROCHU (général)...	Pour la vérité et pour la justice	1 v.
	La Politique et le Siège de Paris	1 v.
VALLERY-RADOT(R.).	L'Étudiant d'aujourd'hui.........	1 v.
WILKIE-COLLINS.	La Femme en blanc. 2 v. — Sans Nom..	2 v.
WOOD (Mme H.) .... •	Lady Isabel..............	2 v.

VOLUMES IN-32

DECOURCELLE (A.).	Les Formules du docteur Grégoire .	1 vol.	2 »
MACÉ (Jean).....	Philosophie de poche..........	1 vol.	1 25
......	Saint-Evremond	1 vol.	1 25

THÉÂTRE

ERCKMANN-CHATRIAN..	L'Ami Fritz. 1 vol. in-18.....	3 »
—	Le Juif polonais. 1 vol. in-18.........	1 50
—	Les Rantzau. 1 vol. in-18.........	1 50
—	Le Fou Chopine. 1 vol. in-8°.	» 50
MACÉ (Jean).....	Le Théâtre du petit Château. 1 vol. in-18.	2 »
QUATRELLES.....	Une Date fatale. 1 vol. in-18........	1 »
VADIER	Théâtre à la Maison et à la Pension 10 fas-cicules in-18 illustrés à	0 30
VERNE (Jules).....	Un Neveu d'Amérique. 1 vol. in-18.	1 50
......	Le Tour du Monde en 80 jours. 1 vol. in-8°.	» 50
......	Les Enfants du capitaine Grant. 1 vol. in-8°.	» 50
......	Michel Strogoff. 1 vol. in-8°.	» 50

† Nouveautés de l'année.

29

LIVRES DE FORMATS ET PRIX DIVERS EN COMMISSION

VOLUMES IN-18

Anonyme	Mary Briant	1 v.	3	»
Arago	Les Bleus et les Blancs	2 v.	6	»
Badin	Marie Chassaing	1 v.	3	»
Baignières	Histoires modernes	1 v.	3	»
—	Histoires anciennes	1 v.	3	»
Bastide (A.)	Le Christianisme et l'esprit moderne	1 v.	3	»
Bixio (Beppa)	Vie du général Nino Bixio	1 v.	3	»
Boullon (E.)	Chez nous	1 v.	3	»
Charras	H⁰ de la Guerre de 1815. 2vol. et 1 album	7		»
Chauffour	Les Réformateurs du xvie siècle	2 v.	6	»
Chennevières (De)	Aventures du Petit Roi saint Louis devant Belleame	1 v.	5	»
Deschanel	Vie des Comédiens	1 v.	3	»
Dollfus (Charles)	La Confession de Madeleine	1 v.	3	»
Erckmann-Chatrian	Lettre d'un électeur à son député	1 v.	»	50
Favre (Jules)	Conférences et Mélanges	1 v.	3	50
Favier (F.)	L'Héritage d'un Misanthrope	1 v.	3	»
Ferry (Jules)	Les Affaires de Tunisie	1 v.	3	»
Gournot	Essai sur la Jeunesse contemporaine	1 v.	3	»
Grimard	L'Enfant, son passé, son avenir	1 v.	3	»
Guimet (Emile)	L'Orient d'Europe au fusain	1 v.	2	»
	Esquisses scandinaves	1 v.	3	»
	Aquarelles africaines	1 v.	2	50
Hadeneck (Ch.)	Chefs-d'œuvre du théâtre espagnol	1 v.	3	»
Ignorant (Un)	Monsieur Pasteur. — Histoire d'un savant par un ignorant	1 v.	3	50
Kœchlin-Schwartz	Un Touriste au Caucase	1 v.	3	»
Ladreyt (M.-C.)	L'Instruction publique en France et les Écoles Américaines	1 v.	3	»
Langret (A.)	Les Fausses Passions	1 v.	3	»
Lavalley (Gaston)	Aurélien	1 v.	3	»
Laverdant (Désiré)	Don Juan converti	1 v.	3	»
	La Renaissance de Don Juan	2 v.	6	»
Lefèvre (André)	La Lyre intime	1 v.	3	»
—	Les Bucoliques de Virgile	1 v.	3	»
Legouvé (Ernest)	Samson et ses élèves, 2 fr. — Lamartine, 1 fr. 50. — Maria Malibran, 0 fr. 75. — La Question des femmes, 1 fr. — Une Education de jeune fille	1 v.	1	»
Nagrien (X.)	Prodigieuse Découverte	1 v.	3	»
Réal (Antony)	Les Atomes	1 v.	3	»
Rive (De la)	Souvenirs sur M. de Cavour	1 v.	3	50
Stahl (P.-J.)	Entre bourgeois	1 v.	»	50
Steel	Haôma	1 v.	2	»
Susane (général)	L'Artillerie avant et depuis la guerre	1 v.	»	50
Worms de Romilly	Horace (traduction)	1 v.	3	»

VOLUMES IN-8°

Antully (A. d')	Fantaisie	1 v.	2	»
Brachet (Auguste)	L'Italie qu'on voit et l'Italie qu'on ne voit pas	1 v.	3	»
Lafond (Ernest)	Les Contemporains de Shakespeare (Ben Johnson, 2 vol. — Massinger, 1 vol. — Beaumont et Fletcher, 1 vol. — Webster et Ford, 1 vol.)	5 v. à6	»
Laverdant	Appel aux Artistes	1 v.	1	»
Paultre (E.)	Capharnaüm	1 v.	6	»
Pirmez	Jours de solitude	1 v.	6	»
Richelot	Gœthe, ses Mémoires, sa Vie	4 v. à6	»

Ouvrages honorés de souscriptions du *Ministère de l'Instruction publique*, ou choisis pour faire partie des catalogues des bibliothèques scolaires ou populaires.

ENSEIGNEMENT PROFESSIQNNEL

BIBLIOTHÈQUE
DES PROFESSIONS

Industrielles, Commerciales, Agricoles et Libérales

VOLUMES IN-18

LA PLUPART DE CES VOLUMES SONT ACCOMPAGNÉS DE PLANCHES OU DE
FIGURES EXPLICATIVES

Le cartonnage de chaque volume se paye 0,50 c, en sus des prix marqués

SÉRIE A. — Sciences exactes

Volumes à 2 fr. : Lenoir (A.). ✳ Calculs et comptes faits. —
Ortolan et Mesta. Dessin linéaire (avec planches). — Rozan (Ch.).
Leçons de géométrie élémentaire (avec planches).

Volume à 6 fr. : Lacombe. Manuel de l'Escompteur.

SÉRIE B. — Sciences d'observation

Volumes à 2 fr. : B. Miége. Télégraphie électrique. — Frese-
nius. Potasses, soudes. — Liebig. Introduction à l'étude de la Chimie. — J. Brun. Fraudes et maladies du vin. — Laffineur. Hydrau-
lique et hydrologie. — Mascart et Moureaux. Météorologie appliquée
à la prévision du temps (avec 16 cartes).

Volumes à 4 fr. : Dr Sace. Chimie pure. — Hetet. Chimie géné-
rale élémentaire, 3 vol. — Gaudry. Essai des matières industrielles. —
Dr Lunel. Les falsifications. — Noguès. Minéralogie appliquée, 2 vol. —
Du Temple. ✳ Transmissions de la pensée et de la voix. —
Geymet. Traité pratique de Photographie, *revu par Dumoulin*.

SÉRIE C. — Art de l'ingénieur

Volumes à 2 fr. : Laffineur. Construction des roues hydrau-
liques. — Dinée. Tracé et construction des engrenages.

Volumes à 4 fr. : Guy. *Guide du géomètre-arpenteur. — Birot.
Guide du Conducteur des Ponts et Chaussées et de l'agent voyer.
1re partie, ROUTES. 1 volume avec planches. — 2e partie, PONTS.
1 volume avec planches.

✳ Ouvrages honorés de souscriptions ou choisis par la *Ville de Paris* pour ses
distributions de prix ou ses bibliothèques municipales.

Viollet-le-Duc. *※Comment on construit une maison. — **Frochot.** Cubage et estimation des bois. — **Pernot.** *※Guide du constructeur. — **Demanet.** ※ Maçonnerie. — **Bonniceau.** Constructions à la mer, 1 vol. de texte et 1 vol. de planches.

SÉRIE D. — Mines et Métallurgie

Volume à 2 fr. : **Guettier.** Guide des alliages métalliques.

Volumes à 4 fr. : **Dana.** * Manuel du géologue. — **J.-B.-J. Dessoye.** Guide pratique de l'emploi de l'acier.

SÉRIE E. — Professions Commerciales

Volume à 3 fr. : **Bourdain (Ed.).** *Manuel du commerce des tissus.

Volume à 4 fr. : **Emion (V. et G.).** Traité du commerce des vins.

SÉRIE F. — Professions Militaires et Maritimes

Volumes à 2 fr. : **Doneaud.** Notions de droit maritime international et commercial. — **Bousquet.** Architecture navale.

Volumes à 4 fr. : **Tartara.** Code des bris et naufrages. — **Steerk.** Poudres et salpêtres. — **Juven.** Comment on devient Officier.

SÉRIE G. — Arts et Métiers

Volumes à 2 fr. : **Basset.** Culture et alcoolisation de la betterave. — **Gaisberg.** *Montage des appareils d'éclairage électrique. — **Jaunez.** Manuel du chauffeur. — **Moreau (L.).** * Guide du bijoutier. — **Lunel.** *Guide de l'épicerie. — **Menier.** Essai et analyse des sucres.

Volumes à 4 fr. : **Rouland.** Nouveaux barèmes de serrurerie. — **Dubief.** Guide du féculier et de l'amidonnier. — **Dromart.** Carbonisation des bois. — **L. Ortolan.** *※ *Guide de l'ouvrier mécanicien :* Mécanique élémentaire. 1 vol. — Mécanique de l'atelier. 1 vol. — Principes et pratique de la machine à vapeur. 1 vol. — **Th. Chateau.** Corps gras industriels. — **Mulder.** *Guide du brasseur. — **Prouteaux.** Fabrication du papier et du carton. — **Berthoud.** ※La charcuterie pratique. — **Graffigny (H. de).** *L'ingénieur électricien. — **Lunel.** Guide du parfumeur. — **Dubief.** Fabrication des liqueurs. — Vinification. — Fabrication des vins factices et immense trésor des vignerons et des marchands de vins. — **Michotte (F.).** Fabrication des eaux gazeuses. — **Poitevin et Vidal.** Traité des impressions photographiques. — **Geymet.** Traité de Galvanoplastie et d'Electrolyse. — **Graffigny (H. de).** * Manuel pratique de l'Horloger. — **Barbot.** *Guide du joaillier.

Volume à 15 fr. : **Leroux.** Traité pratique de la laine.

※ Ouvrages honorés de souscriptions du *Ministère de l'Instruction publique*, ou choisis pour faire partie des catalogues des bibliothèques scolaires ou populaires.

SÉRIE H. — Agriculture

Volumes à 2 fr. : Gayot. ✳ *Habitations des animaux :* Bergeries, porcheries, clapiers. — Dubos. Choix de la vache laitière. — Canu et Larbalétrier. *✳ Manuel de météorologie agricole. — Koltz. Culture du saule et du roseau. — Sicard. Culture du cotonnier.

Volumes à 4 fr. : Grimard. Manuel de l'herboriseur. — Roman. Manuel du Magnanier. — Gobin. Entomologie agricole. — Fleury-Lacoste. ✳ Guide du vigneron, suivi des maladies de la vigne, par SÉRIGNE. — Marlot-Didieux. ✳ Guide de l'éducateur des lapins, des oies et des canards. — Éducation lucrative des poules. — Larbalétrier. ✳ Manuel de pisciculture et d'aquiculture fluviale. — Courtois-Gérard. ✳ Jardinage. — *✳ Culture maraîchère. — Gobin. Culture des plantes fourragères. — Pouriau. Chimiste agriculteur. — Sciences physiques appliquées à l'agriculture, 2 volumes. — Lerolle. *Traité pratique de Botanique.

SÉRIE I. — Economie domestique. — Mélanges

Volumes à 2 fr. : Lunel. Guide pratique d'économie domestique. — Dubief. Le liquoriste des dames. — Petit (A.). L'art de s'assurer contre l'incendie. — ✳ L'art de s'assurer sur la vie.

Volume à 3 fr. : Hirtz. *✳ Méthode de Coupe et de confection des vêtements de femmes et d'enfants.

Volumes à 4 fr. : Monin (Dʳ). * ✳ Hygiène du travail. — Roy. *Ferments et fermentation (Travailleurs et malfaiteurs microscopiques). — Baude. Calligraphie. — Saint-Juan (De). La Cuisine pratique.

SÉRIE J. — Fonctions, Service public

Volumes à 4 fr. : Mortimer d'Ocagne. ✳ *Les Grandes Écoles de France :* Carrières civiles. 1 vol. — Services de l'État, 1 vol. — J. Albiot. Manuel des conseillers généraux. — Lelay. Lois et règlements sur la douane. — Lafolay. Nouveau manuel des octrois.

SÉRIE K. — Beaux-Arts, Décoration

Volume à 2 fr. : Pellegrin. Théorie pratique de la Perspective.

Volumes à 4 fr. : Carteron. Introduction à l'étude des beaux-arts. — Viollet-le-Duc. *✳ Comment on devient un dessinateur. — Régamey. *✳ Le Japon pratique. — Romeu. L'Art du pianiste.

Le cartonnage de chaque volume se paye 0 fr. 50 en sus des prix marqués.

Le Catalogue spécial à la *Bibliothèque des Professions* est envoyé franco sur demande.

† Nouveautés de l'année.

Nouvelle Collection
spéciale pour Distributions de Prix

BIBLIOTHÈQUE
DES SUCCÈS SCOLAIRES

PREMIÈRE SÉRIE
VOLUMES IN-18
En feuilles, 1 fr. 40; Cartonnés toile, tranches jaspées, 1 fr. 80

ANQUEZ............	*✖Histoire de France (illustré).
AUDEVAL..........	La Famille de Michel Eugenet (illustrations par ZIER).
AUDOYNAUD.......	*✖Entretiens familiers sur la Cosmographie (illustré).
BLOCK (MAURICE)..	✖Principes de législation pratique.
BOUCHET..........	*✖Précis des Littératures étrangères.
CRÉTIN-LEMAIRE..	*✖Les Expériences de la petite Madeleine (illustré).
DU TEMPLE.......	*Introduction à l'étude de la Physique (illustré de 446 figures)
GENIN............	La Famille Martin (illustré).
MAURY...........	Géographie physique (illustré).
SAYOUS..........	✖Principes de Littérature.
	*✖Conseils à une mère sur l'éducation littéraire de ses enfants.
SILVA (DE).......	Le Livre de Maurice (illustré).
ZURCHER ET MARGOLLÉ..	✖Les Tempêtes (illustré).

DEUXIÈME SÉRIE
VOLUMES GRAND IN-16 ILLUSTRÉS
Cartonnés imitation toile, tranches jaspées, 2 f. 40

BAUDE..........	Mythologie de la Jeunesse...	Réunis. 269 illustrations
LACOME..........	Musique en Famille	par BERTALL et BENETT.
GOZLAN (LÉON)....	Aventures du prince Chênevis.	Réunis. 140 illustrations
KARR (ALPHONSE).	Les Fées de la Mer	par BERTALL et LORENTZ.
NOEL (EUGÈNE)....	La Vie des Fleurs	Réunis. 125 illustrat. par
VAN BRUYSSEL....	✖Les Clients d'un vieux Poirier.	YAN'DARGENT et BECKER.
GENIN	Le petit Tailleur Bouton.....	Réunis. 38 illustrat. par
—	Marco et Tonino.........	FESQUET et BELLANGER.
GENNEVRAYE.......	Petit Théâtre de famille......	Réunis. 40 illustrations
—	Théâtre des petits Enfants....	de GEOFFROY.
		Réunis. 38 illustrations
VERNE (JULES)....	Christophe Colomb	par BENETT, MATTHIS,
VIOLLET-LE-DUC...	*✖Le Siège de la Rochepont....	VIOLLET-LE-DUC.
DEVILLERS.......	Les Souliers de mon voisin..	Réunis. 42 illustrations
GENIN	Les Pigeons de Saint-Marc...	par BENETT et A. MARIE.

TROISIÈME SÉRIE
VOLUMES IN-8° JÉSUS ILLUSTRÉS
En feuilles, 2 fr. 20; Cartonnés toile, tranches jaspées, 3 fr.
Choix des Voyages involontaires:

BIART (LUCIEN)...	* La Frontière indienne. 26 illustrations par H. MEYER.
—	...*✖Le Secret de José. 26 illustrations par H. MEYER.
—	...* Lucia Avila. 26 illustrations par H. MEYER.
—	...*✖Monsieur Pinson. 26 illustrations par HENRI MEYER.

LIVRES POUR DISTRIBUTIONS DE PRIX

QUATRIÈME SÉRIE
VOLUMES GRAND IN-8° COLOMBIER ILLUSTRÉS
En feuilles, **2 fr. 40**; *Cartonnage toile, tranches jaspées,* **3 fr. 20**

Choix de Romans alsaciens :

ERCKMANN-CHATRIAN.... *※Le Brigadier Frédéric. — *Le Banni. 34 illustrations par Schuler et Lix.

Aventures de terre et de mer :

MAYNE-REID...... * Le Chef au Bracelet d'or. — ※Le petit Loup de mer. 50 illustrations par Benett.

— ...... *※Les deux Filles du Squatter. — *※Le Désert d'eau. 50 illustrations par Benett et Davis.

— ...... *※La Sœur perdue. — Les Émigrants du Transvaal. 50 illustrations par Riou.

— ...... *※Les Planteurs de la Jamaïque. — *La Montagne perdue. 69 illustrations par Riou et Férat.

CINQUIÈME SÉRIE
VOLUMES IN-8° CAVALIER ILLUSTRÉS
En feuilles, **3 fr.**; *Cartonnés toile, tranches jaspées,* **3 fr. 60.**
Cartonnés toile, tranches dorées, **3 fr. 80.**

ALONE............ Autour d'un Lapin blanc. 20 illustrations par Kratké.

GOUBY............ *※Voyage d'une Fillette au Pays des Étoiles. 10 illustrations et 92 figures.

— .... *※Promenade d'une Fillette autour d'un Laboratoire. 103 illustrations et figures.

MULLER (Eugène) . *※La Morale en Action par l'histoire. Nouvelle édition. 20 illustrations par Philippoteaux.

REY (I.-A.)........ *※Travailleurs et Malfaiteurs microscopiques. 78 illustrat.

STAHL (P.-J.)..... *※Mon premier voyage en mer. Nouvelle édition. 39 illustrations par H.-S.-M. et Adrien Marie.

VADIER........... Blanchette (*Histoire d'une Chèvre*). 23 illustrations par Roux.

VAN BRUYSSEL.... *※Scènes de la Vie des Champs et des Forêts aux États-Unis. 20 illustrations par Riou.

SIXIÈME SÉRIE
VOLUMES GRAND IN-8° COLOMBIER ILLUSTRÉS
En feuilles, **3 fr.**; *Cartonnés toile, tranches jaspées,* **4 fr.**

Choix de Romans nationaux :

ERCKMANN-CHATRIAN.... *※L'Invasion. — Madame Thérèse. 47 illustrations par Riou et Fuchs.

— .... *※Le Conscrit de 1813. — Waterloo. 53 illustrations par Riou.

— .... *※Le Blocus. — *La Guerre. 47 illustrations par Riou et Schuler.

— .... *※Les États Généraux (Extraits de l'*Histoire d'un Paysan*). — *※Histoire d'un Sous-Maître. 49 illustrations par Schuler.

VERNE (JULES).... *※Les Voyages du Capitaine Cook (in-8° jésus). 52 illustrations par Philippoteaux et 4 cartes

---

* Ouvrages honorés de souscriptions ou choisis par la *Ville de Paris* pour ses distributions de prix ou ses bibliothèques municipales.

SEPTIÈME SÉRIE
VOLUMES IN-8° RAISIN ILLUSTRÉS
En feuilles, 3 f. 80; Cartonnage toile, tranches en couleur, 4 f. 60

STAHL (P.-J.)....... *✻(Les Histoires de mon Parrain. Illustrat. par FRŒLICH.
Ouvrage couronné par l'Académie française.
RIDER-HAGGARD.... *✻(Aventures d'Allan Quatremain aux Mines de Salomon.
Illustrations par RIOU.
VERNE (JULES)..... *✻(Voyage au Centre de la terre. Illustrations par RIOU.
Ouvrage couronné par l'Académie française.

HUITIÈME SÉRIE
FORTS VOLUMES IN-8° RAISIN ILLUSTRÉS
En feuilles, 4 fr. 40; Cartonnés toile, tranches dorées, 5 fr. 40

BENEDICT........... *✻(La Madone de Guido Reni. 23 illustrations par A. MARIE.
BLANDY (S.)....... *✻(L'Oncle Philibert. 23 illustrations par A. MARIE.
— *Fils de Veuve. 27 illustrations par GEOFFROY.
CANDÈZE (D')...... * Aventures d'un Grillon. 68 illustrations par RENARD.
— * Périnette. Aventures surprenantes de cinq moineaux.
20 illustrations par L. BECKER.
GRIMARD (ED.).... *✻(La Plante. 300 illustrations par YAN'DARGENT.
LAPRADE (V. DE).. *✻(Le Livre d'un Père. 44 illustrations par FROMENT.
de l'Académie franç.
LAURIE (ANDRÉ)... * L'Héritier de Robinson. 23 illustrations par BENETT.
MULLER (EUGÈNE). * Les Animaux célèbres. 26 illustrations par GEOFFROY.
STAHL............. * Histoire de la Famille Chester. 70 illustrations par FRŒ-
LICH et E. YON.
STAHL & LERMONT. *✻(Jack et Jane. 26 illustrations par GEOFFROY.
DU TEMPLE (L.)... *✻(Communications de la pensée et de la voix. Illustré de
Capitaine de frégate. 150 figures.
VERNE (JULES).. ❶ *✻(Cinq semaines en Ballon. 80 illustrations par RIOU.
— .... *✻(Aventures de 3 Russes et de 3 Anglais. 50 illustrations
par FÉRAT.

NEUVIÈME SÉRIE
ALBUMS IN-8° JÉSUS
Cartonnage imitation toile, tranches blanches, 1 fr. 50

COINCHON......... Histoire d'une mère (Journal de Minette).
FATH.............. Une folle Soirée chez Paillasse.
— .... La Famille Gringalet.
— .... Gribouille chez son oncle Jeannot.
FRŒLICH.......... L'Ours de Sibérie.
— .... La Salade de la grande Jeanne.
— .... Le Jardin de Monsieur Jujules.
— .... Premier Chien et premier Pantalon.
— .... Les Jumeaux
FROMENT.......... La Petite Devineresse.
GEOFFROY......... La Première Cause de l'Avocat Juliette.
MATHIS........... Les Deux Sœurs.
PIRODON.......... Histoire d'un Perroquet.
— .... La Pie de Marguerite.

❶ Ouvrages couronnés par l'Académie française

TABLE ALPHABÉTIQUE
Par Noms d'auteurs

Catalogue K. — Ce Catalogue annule les précédents.

Original en couleur

NF Z 43-120-B

www.ingramcontent.com/pod-product-compliance
Lightning Source LLC
Chambersburg PA
CBHW050313030726

47505CB00003B/690